寻隐者不遇

尹学芸 著

译林出版社

图书在版编目（CIP）数据

寻隐者不遇 / 尹学芸著. —南京：译林出版社，2021.4
ISBN 978-7-5447-8601-0

Ⅰ. ①寻… Ⅱ. ①尹… Ⅲ. ①中篇小说－小说集－中国－当代
Ⅳ. ①I247.5

中国版本图书馆 CIP 数据核字（2021）第 036755 号

寻隐者不遇　尹学芸 / 著

责任编辑　黄文娟
装帧设计　周伟伟
校　　对　孙玉兰
责任印制　单　莉

出版发行　译林出版社
地　　址　南京市湖南路 1 号 A 楼
邮　　箱　yilin@yilin.com
网　　址　www.yilin.com
市场热线　025-86633278
排　　版　南京展望文化发展有限公司
印　　刷　苏州市越洋印刷有限公司
开　　本　850 毫米 ×1168 毫米　1/32
印　　张　11.5
插　　页　2
版　　次　2021 年 4 月第 1 版
印　　次　2021 年 4 月第 1 次印刷
书　　号　ISBN 978-7-5447-8601-0
定　　价　48.00 元

版权所有・侵权必究

译林版图书若有印装错误可向出版社调换。质量热线：025-83658316

目 录 | Contents

寻隐者不遇 001

望湖楼 073

苹果树 153

喂鬼 221

比风还快 293

寻隐者不遇

1

薛小梨和苏梅算微友。认识一段以后才知道彼此的名字。薛小梨住 48 号楼，苏梅住 26 号楼。所以很长时间，苏梅喊她 48，她喊苏梅 26。

某个早晨，苏梅随手碰了下手机，不知怎么动了“摇一摇”这个功能。然后哗啦哗啦出来一群人问安。吓了苏梅一跳。仿佛那些人就在手机的缝隙里隐匿，苏梅稍微一晃动，就齐刷刷地钻了出来。这个叫 48 的引起了苏梅的注意。关键是，她距苏梅不过 50 米。会不会也像苏梅一样是楼号的数字呢？小心地点了通过验证，那边迅速发过来一句：你是不是住 26 号楼？

这个晚上，她约苏梅出去喝一杯。“你是女的我也是女的，不会谁吃了谁。”她很直接。苏梅问，喝酒？她说，你想哪去了，我们去喝杯咖啡。她要了大杯拿铁，苏梅要了小杯。小杯苏梅也没喝完，苏梅怕失眠。

认识就这么容易。她给苏梅点个赞，苏梅也给她点个赞。某天如果不点赞，她会给苏梅留言：你怎么不给我点赞？

苏梅问：“点赞重要么？”

她说：“那看是谁点。”

有一天她问苏梅，“你知道哪里有高人么？”

苏梅问是裁缝还是厨子。

她说：“俗。我领你开开眼界。”

“你去过拙政园么？”

苏梅那时还不知道她的名字，48 苏梅喊得挺溜。“48，我在前边小区门口等你。你收拾好了就过来。”苏梅用的是语音。

“好的 26。”她回答得也很快。

第一次是苏梅开车，一辆白色的大屁股标志，车里乱糟糟的。苏梅是急性子，跟人约永远等在前面。苏梅把车停在小区门口，才赶忙下来收拾了一下副驾驶。这里有两个心理因素，不让别人等。让别人看起来干干净净。包、眼镜盒、文件袋统统收进了后备厢，苏梅的节奏慢了下来，她用湿巾擦座椅。48 号楼离门口很近，她出了电梯口也就十几步的路。如果她下来时正好看见苏梅擦座椅，也是不错的事。苏梅自己正是这么想的，所以她擦得不慌不忙。

一个人影倏忽而至，就像从天空飘过来的。像多少年的老友一样，一手扶住车框，等着苏梅离让。她就那么笃定地站在苏梅背后，连一句客气话也没有。“不用那么干净。”她的嘴咕哝着，显然在吃东西。“我的车从来不擦。”趁苏梅直起身，她塞了一包蓝莓干给苏梅，“我自己晒的。”

接过蓝莓干，苏梅从车头绕过去，坐进驾驶室里。这当中不忘抠几粒蓝莓干放进嘴里，那种酸甜的感觉很利于口腔，因为口腔很乐于接受。

“我什么干儿都自己晒。”她坐进来时晃了一下头，把 捧杏黄色的头发摆到了脑后，顺便双手往后一捋。扎好安全带，调好靠背椅，嘴巴一刻也不闲着。“香蕉干，桑葚干，菠萝干，芒果干，什么我都能晒，我是一个晒干爱好者。”

苏梅心说，纯粹没事儿闲的，这算什么爱好啊。不过晒成干以后的确好吃。水分去除以后浓缩了糖分，说不好吃是假的。

“买的那些确实让人不放心，看那些个干燥剂吧。”苏梅说，“虽然带着包装。”

晒干儿不仅需要耐心，还需要时间。苏梅就是一个既没耐心也没时间的人，看看苏梅的车就知道，只要还能跑，苏梅从不打理它。后面堆满了书报表格，她朝后看了一眼，苏梅以为她会问自己是干什么的。“真乱。”她说，“换了我我会受不了。”

“刚才你说不用那么干净。”

“干净只是表象。”

“你只喜欢表象？”

几句话不像闲聊，倒像含了机锋，有点长短高低的架势。“你的干儿是不是摆成一字型，像要拍照那样？”苏梅双手离了方向盘，抠出几粒蓝莓干扔进嘴里。

“有一个被风吹歪了我也要把它摆正。”她更像是在配合，“然后再发朋友圈。”

说完，她斜了苏梅一眼，兀自笑了。更像自嘲。

“味道不错。”苏梅错动着牙齿，越过了那个话题。

一丝酸甜的感觉在唇齿之间回漾，不浓也不淡。这个季节蓝莓很常见，八到十六块钱一小盒。苏梅不明白她为什么不吃新鲜的。晒干等于二次污染——家里不可能有真空环境。当然，这话苏梅不会说出来。

车子上了外环。苏梅说：“刚才你问我什么？对，拙政园。我去过拙政园。是不是苏州那个园林？”

“好像是吧。”薛小梨说，“反正是在南方。园子很大，白墙黑瓦，有很多古朴的建筑。我第一次去那里就觉得跟拙政园很像。”

“哪里？”苏梅单手握方向盘，车窗嵌下条缝，散发和丝巾一起跃跃欲试。

“湖岸南边的那条路，你肯定走过。有个像拙政园的园子藏在山环里，离马路很近，但过往的人却看不见。”

"高人呢？"

"就住在园子里。"

"什么地方高？"

"反正不是身量。"

薛小梨又习惯性地晃了一下脑袋，头发像金色的波浪一样朝苏梅袭来，伴着一股茶香气。但只倏忽一瞬，又随着她的头摆动跑去了另一边。她也嵌下了车窗，长发很快像听到号令一样飘了起来。她特意侧起了身子，像有意让风吹动一样。

苏梅脚下用了点劲，让车子跑得恣意。这条路苏梅经常走。因为沿岸的建筑和村庄都拆迁了，有些人迹罕至。但那些树木都还在，是标准的金丝柳，枝条刚抽出嫩芽，那种鹅黄特别让人心动。烦闷了，紧张了，需要长出一口气了，苏梅随时会自己开车过来，从南岸一直跑到北岸，车子像离弦的箭一样驰骋在"Z"形山路上，有时会需要一脚急刹车。或者拣一条带子样的小路上山，直走到无路可走。可她从没发现哪里有园子，除了薛小梨，园子也是个牵动人心的向往。

苏梅问薛小梨是怎么发现那个园子的。薛小梨说有一次，她一个人来逛野景。走着走着就走到了那里。园子已经破败了，但一砖一瓦都用得讲究。关键是那格局足够大，有百余间房舍。设计师随高就低，房舍变得错落有致，处处能看出精心精意来。苏梅问，难道是古建筑？她赶忙说不是，也就二三十年的样子。那些房子都完好，可树木已经很粗很壮了。也许，它们被移栽过来时，就已经是大树了。薛小梨在这园子里转了好久，看见一个老人提着篮子走了过来。她走过去打招呼。老人从湖边买鱼回来，那是两条大个儿鲫鱼，他中午要炖汤用。老人原来住在这个园子里，她问能不能讨口水喝。老人上下看了她好几眼，答应了。她跟在老人身后往他住的屋舍走，老人绝不像普通看园子的人，走路呈外八字，倒背着手，每一步都走得有根。后背很直，衣服虽然有些旧，但很有品质。就像脚下的那双鞋，看上去像黑绒面的布鞋，其实是小羊羔皮，比布鞋都柔软。这是一家丹麦牌子，以舒适著称，鞋帮上像印戳一样有金属标志，在我们这里根本买不到……我为什么认识？因为国安也穿。

“国安是谁？”苏梅问是为了表明自己在听。

薛小梨却假装没听见，继续按照自己的思路说话。苏梅就想，我不该打断她。

“穿过一个月亮门，是一大片竹林。我很好奇这残败的园子里会有竹子，而且生长得很好。北方的园子栽大片竹子，你懂的，这不普通的……这个院落明显有烟火气，有刻意归置的痕迹。一把秃了苗的笤帚倒戳在屋檐下，避雨。当时我还想，这笤帚肯定有年头了，现在，人们已经不用这种笤帚了。他请我去他的屋里，那屋子意外的简洁而整齐，布单铺的床，一个褶皱也没有，被子叠得方方正正。墙上显眼地有一幅中国地图。他给我泡了杯茶，香气跟热气一起飘。我情不自禁说了声：好茶！”

“很普通的。”他说。

您不是本地人？我问。

他说，年轻的时候一直在外跑单帮。

我摇摇头。我说，您不像跑单帮的人。

他明显顿了一下，没再说什么。

他一直垂着头，十指顶在一起，交替变换各种形状。他的手指洁净，指甲修剪得很有章法。他不看我。但我看他，一直看。他的情绪在瞬间有过微妙的变化，我是从眉心看出来的。他再不说话，我就有些尴尬了。茶还没喝完，他就催我走，说时候不早了。这里荒僻，一个人不安全。我突兀地说，你不也是一个人？他叹了一口气，说你是年轻女人，还是多加小心的好。他站起身，是礼送我出门的架势。我只得走出来了。他送我出了月亮门。我又注意看了眼他的鞋子。你知道么？他似乎是注意到了我在看他，他居然想躲。可一双脚能往哪里躲。那鞋子已经很旧了。脚趾顶到的地方甚至冒了白茬。但这是一双好鞋子，我不会看走眼。于是我说：“我老公也穿这个牌子。”

他不耐烦地晃了下手，似乎是，我提“老公”两个字冒犯了他。那天我穿了件大红的冲锋衣，在灰突突的山坡上很打眼，过往的司机估计都会注意到我。往山下走时，我却觉得很惆怅，自己都觉得自己是只失败的狐狸精。

2

“你难道还想勾引人？”苏梅扑哧笑了。斜斜地打量了薛小梨一眼，觉得这个人，怎么说呢，多少有些问题。

薛小梨白了苏梅一眼，说26你好不正经。狐狸精难道就这一种用项？

“你是不是来送……干儿？”苏梅赶忙收起了脸上的笑，感觉刚刚那句话很唐突。她们还没熟到可以随便开玩笑的地步。苏梅注意到48提了食品袋，里面鼓鼓囊囊。

她说你的眼真毒。我特意买了小包装袋，每样干儿都装一点儿，送他尝尝。“你应该一个人来。”苏梅思忖这里面的馅儿，觉得自己也许有些多余。当然，这只是一方面的想法而已。让自己见识高人也许只是借口。

难道……她只是想让我当司机？一片云影在脑里滑过，苏梅顿时有一种上了当的感觉。她用握着方向盘的手拍了一下方向盘，一种挫败感油然而生。

“我让你来其实没别的意思。你是个品质不俗的人，虽然你的车很乱。”她就像苏梅肚里的蛔虫，说话就像点穴。

“谢谢。”苏梅回应得心不在焉。她说得没错。苏梅的车虽然乱些，可苏梅的衣着和妆容从来一丝不苟。她不输给薛小梨。

“你是做哪行的？”

“你看我像从业人员么？”

她伸手过来拍了下苏梅的肩。她留着长指甲，涂着桑葚紫的丹蔻。每根指头都抹了足够的油，根根晶莹剔透，“我愿意交你这个朋友。”

她顺手打开了车载音响，是张君秋的《望江亭》。“蒙师傅发恻隐把我怜念，才免得我一人形影孤单。每日间在观里抄写经卷，为的是遣愁闷排解忧烦。”

她身形一松，靠在椅子上。苏梅看了她一眼，她的半边侧脸像山峰一样峻险，鼻子也是尖的，有突兀之感。削薄的嘴唇红得鲜艳，不知为什么，苏梅觉得她有股奇寒之相。

苏梅问：“你也喜欢京剧？”

她指点着音响说：“这里唱的是我。”

应该说，这片园子如果让苏梅偶遇，也是足够苏梅吃惊的。很显然，这应该是一家有钱部门的疗养院，这样的园子在坝城有十几、二十几家，都建在依山傍水的地方。苏梅出入过几家，若要论让人吃惊，真是一家也没有！类似的疗养院所北戴河更多些，各部委，各省市，各新闻单位，占地和设计，都是实力大比拼。苏梅也曾住过北戴河的几家，那里离坝城近，开车两三个小时的路程，公司开年会都喜欢去那里。吃海鲜，打牌，裹着棉大衣去看日出，到海边去钓螃蟹。就像北京或天津的公司开年会喜欢来坝城一样，人们还是喜欢相对陌生的地方。

那些疗养院所重视的是内饰品格，当作园林来建的并不多。当年移来的苗木也许本就不是小树，现在都称得上参天了。二三十年的光景啊！颓相四处散落，让人的心陡生荒凉。这样好的园子落败成这样，不免让人怀疑起人生了。她引苏梅往月亮门的方向走，苏梅在外迟疑了几秒钟，就听她“当当”敲了几下门，却没人呼应。苏梅走进月亮门，48 正扒窗户往里看，她用手遮着光，鼻尖几乎贴在了玻璃上。酱红色的窗框油漆已经失色了，但那窗闭合得很好，还隐隐能看到一抹窗帘，天蓝色。这院里自成一个格局，即便是大户人家的府邸，这里住的也是相对辈分高的长者。

“人哪去了，难道又去买鱼了？买鱼正好，我们留下喝汤。”薛小梨自说自话。

竹子已经绿了，竹竿摸在手里润滑水凉。这片毛竹长得不算好，跟 48 之前的描述有差距。但院子足够阔大，都被荒草埋没了。也许根系已经发芽，但眼下看不到。她说的那把笤帚还戳在屋檐下，苏梅没看出用心来。苏梅从月亮门里出来了。外面有几棵桃树，落红遍地。嫩绿色的叶子长满了枝头，花心的蕊还挂着，一树残红。依然是无人打理，枝杈都长疯了的模样。这样的树是挂不了果子的，一年一年，都是空的。

薛小梨从月亮门里出来，脸上写满了焦灼。“他能去哪呢？”她自言自语。手里提着袋子紧一下松一下，又用手指捻，像装着老鼠一样发出了窸窣的声音。苏梅用旁观者的眼光看她，觉得她的焦灼不可思议。“26，你说他会去哪？”

“我不知道。”

“难不成要白来？”

苏梅想说，把袋子放在他门前，你就不是白来了。但显然这不是48的做派。48紧紧握着袋子，朝空中奋力悠了两圈，淘气样地说：“肯定又去买鱼了，比猫还馋！”

苏梅又吃惊了。薛小梨站在几步远的地方，像竹子一样亭亭玉立。但苏梅却有不真切的感觉。太阳亮得不可思议，苏梅觑着眼睛望了会儿天。眼前是巨大的两枚黑点，自带螺旋花纹。苏梅闭起眼睛好一刻，世界才恢复了本来面目。48已经走远了。苏梅才发现她穿着高跟鞋，身形一扭一扭地走一段下坡路，很是有些吃力。

路两边都是龙爪槐。这是出园子的交通要道，因为年久失修，路面成了砂石路，裂开的缝隙钻出了狗尾巴草。龙爪槐扭曲的枝干结成了死疙瘩，条子却在疯长，都伸到路中间来了。

沿马路走一段是个自发形成的小市场，其实就两三家卖鱼的，有鲤鱼，有各种小杂鱼，有鲶鱼和虾，都是水库里的出产。船就泊在不远处的水里，桨倚在船舷上，累了似的趴着。有城里人刻意开车跑到这里来买水库鱼。48跟卖鱼的人搭讪：“今天生意好么？”

“就那样吧。”

买卖人嘴里从不把话说满。

“住园子里的那个老头，今天没来买鱼？”

卖鱼的是个胖妇人，抬头看了她一眼，说哪个老头？她蹲着给一条鲤鱼打鳞，刀片在手里翻飞。刮几下，剜一下鳃。啪地翻过身来，又刮几下，又剜一下鳃。然后在鱼的腹部用力一划，出现了一条血口子。两根手指伸进去往外一勾，肠肚就出来了，鱼肝却被小心剥离，塞了回去。薛小梨突然狂呕起来，她跑几步来到了路基下，弓起腰背，用手抚着胸口，像是要把脏腑都吐出来。苏梅赶紧接过她手里的袋子，又用另一只手拍她的后背。她的后背很单薄，一拍就要发抖，像琴弦一样发出咚咚声，让人疑心她的骨头是木头做的。她其实并没有吐出什么东西，只是呕出了鼻涕眼泪。

她背转过身去，用面巾纸揩净了鼻子。待转过身来，还眼泪汪汪，黑眼圈也有些不均匀。她说我闻不得血腥气。我忘了，我肯定老年痴呆了，怎么把自己的忌讳忘了呢？她使劲揉了下鼻子，接过了苏梅手里的袋子。苏梅说，我提着吧。她仍把袋子抓到手里，苏梅松开了手。草丛里有一根小路通向水边，她在前边走，苏梅在后边跟着。苏梅说，你不吃鱼？她说吃。苏梅说，你不宰鱼？她说不宰。苏梅说拉倒，不宰鱼吃什么鱼。

“以后你宰我吃。”她缓了一缓，开始开玩笑。

“有没有人说你是美人儿？”苏梅度量着想说的话。

“想夸你就直说吧，我经得住。”

“你其实很像一个人。”

“电影明星王璐瑶？”她倒很干脆。

“你有没有买过保险？”苏梅这时候扔出这句话，是试探。苏梅不想让她感觉太突兀，“现在很多人都没有保险意识。”

“你做这行？”

“可以这么说吧。”

她半天没有回头。苏梅看不见她的表情。但她的身子显得僵，或是在思索，或是在用无声表示拒绝。苏梅闪着身子也才能看到她的侧脸。她的脂粉很厚，耳轮明显是黄皮肤。苏梅停下了脚步，让她们中间出现了几米远的距离。田埂上的路很窄，被她的高跟戳出了一个一个的洞。左侧的湖水蓝汪汪地泛着腥气，天上飞着成群的水鸟。她突然转过身来，眏着眼睛说：“让我考虑考虑？”

3

她们联系少了。从那次寻隐者不遇回来，她只给苏梅点过一个赞，便再无声息。而在这之前，苏梅无论发什么她都点赞的。有时候，会点得苏梅不好意思。当然，苏梅的朋友圈都是经过千挑万选选出来的出色文章，为此苏梅关注了许多公众号。有大师去世苏梅会转发一篇怀念文章，不管是哪方面的大师。比如，文学的，绘画的，音乐的，科学的，国学的，中国的，外国的，毫无例外苏梅都会为他们点三支蜡烛。或者，谁的诞辰和忌日，只要有相关文章，苏梅都会转。还有，各种大小节日，无论是中国的还是外国的，只要有文化含量，都是苏梅转载的目标。如果你不熟悉苏梅，绝不会从苏梅的微信中看出什么端倪。苏梅的微信中从来不会出现有关自己的信息，这与其他人不一样，与 48 很不一样。很多女人都喜欢晒生活，美食、美颜、旅行、华服、娃或别的家人。苏梅不。苏梅是一个躲在窗帘后面的人，只有窥视别人的权利。但苏梅偶尔会去翻 48 的微信。她的微信有时候是一张图片，有时是一句或几句话。“我这一生都想做小人，只是命运不给我机会。”或者，“生活如此仓促而苍白，真他妈油腻。”

这是个情绪不稳定的女人。苏梅想，肯定衣食无忧。有忧的人没工夫无病呻吟。

苏梅便想她一边晒芒果干一边发微信的情景。48 是个有洁癖的人，那天回来她跟苏梅说，她从不去餐馆吃涮羊肉，而是自己去市场买新鲜的羊后腿，剔好肉后用清水泡二十四小时，卷成卷冷冻。为此她专门买了削肉片的机器。她还告诉苏梅如何做咸菜和甜点，因为她对外边的这些产品都不放心。“只是，你家有几个人吃饭？”“经常只有我一个人。”“你是儿子还是女儿？”“你说呢？”苏梅便没什么好说的了。苏梅顺手打开了车载音响，张君秋接着唱：“深羡你出家人一尘不染，诵经卷参神佛何等清闲。我今日只落得飞鸿失伴，孤零零惨凄凄夜伴愁眠。”

“这可不是唱我。”48 往后闪着身子，手也像屏风一样遮挡了下。她诡谲地挤了下眼睛，佯装幽默说：“你不会误会我吧？”

那条环湖南路，很快就成了条翠绿色的带子。大屁股标志在路上狂奔，是欺人车俱少。寒武很少开苏梅的车，苏梅不得不一再喊，李寒武你慢点。再温柔的风也经不得这么快的车速，都要磨成刀子了。苏梅跟李寒武，怎么说呢，无疑是有关系的。但具体是什么关系，却不是上下级那么简单。早晨上班一堆烂事，苏梅失手打碎了一只玻璃瓶。它在桌角一直待得好好的，偶尔迎娶一枝花。今天它却用玻璃碴子割破了苏梅的手，血总是比梅花鲜艳，从办公室一直滴到了卫生间。李寒武正好从这里过，一头扎到女卫生间来了。“你怎么这么不小心……会破伤风的！”他强制着拉她到外面的小诊所里做了包扎，急吼吼的样子，把事件扩大了十倍。她说想出去走一走。他说他的车不在手里。苏梅说我的钥匙就在抽屉里，你拿出来时不要锁门，让门虚着就好。这种把戏苏梅一说寒武就懂，人不在，却要装作并没走远的样子。苏梅在马路拐角上了车，寒武看了苏梅一眼，说你今天脸色不好。

能好么！苏梅只有在寒武面前能够这样气鼓鼓。业绩报表一再挨批，这个季度的奖金又悬了！

“我们去哪？”工作上的事，他从不愿听苏梅多说。他是小兄弟，帮不上忙。

“我带你去见个高人吧。”苏梅扎好安全带，心想也实在没地方可去。

“是巫婆还是神汉？”

“一说出来就俗。”苏梅也在思忖怎么给人定位。

他什么样子苏梅还没见到。但48的描述还是给苏梅留下了印象，时不时地在苏梅的头脑里冒一下。他不是流浪汉，他一个人住山里，穿名牌，是外地口音。这应该就是个隐者，身后是一串传奇故事。48是一个足够小资的人，她买了小包装袋子去给他送各种干儿。这说明什么？说明这个人值得她关心。48也不是简单人哪。对，她叫薛小梨，留长指甲，染杏黄色的头发，喜欢听张君秋，长了张明星脸。

“像个小说里的人物。”

“隐者？”

“薛小梨。连名字都像。”

他把领带松了松，用力踩了一脚油门。

苏梅一直抱怨车速太快，没找到那条通往山里的小马路。可李寒武这个八零后，踩上油门就喜欢踩到底，否则哪里会过瘾。车子左突右撞，像只无头苍蝇。这样的小马路有十多条，却没发现哪条两边生着龙爪槐。那些龙爪槐扭曲的树干结成了死疙瘩，枝条都伸到马路中间来了。一个小时以后车子原路往回返，自觉不再撒野，苏梅坐到了车子的另一侧，闪着身子寻找，河滩有一片茅草地，路边有三两个卖鱼人。苏梅还记得那个胖妇人，手脚麻利地似乎闭着眼都能把一条鱼收拾妥帖。几十米之外，就是那条开裂的小马路，缝里长着狗尾巴草。只是那些草还细嫩，狗尾巴草从草库里伸出细长的脖子，顶上长着毛茸茸的一点淡绿。有好几次，苏梅都觉得找到了，找到了。寒武把车停好，解下安全带，苏梅才发现不是要找的地方。于是重新发动车，重新走走停停。寒武话少了，他今天像一个称职的司机。一个来回走完，车停在一大片高楼的阴影里，这里都是还迁房。寒武问，还找么？找。怎么可能不找呢。苏梅有些气急，那样有明显标记的地方，怎么会找不到呢。她看了寒武一眼，猜他会不会怀疑自己老年痴呆。越找不到越得找，人有的时候容易跟自己过不去。尤其像苏梅这样的人，固执起来像一架不知返航的战斗机。寻找目标。还是得寻找目标。寒武二话不说掉转车头。一辆农用车嘟嘟开了过来，寒武贴过去，想跟人家问问路径。苏梅拍了一下他的头，说不要问，我不相信找不到。车子踅了一下，又像兔子一样窜了出去，苏梅说这次你再把车开慢点，再开慢点。苏梅把每一条路都仔细分辨。左手有卖鱼的摊贩，下面是一大片河滩地，再走几十米就看见那条开裂的小马路，两边长着龙爪槐……苏梅嘴里叨咕，也顺手拧了下车载音响，声音有点高亢："独守空帏暗长叹，芳心寂寞有谁怜……"

是王蓉蓉。她的调门太高，震了苏梅一下。苏梅赶忙又把音响关上了。寒武看了苏梅一眼，说我没事儿。苏梅明白他的意思，他是故意这样说的。苏梅说，我有事儿。

卖鱼的摊贩不止一处，还有河滩地，还有开裂的小马路……可它们都不是苏梅要找的。苏梅蓬勃起的信心一时涨一时落，疑心遭遇了鬼打墙。手机翻到了48的微信通话状态，苏梅一直都想问问她，跟她订正一下，却心犹不甘。这样荒野中的位置，她又怎么好形容呢。当然，还有别的考虑。48如果仍每天追着给她点赞就另当别论了。事实是，苏梅感受到了她的冷落，从上次回来的那一时刻起。或者，更具体地说，从苏梅向她推销保险的那一刻起。“难道我就是个免费司机？”这个念头冒出来，就顽固地挥之不去。被别人利用的感觉很不好，相当不好。什么时候想起来，都觉得心绪难平。苏梅是什么人，岂能被别人利用！可是，话说回来，如果不是想推销保险，苏梅怎么肯拉一个陌生人去那么远的地方！什么隐者，去他娘的！

车子再拐回来，寒武的身形都委顿了，腰那里似乎有个螺丝扣，上半身整个陷了下去。焦灼挂到脸上，笑都不由衷。“那里到底是个什么鬼地方，值得你这样找？”苏梅冷眼看着他，他从不曾对她这样讲话。他是做下属的，在同事面前要叫她一声苏总，没人时则叫她姐姐，连姓都不带。他的体贴总是有分寸的，内敛的，含蓄的。比如，他就知道她的月经周期，因为她痛经。小脸蜡黄，痛起来弱不禁风。他会泡一杯姜糖水放在她桌子上，她从会议室开会出来，杯子一准是烫的。他去日本旅行回来，带的礼物就是妇女卫生用品。她胡撸一下他的头，叫他一声“坏小子”，这就是他们之间所有的亲密。苏梅很享受这种状态，又熨帖又安全。苏梅把身板拔直了，脖子挺了挺，嘴角逐渐挂起一丝冷笑。寒武显然感觉到了，像蘑菇一样从土里往上钻了钻。车子开出了盘山公路，“吱嘎”停到了路边。“再找一遍。”寒武径自打方向，话说得笃定而坚决。苏梅轻扫了眼窗外，只说了一个字：“回。”

4

48 号楼在小区主干道的东侧。苏梅每天上班从这里过，都情不自禁地伸出脖子往里望。梧桐树的暗影下，有三个楼梯口，能看见有人进进出出。遛狗的，推着婴儿车的，上学的小学生。也有晨起遛弯的，穿着老款的运动衣，银亮的发丝在光滑的头皮上跳舞。一个年轻女人长着大长腿，穿肉色打底裤，打远处看，就像没穿衣服。她朝苏梅的车跑来，苏梅一眼一眼朝她看，踩下了刹车。“早晨好！”苏梅摇下车窗玻璃，语气热烈而活络。大长腿显然没防备，仓促收了脚步。苏梅推开车门下来了。“你住 48 号楼吧？我住后面，26 号。”必须这样说才会打消对方的顾虑。苏梅一只一只摘手套，那手套粉红色，镂空绣花。她往后指的时候侧过了半边身子。“您有事？”大长腿表示疑惑。苏梅说：“我跟你打听个人，就住你们这栋楼，叫薛小梨，三十出头，黄头发，留长指甲，长得有点像王璐瑶，最大的爱好是晒各种水果干。你知道她住在哪个位置么？”大长腿想了想，摇了摇头。说她不认识王璐瑶，在这里住几年了，从没见过你说的那个人。“她的情况你知道得这样详细，就没她的联系方式?”大长腿狐疑的眼神更像嘲讽，话没说完就跑走了。苏梅又一只一只戴上了手套。48号楼沉静地坐在朝霞里，万道光线从树的枝杈间射过来，就像个谜面。

李寒武也住在昆仑小区。这小区的名字足够大，盖因整个小区坐落在半山坡。其实也不是多么大的山，后面盖星级宾馆，山差不多都被铲平了。业主抗议过，说当年买房就冲这片山场，可抗议一般不会有什么结果。李寒武住63号楼，在路的右侧。如果画几何图形，26、48、63正好处在一个三角位置，直线看上去，都不怎么远。李寒武这个八零后，无疑也是个心思缜密的人，这几天苏梅对他佯搭不理，他自然心知肚明。女人都很可笑，一点小事就能穷尽心思。过去寒武没少领教，大都是因为他的疏忽。比如，一次去南京出差，寒武下高铁时抢了冯总的行李箱。冯总是一把手，管着公司十几个部门。关键是，寒武不抢会有人抢，只需耽搁一两秒钟，他属于情难自禁。苏梅就从这个角度奚落他，当然都是私下的，亲昵的，姐弟式的。再奚落情感也不会远，而是会更近。李寒武忙完了业务发了一会呆。大厅里总是熙熙攘攘，几百名业务员，几百名保户，像赶大集一样。他在这个位置待了八年，从一般业务员，到部门副主任，苏梅总是提携他，有块糖甚至都想分他一瓣。年底的分红，评选优秀，出国出游，只要苏梅够得上，一定会为他积极争取。他们是清白的，她不怕别人说闲话。寒武却逐渐有点烦。过去他享受这个状态，不知从什么时候起，他有点怕了这瓣糖，他感觉不出自己需要甜度了。

一连几天，寒武没进苏梅的办公室。这在过去是不可想象的。过去寒武总是随时出入，就像进自己的办公室一样，有时甚至来讨杯水，他说自己的暖水瓶不保温。他们在楼道碰见，寒武仍会侧身让过苏梅，规规矩矩喊声苏总。但那种默契的相视一笑的眼神没有了。那眼神甚至黏稠，像糖稀一样。眼下苏梅目不斜视，进到办公室就把手机摔在桌子上。细一想，其实也没什么事。就是感觉不对。感觉不对就什么都不对了。目测苏梅走了，寒武松了一下肩膀，自己跟自己扮个鬼脸。电脑里是腾讯新闻的页面，明星八卦永远占主导，谁谁又离婚了。苏梅随意点了下，又把页面关了。摁亮手机按钮，48 居然发朋友圈了。她已经很久没露面了。

我一直都相信释迦牟尼说的一句话，无论你遇见谁，都是你生命中该出现的人。绝非偶然。他一定能教会你些什么。所以我也相信，无论遇见谁，都是命运的安排，我别无选择。

下面配了张猫图，卧在地毯上。淡黄色，长两只圆溜溜的琥珀眼。

苏梅突然有了精神。窗外就是停车场，一辆暗红色的车子在两辆车子之间出出进进。它是想停进车位而不得，一看就是个女司机。苏梅从四楼的窗口饶有兴致看了会儿，车子左扭右拐，终于停进了车位。她想起自己拿车本时的种种艰难，车只会往前开不会往后倒。那时寒武刚入职，有空就陪她出去练车。专门找两车之间的缝隙让她往里倒，所以才有了她现在炉火纯青的技艺。公司里的人都知道，苏总开车比许多男人都猛。果然是个女司机，穿花格裙子，把包襻斜背到肩上，边走边把手臂伸到脑后，胡撸一下头发。苏梅嘘了口气，嘴角嵌出来个笑。这个动作看着好眼熟。她指头敲击着桌子，想了想，拨通了内部电话。“你来一下。”

寒武敲门进来，有些气喘吁吁。“刚才下楼取了个快递，刚进办公室。苏总找我有事？”他想俏皮一下，说出来才发现味道不对。就是后边这句话，让苏梅的心里起了化学反应，忍不住说了句刺话：“还认得我的门？”寒武嬉皮笑脸说：“忘了谁也不敢忘了姐姐。”一屁股坐下来，寒武说：“是上刀山还是下火海，听姐姐吩咐。”苏梅这才松弛一下，拿出公事公办的神情。“别说没用的，”苏梅开门见山，“有个潜在的客户你试探一下，她也住昆山小区，48 号楼。微信名字就叫 48。”“我怎么联系她？”“我把她的微信号发给你，你自己搜。”

“姐姐跟她谈过了？”

“她对女人有抵触。”

“是对保险有抵触？”

“她喜欢晒各种水果干。”

“哦，上次你说过。”

冷了一下场，苏梅又说：“你想个办法拿下她。对了，她叫薛小梨。”

“你过去说过。”寒武笑了笑。

“关键是，”苏梅皱了下眉头，“上次我就是跟她去过那个园子，后来却找不到了。我怀疑她是狐仙，那个园子也许根本就不存在。”

“聊斋？”寒武似笑非笑。

“差不多吧。也许更糟。”

“更糟是啥意思？”

苏梅疑心她是个骗子，专门骗别人给她当司机。当然，这样的话不会说出口。“她是不是客户需要验证。”

“这个事情交给我。”寒武干脆地说。

“你别说你是这家公司的，”苏梅叮嘱，“她容易戒备。”

两人同时拨弄手机，寒武想，她们大概是闹僵了。女人就是这样。一会儿分，一会儿合，一会儿好，一会儿坏，闹不清她们有多少心思。还说那个女人是狐狸精，没有比这更搞笑的了。他其实心不在焉，脸上却很郑重，先把自己的名字改成63，朋友圈里叫数字的几乎没有，大家都喜欢给自己起高大上的名字。然后给苏梅发了朵玫瑰花，苏梅则回了个笑脸。叮铃一声响，苏梅把她的微信号发了过来。“报表有问题，电脑又出故障了。”寒武站起身，匆匆往外走。苏梅很想把他的手机拿过来，看看是不是有此条信息。当然，也只是想想而已。

几天以后的晚上，薛小梨通过了寒武的申请。此时寒武已经把加她的事忘了。公司人事上有调整，寒武全力以赴想竞争总经理助理。所谓身在曹营心在汉，就是寒武这种状态。苏梅的心思他很清楚，不过就是想用一用他，可以随时宣泄一下情绪。至于潜在客户、寻找园子之类，不过是副产品。当然，如果能发展成客户还是有好处，只不过，这个好处与自己无关。小区外面就有健身房，寒武吊儿郎当从健身房出来，随手发了咖啡、炸鸡、啤酒之类。对方说："我减肥，晚上不用餐。"寒武说："外面下雨了，你阳台上的东西是不是收一收？"清凉的雨丝落下来，寒武把搭在肩膀上的外套顶在了头上。寒武的签名照片是一张英俊的脸，蓝条格的领带，衬衫雪白，是他入职时的工作照，自己都觉得自己英气逼人。寒武把手机揣进裤子衣兜，走进小区大门，一抬头，发现门口就是48号楼。他每天在这里出入，居然从没看见过楼号。大部分灯光是亮的，有几家黑着灯。还有一个窗口是幽暗的，寒武数了数，是四楼。一个穿得雪白的女人伏在阳台栏杆上往外望。寒武赶忙拿出手机看，见上面有条信息：你怎么知道我晾晒了东西？寒武说，因为我家也晒了。薛小梨说，你家也没封阳台？寒武说，全小区没封阳台的大概就我们两家。

"你怎么知道我住在昆仑？"

"你原来也住在昆仑啊！我刚从外面健身回来。"

"是不是头上顶着衣服？"

“糟糕。难道你有千里眼？”

寒武暗自笑了下，朝楼上看了眼，转到了楼的拐角处。他不愿意接受检阅。即使已经是夜色阑珊，小区的灯光幽暗，他还是不愿意。这里是个上坡，有条鹅卵石铺的小路，两边都是迎春藤。他没想到这么容易就联系上了薛小梨，还能搭上话。她爱晒各种干儿，寒武觉得，她应该是个喜欢并热爱阳光的人。

如果不给薛小梨的朋友圈点赞，就没人知道自己与她有关联。寒武这样想。

“潜在客户还没联系上？”

苏梅装作不经意，可哪里能掩饰得滴水不漏。她越来越觉察到了寒武的难以驾驭。他去竞争总经理助理，明显是去攀高枝么。寒武的回答已经不自如了，所以他打算推迟几天再说实话。“要不，你让她通过我一下？”寒武试探。“你以为是拉郎配啊！”苏梅白了他一眼，话说得有些幽怨，她说这个女人应该有不寻常的身世，说不定“富可敌城”。苏梅自己解释着：“和珅富可敌国，她到不了那个份儿上。”“好了，我再努力一下。”寒武紧了紧领带，两只领角差一点站起来。抿起嘴角的样子像一个大男孩，苏梅就愿意看见这个时候的他，有童真未泯之相。“有好消息我随时汇报。”他朝苏梅敬了个礼。苏梅笑着说：“也许会有出人意料的收获呢。”

寒武晒了一些苹果干儿，照片给薛小梨发了过去。苹果干晾晒在一块竹盖上，码放得整整齐齐。这不是寒武第一次晒，事实是，他的业余时间爱捣鼓这个，他不喜欢新鲜水果里的水汽。但这是一个秘密，公司里没人知道。薛小梨说：“吃鲜果不好么？”寒武说，自己喜欢吃各种果干，冷凝以后的柔韧和劲道，有咬劲。寒武显示了自己的储藏罐，都是自己晒的，他每天要吃四五种。春秋晒日光浴最好，寒武解释说，这于微量元素摄入有好处。否则，半个苹果就能把人吃撑。薛小梨哂笑他像个小孩子。寒武试探说，你不喜欢吃？薛小梨没有回答。寒武只得说，我就是从小孩子长起来的呀。

聊下去才发现，两人养的宠物都是蜥蜴。寒武养绿蜥蜴，薛小梨养的蜥蜴是黑色。绿蜥蜴吃大麦虫，黑蜥蜴吃生菜。薛小梨每天要把生菜泡半个小时，然后冲洗干净。“洗不干净蜥蜴会拒吃，那样可就麻烦了。”寒武想象薛小梨说话的样子，简直像个小女生。“我要喂它头孢和水，一天一次，直到它吃饭为止。你没有遇到过这种情况？”寒武说没有。他最早喂蜥蜴面包虫。因为营养和活动性差，他选择了大麦虫。“其实最好喂蟋蟀，只是饲养太麻烦，通常死伤惨重，两三天就要买一次，实在吃不消。”

“还是不要喂蟋蟀的好。”薛小梨发来了一串流泪的表情，“蟋蟀也是宠物啊。”

“好吧。”寒武很为这话心动。

寒武果然竞争上了总经理助理，就把苏梅的托付淡忘了。其实，这种淡忘既是下意识，也是有意识。他和薛小梨每天都会聊几句，可她既没说见面，也没说出去转转，这让寒武没有机会完成使命。从内心来讲，他也不愿意薛小梨知道自己是因为苏梅的事而来，他觉得，完成苏梅的愿望是件愚蠢的事。女人的事，还应该女人自己解决。工作移交完毕，他从四楼搬到六楼，到苏梅这里告别，眉目里是难以掩饰的轻松。苏梅一直在笑，两片猩红的嘴唇陡然分开，却没有只言片语说出来。寒武一阵阵的心悸，眼神里都是惶恐和畏惧。寒武从那屋里出来，后背凉沁沁的，就像从妖精洞里出来一样。

5

"你喜欢京剧么？"

"瞎听的。"

"喜欢电影么？"

"瞎看的。"

"最近一部看的什么？"

"《小偷家族》。哦不，是《无人知晓》。"

"喜欢是枝裕和？"

"是枝裕和是谁？"

寒武知道她戒备，可他就喜欢打听她的事，说不清为什么。"天宝今天吃饭了？千万别忘了喂。"

他们交换宠物的照片，绿蜥蜴明显比黑蜥蜴个头大，黑蜥蜴叫宝宝，寒武说，我们绿绿改个名字，就叫宝哥吧。

寒武每天上班下班走到48号楼这里，都要情不自禁朝那个四楼看。想象中，薛小梨在窗框里倚着，穿着雪白的纱制裙装，目光阴郁地也在窥望。这种感觉很奇怪，让寒武的心里装得满满，却不知塞了些什么东西。“富可敌城”的话，根本就是苏梅的虚妄之言，他给苏梅耳提面命多年，基本洞悉她内心的每一个褶皱和密码。48号楼只是普通的民居，有钱人怎么会住在这里。她一直也没问他为啥叫63，寒武嫌别扭，把名字改回了自己。

薛小梨给他留言：“我以为你63岁了。”

去市里开会是寒武出的车，司机是小杨，过去他给冯总开车。如今公车都取消了，小杨显得特别闲在，除了远途，谁也不愿意用司机。出门就遇见九十九秒红灯，小杨打开了车载音响，是张君秋的《望江亭》：只道是杨衙内又来捣乱……

小杨说：“哎呀，你还喜欢这个。”

寒武情不自禁朝后看了一眼，苏梅在后面坐着，穿着姜黄色的开领衫，脸像蜡像一样毫无表情。这个会她是替冯总去开的，县里有事，冯总临时脱不开身。寒武左三右四请示她什么时候走，她都不给明朗意见。寒武只得挨到不得不走的时候，苏梅才背着包姗姗下楼。

原本，他们可以有多种选择。在路上吃饭，或者去市里吃，过去都是这样。他们有固定的地方可以饱口福，知道哪里的饭菜对胃口。这样下午的时间就显得从容。

小杨说："苏总喜欢京剧是真的。你喜欢肯定是假的。"

寒武仓促说："我早受传染了么。"

苏梅鼻子里哼了下，是不屑的反驳或拒绝。她不接受这种关联，在她心里，寒武已入另册，一个离心离德的人，没什么好说的。就拿眼下外出开会的事，寒武从早晨就操持，开谁的车，几点走，在哪里吃饭之类。苏梅一直忍着烦。她想，你若是跟冯总出去，会这样啰唆？一定是安排到最好。她知道寒武不喜欢京剧，说京剧是"吃棉桃拉线屎，没完没了"。那时寒武经常说些俏皮话，有些以小卖小，其实他只比苏梅小六岁。

至于他为什么要听京剧，肯定不是他说的那些理由。

"小杨关上音响，我眯会儿。"

小杨大概也觉察到了气氛不对，苏梅话音未落，就把音响关上了。

寒武侧下身子，棉着声音说："苏总，要关空调吗？"

苏梅用梦乡里的声音说："这样的事不要问我。"

成排的树木从车窗掠过，寒武一直朝车窗外扭着脖子。这个会他本不想来，如果冯总来，他来才理所应当。可冯总说，你刚到新岗位，多了解些情况有好处。一条林带有十几米宽，成千上万只麻雀忽地飞起，似乎比车的速度还快地往前方追逐。观看了好一阵，寒武才发现这几乎是条麻雀带，它们用飞翔铺就了另一条高速路。

它们可真自由啊！

小杨斜着看了寒武一眼。全公司谁都知道苏总对寒武好，如果谁说寒武个“不”字，苏总能找上门去跟人干一架。大家都说，见过护犊子的，没见过像苏梅这样的。

“这是普通的一天。”寒武在日记里这样写，“没有什么惊喜值得期待，是你想多了。”

一大早他收到了48的微信。“想出去转转么？”其时寒武正在洗漱，明明能看清楚字，还是去卧室找眼镜。在他心里，这是郑重了。微信的确是48发来的，她的签名照片是盛开的彼岸花，这些寒武早研究过，她是个与众不同的人。寒武有些心跳，用手摁了摁胸口。“好啊。”他想了想，这样回答。“我的车去维修了。”“我开车。”“去哪？”“你定。”“去水库南岸吧。”寒武差一点欢呼了。关键时刻寒武稳住了心神。“听你的。”他说。

寒武这才发现，自己心里也有个惦记。早春的时候跟苏梅找那个园子横竖找不见，也让他起了好奇心。

约好十点半，寒武把车子停在小区对面的马路边上，给薛小梨发了微信：“HQ1110，白色本田。”利用有限的时间，寒武用掸子扫了下浮尘，把车内的杂物收进后备厢，然后紧急在驾驶室里坐好，勒紧了安全带。他选了一个好角度，倒车镜正好对着小区门口，能看清每一个出入的人。

他还是没能看清薛小梨走出来。小区门口的西侧有个超市，薛小梨从超市里穿过来，早早过了马路。她像风一样从后面刮了来，打开后车门坐进来，寒武才发现她怀里抱着个圆鼓鼓的东西，外面裹着米色的粗麻布。冷眼看，就像是她用裙子包裹着。

“是乌鸡汤。”她并拢两条腿，把东西在膝盖上放好，坐姿就像个中学生，“我顺带去看个朋友，不麻烦你吧？”

“朋友坐月子？”寒武扭过身子看她。

“是上了年纪的人。”她的语音很轻，“山里寒凉，我寻思乌鸡汤对人体有好处。”

寒武注意地看了眼薛小梨的脸，觉得她就像一个不谙世事的小姑娘。神情平静如水，两只眸子甚至称得上清澈。若不是桑葚紫的指甲这个标签，寒武简直不相信这是苏梅描述过的人。

“我叫薛小梨。你是叫李寒武吧？”

寒武说，这是自己的真名字，从上小学就这么叫。只不过，上小学的时候叫李汉武，初中学历史，知道有个汉武帝，便觉得名字太大了，遂改成了李寒武。

说得这样详细，是觉得有责任让她了解下，否则，冷场总是不好。

“都挺好的。”她把头往前倾了下，话说得轻描淡写。

“你很像一个人。”

“电影明星王璐瑶？”

“你比她好看。”

“我妈也这么说。”

寒武差一点问出“你妈是谁”。还好，关键时刻收住了嘴。他拧开了音响，旋即调小了音量，张君秋似是随时恭候着，开口便唱：“将渔船隐藏在望江亭外，见狂徒不由我怒满胸怀……”

“这是最飒爽英姿的一段。”她有些入神。

寒武舒了一口气，说我才开始听。闷的时候就想耳边能有动静，可不知什么能入耳。

“京剧挺好的。”她靠直了身子，侧向车窗外面。这样的话茬不容易接，有点像断头句。张君秋的声音不大，可是能听出战斗力，能制服狂徒。戏剧总是能有个差强人意的结果，不像生活。车内回旋着谭记儿的慷慨激昂。只是，寒武的思维有些短路，他觉得，薛小梨不太愿意交谈。

出城的路连遇两个绿灯，顿觉神清气爽。拐向水库南岸有一段平坦大道。一脚油门踩到底，车子呜呜生出风来。右边是山，左边是水，水边生出垂柳。大片白色的鸟在水面起落，它们嘶鸣的声音就像是在搞同声合唱。拐过一道弯，鸟的嘶鸣声就被甩下了。右前方出现了一大片金灿灿的黄，那都是些矮秆植物，有利于行人观赏。向日葵们挤挤挨挨地扬着还未盛开的笑脸，妩媚而又多姿。

“真漂亮啊！”薛小梨赞叹。

寒武朝那里瞟了一眼，说过几天会更漂亮，就像梵高的油画一样。

“我们过几天还来？”她的声音里终于有了温度。

“好啊。”寒武左手握方向盘，不由握紧了些，微微侧过了些身子，“就这么定了！”

寒武一直在留意沿路的坐标。很多地方他都有印象。湖湾里泊着条小船，山坡上一簇藤萝，水槽像过街天桥一样横亘，废弃的电子眼，鱼兵虾蟹之类以往饭店的招牌……他不能像苏梅那样走过趟以后毫无印象，那天他确实窝火，那样大的一个庄园居然找不到，他后来想，苏梅也许是成心？她是有这毛病的，明明知道东西在哪，就是不告诉你。她愿意折磨人。

很多女人都有这毛病。

拐过一个急转弯，一大片湖面突入眼帘。白色水鸟像是演练一样大张着翅膀，只是在风的摇曳中偶尔呼扇两下，它们是太有仪式感了。然后便是一片河滩地，上面长满了杂树。从中间缝隙辟出一条小路通向路基，两棵白杨树之间，是缓平的一块坡地，就如胖子下巴的脂肪在腭骨下面堆积，用以抹平与壕沟的落差。铁筐箩里装着水，水里浮动着鱼。旁边坐着一个胖女人，频频朝他们的车子挥手。

“到了，就停在这吧。”

车子滑行了十几米，停在路边。这里正好也有胖子脖子上的脂肪，一只车轱辘可以落到路基下，前方视线也好。车头不远处就是一条小马路，两边各有一条排水沟，水泥面非常光滑，这说明当年的工程既有里子又有面子，眼下显然已经废弃，边缘的地方都被捣烂了。寒武打开车门下来，左右环视，就断定他与苏梅来的时候也在这里停过车，而且，也查看过那条小马路。

然后，被苏梅否决了。

“你朋友住在这儿？”

“连我都想住在这儿呢。”

这又是无法接的话。寒武看着薛小梨蹭下车，两只穿凉鞋的脚先着地，没穿袜子，脚丫说不出的一种惨白。寒武心里一凉，恨不得用手给她焐焐。棉麻裙子有了褶皱，她一只手抱着罐子，一只手去抻裙摆。头发披散下来，遮住了整张面孔。寒武走过去，想接过她手里的罐子，她一扭身子，躲开了。

6

“我还见你的朋友么？”

寒武的话轻描淡写，这样说完全是出于礼貌。他记得她是想出来转转的，来看朋友只是副产品。寒武当然也记得苏梅的话，这里住着的是个隐者。寒武其实非常想见识一下，他从中学开始看武侠小说，对生活有自己的想象。可他觉得应该征询薛小梨的意见。他愿意给她留下好印象——他很尊重她。他不知道有自己随行她是否方便。

小马路走进了几十米，这一段破损严重。寒武打量一下周围就知道，路两边曾经是农田，眼下还有几捆柴火胡乱堆放着。马路是被各种农用车磨坏的，露出了基石。再往里走，则是低洼处，柏油路裂出了横七竖八的口子，但路面还算平整光滑，两边的龙爪槐张牙舞爪，都是要成精的感觉——可在外面的马路上看不到，难怪苏梅找不见这里，她的记忆出现了偏差，以为这样一段路与外面的马路衔接——也许，当初这样的设计，就是为了不吸引往来的路人的注意力也未可知。

这里曾经是一个隐秘且神秘的场所。

“不见也可以。”薛小梨特意停下来回答寒武，让寒武肠子都要悔青了。她并不看寒武，微侧了头，眼里是虚茫的太空。太阳明亮地照射，她的头发愈发显得黄灿灿，像金子一样发出了光芒。“那里是个很大的园子，你可以随便转转，两个小时以后我们还在这里集合。可好？”

“两个小时？”寒武简直要惊叫了，他觉得，这个时间长得有些可疑。

薛小梨不易察觉地皱了下眉毛，凄然一笑：“那就一个小时？”

“我没事。”寒武赶紧表白，他记起今天的任务就是陪同，“多久都行。反正我走不远，你出来就能看见我。”

两人一直朝前走，进了想象中的大门口。这里毫无门口的痕迹，就像一堵墙巨大的豁口，只有一挂老藤在旁竖着半个身子，当年这里应该是个拱形门，夏天开满紫藤花。只是老藤已死。薛小梨说，你往左走，我往右走。左边有秋千架，你可以去荡秋千。

你以为我八岁啊！寒武在心里呻吟。

寒武不关心秋千架。他留意右面鹅卵石铺的小路，通向月亮门，以及月亮门里的白房子。沿路有许多树，那些树都长疯了，枝杈浓密得风雨不透。它们还能开花，但已经不会结果儿，它们把结果儿的事忘了。树下堆放着木头板子、石膏板、红灯笼的骨架等杂物。还有一个洗澡盆醒目地坐在一棵树下，像是在等人。那是棵李子树，与桃树的叶子相仿佛，长条形的叶子背面有一种锈红色，闻上去也似乎是一股铁腥气。鹅卵石小路在前方分了岔，另一条路通向一个高坡，那里有一个八角亭，檐子飞得很夸张，一看就是模仿南方的建筑。

“拙政园。”寒武想起苏梅对此的描述。他也是去过苏州的人，却没有走进拙政园。南方的路边公园都似景区，到处都是桂花的香气。他不觉得那个园子有什么特别，现在却隐隐有些后悔。他总是显得没有苏梅有见识，区别也许就在这里，苏梅是一定要进拙政园的人。亭子上面一定写着“望湖亭”三个字，下面一张石桌，四只石凳，倒退些年，几个老干部坐在那里打牌，旁边站着添茶的女服务员，穿红大绒的旗袍，一只手勾着另一只手端在胸前。穿黑绒面的平底布鞋，走起路来像风一样快。

寒武见过这样的情景。

秋千架立在水塘的边上，这可不是儿童玩物，两根杆子有十几米高，真正荡起来，该是上天入地的感觉。塘里只剩下了很少的水，估计是雨水囤积的。既然不是游泳池，那肯定就是鱼塘，长着又小又瘦的水生植物叶子。沿着一条草径往坡上走，是一堵青砖墙，墙顶上盖着筒瓦，那砖磨棱对缝，都被青苔吃透了，摸上去，似乎是软的。寒武以为这只是外围墙，披荆斩棘穿过去，才发现墙外是个运动场。只是还未曾完工的模样，各种设施安装好了，但路面未曾硬化。再看那些攀岩、摩天轮、单双杠、拉力器等设施，居然还似新的。好像是这里还没有建完，园子就荒败了。

站在这里，确实是让人忧伤的感觉。什么繁华，什么富贵，都不过是过眼云烟。

寒武坡上坎下转了半天，也才不过四十几分钟。他又去八角亭坐了会儿，果不出所料，那亭子叫望湖亭。所题之字是行书，写得不好看。居然有署名，叫霍德华。这名字似乎在哪里听说过，寒武拧起眉头想了下，才记起曾经是个大人物，过去经常上报纸和电视，后来也频繁上电视和报纸，那还是他读大学时候的事。只不过，前边是因为当领导，经常给全市人民作报告。后面则是阶下囚，是媒体批判的对象。寒武原本也不关心这些，可很多数字都触目惊心。那名字显然经过处理，被油漆涂抹过，可不知为什么，涂抹者毫不用心，留下了模糊的字形，刻意而为一样。

这里无疑是园子的制高点，坐下朝北看，水面一览无余。白色的鸥鸟变成了空中跃动的白点，远处的高楼倒映在水里，楼顶浮着白云。湖心有个岛，上面长满了芦苇。枯水的季节曾有人去捡拾鸟蛋，后来那里被保护了起来，外围拦了铁丝网。一寸一寸搜寻完，寒武下了台阶，往左手方向走，那里通向月亮门。寒武想，我就从那里过，我目不斜视。他们也许坐在院子里喝茶，也许坐在屋里喝汤，这有什么要紧呢。这园子是敞开的，随时都会有游人过来，我从那里经过一下，没有什么要紧。只要不被薛小梨发现就好，发现了如果请他过去喝杯茶那就更好了。嗯，是觉得有些口渴。寒武朝那个方向走，脚步很踌躇，心中很忐忑。他不自觉地抬高了脚，还是把一只松鼠惊动了，它从右边的草丛里跃起身，直奔月亮门而去，大尾巴像扫把一样左右甩动。寒武抬脚就追，却在月亮门处收住了脚。松鼠早不知去向。这院子里异常安静，几簇湘妃竹密密匝匝地不摇不动，竹骨闪着清亮幽凉的光。寒武探过身子看那一溜平房，有几间门窗都大敞着，玻璃荡然无存。只有挨着月亮门这间落着把小铁锁，豆绿色的窗帘拉得严实，里面悄无声息。

两个小时以后，寒武站在大门口的老藤下想抽支烟。他平时也不是瘾君子，一包烟要抽好几天。但有时候嘴里却淡出鸟来，就如眼下。他眉宇间有少许焦灼，这样一个荒芜的园子，薛小梨去了哪里呢？想她抱着的那个物件，不是砂锅就是瓦罐。她把砂锅抱在怀里，这情景真是很古典。砂锅里也许咕嘟咕嘟正冒泡呢。只是有一点很奇怪，寒武没闻着香味。按说乌鸡汤的香味四溢才对，虽然那上面裹着粗麻布，但香味是可以穿透的。香味很锐利，没有什么东西穿不透。寒武正在胡思乱想，薛小梨不知从哪里冒了出来，手穿过他的胳膊，从反方向握住了寒武的手。这样他们就是十指交握了，薛小梨说："不好意思，让你久等了。"

那是真不好意思的语气和神情，让寒武一瞬间心生爱怜。

薛小梨的手指像竹竿一样硬朗且寒凉。寒武觉得，这是她的答谢方式。寒武非常想把自己的手抽出来，他不喜欢她答谢，但又有点不舍。那种寒凉的感觉很熨帖，就像热暑的天气含了冰片。他小心地摩挲一下她的手指肚，问这么长时间都在干什么。她说聊天，喝茶。那真是一个有趣的人，上知天文下晓地理。寒武沉默了一会儿，问你们认识多久了？她说，快半年了。我隔段时间就来看看他。寒武说，你今天是专程来看他？薛小梨沉默了。寒武赶紧说，哦，他喜欢喝鸡汤。薛小梨幽幽地说，也不是多喜欢，今天的乌鸡汤有土腥气，若是放一点天麻就好了。

他们牵着手往下走，肩膀会偶尔碰一下。那一个碰触的点，便有酥麻的感觉。遇有龙爪槐的枝杈伸过来，寒武就用手臂挡在前面。已经是正午了，阳光变成了直射。寒武的额头沁出了汗，可他总觉得薛小梨周身冒寒气，裸出的皮肤沁凉沁凉，像棵竹子一样。很多次，他都想把她揽在怀里，焐焐她。可一看天上的太阳，就作罢了。他自知抵不过太阳的温度。一辆白色的车从前边的马路上像风一样掠了过去，鸣了一下笛。薛小梨紧张兮兮地说，它应该降速的，前边是急转弯，非常容易出意外。寒武用力握了一下她的手，说这条路上连对头车都没有，不会。

薛小梨皱着眉头说，事故都是因为大意。

寒武有些不忍，他觉得薛小梨太认真了。

顿了顿，薛小梨换了话题："你养蜥蜴几年了？"

寒武说，从打读大学的时候就养，那时不是养宠物，是养玩意儿。

"都一样的。"薛小梨说，"我是最近几年才养，生活太苍白太贫乏了。"

"所以你爱看电影爱听京剧？"寒武还是想打听。

"就是想有个响动。"薛小梨说，"谈不上爱好。"

寒武郑重说："不如我们谈个恋爱吧。"

薛小梨一下停住了脚，迟疑说："这怎么可以？"

寒武用力扯了一下她的手，"这有什么不可以？"

7

在楼道里接连遇见苏梅两次，苏梅都是欲言又止的样子。寒武就知道她有话想说，却不会主动说出来。午饭前的一段时间相对清闲，寒武敲开了苏梅的房门，眼神还没聚焦，寒武像过去一样，先喊了声姐。喊姐的时候，寒武是背对着苏梅的，他在关门，像是蹑手蹑脚的。转过身来，发现苏梅的水杯只有很少一点白水。寒武直奔暖壶，拎起来，才把玻璃杯里的剩水倒掉，给水杯倒满，又用抹布抹了茶几上的水渍。寒武用这一系列的动作告诉苏梅，他还是过去的他，没变。他觑眼看了苏梅一下，心中有些悸动。苏梅的脸色不好，身体团缩着，想是又到生理期了。寒武不想触碰此类话题。嗅了嗅鼻子，空气里有股腥气。他还是过去的他，但分别还是有的。苏梅中指和食指间夹着一支笔，那笔拨楞拨楞转，像演杂耍一样。苏梅转着眼球看寒武，眼里都是距离。“嗨，嗨，再转我头都晕了。”苏梅说，“李助理，别这样懂事好不好？”

他们都需要细节弥补两人之间的沟壑，把情绪和感觉往先前的方向调度，寒武无疑更用心一些。寒武在桌子对面的椅子坐下，窗外的一束光正好打在脸上。他没有动，只是眯起了眼。“正想找姐汇报呢，我终于认识那个薛小梨了。”

“这么简单？”尘埃在空中飞翔了好一刻，苏梅才冒出这样一句。

寒武心说，你还要我怎样？但嘴里说，认识了就不愁熟悉，其余的事情以后就好说了。

这话的暗示成分太露骨，足以构成伤害。苏梅偏过头去，不想再听他说。她突兀地问：“那个隐者什么样？”苏梅斜起眼睛看寒武，有打蛇打了七寸的快感。她心中涌起的与其说是快乐，毋宁说是幸灾乐祸。

“隐者？”寒武的大脑短暂地出现了空白，“我也没见过。”他决定实话实说。

“这种事情也跟我保密？”苏梅说得俏皮，眉眼里却都是嘲弄。

“姐还知道些什么？”寒武翘起了嘴角，是以其人之道还治其人之身。其实他的火气已经撞上了天灵盖。

苏梅坐直了身子，面孔突然冷峻。“跟我撒谎没有意思。李寒武，虽然你眼里没我，我今天也最后提醒你一下。薛小梨有丈夫，她丈夫叫国安，喜欢穿丹麦一家品牌的皮鞋，像那个隐者一样……你没想到吧？你不用对我解释什么，我的话你尽可以当耳旁风……我去水库南岸兜风，偶然看见了你和薛小梨手牵手从山坡上走下来……你不用急着解释，我对你们的关系不感兴趣……我只是想提醒你，不要跟已婚妇女纠缠，这对你的生活没有好处！”

苏梅气喘吁吁，这段话说得又快又急，语气就像李寒武的妈。意识到这一点，苏梅止不住浑身颤抖，两只手都是麻的，她紧紧握着拳头。

寒武陡然想起小路前方掠过的那辆白色的车，鸣了下喇叭。薛小梨还曾担心它的速度，说前边就是急转弯。如果当时是苏梅驾驶那辆车，她应该无暇观察他们。那么也许还有一种解释，在这之前她已经知道了他们“在一起”。

肯定是自己的车惹了眼目，它在路边停了两个多小时。

“谢谢姐。”寒武的后背冷飕飕，他今天是咎由自取，开始确实是撒谎了。他从没看见苏梅如此激动过，是一种不知所云的状态。

想到那天自己被一双眼睛盯牢，心底也是很惊骇。但这种感觉转瞬即逝。他就怕神经质和缠绕不休的女人。他的前女友就是这样，纠缠，盲目上纲上线。他后来又谈过两个女友，分手很难说没有苏梅的功劳。第一个，苏梅说她走路“内八字”，这样的女孩子没发展。第二个，苏梅说她颧骨高，这样的女人很难旺夫。苏梅还把收藏的文章推荐给寒武看，都是关于命相、运势的。寒武从没想到过苏梅已经介入了自己的生活，而且，有点深。很庆幸从此可以有距离，工作的，情感的，家常的……他曾崇拜苏梅，她总是优雅，包容，知性，无所不能。寒武任劳任怨，鞍前马后。即使她现在仍然优雅、包容、知性和无所不能，也没有什么好说的了。他没有想过薛小梨婚否的问题，他才想跟她谈个恋爱，谈成谈不成还另说呢。苏梅反应过激，有点超乎想象。苏梅真是越来越搞怪了，他想。不管怎样，她下次去水库南岸不会找不到那个园子了，她这个年龄的女人，记忆力真不该这么差。

寒武轻松地笑了下，那笑是世事洞明且宽大为怀。就像大人面对不谙世事犯了错的小孩子。却没提防笑容被苏梅破解。苏梅受辱般陡然变脸，跳起来甩了他一个耳光。那劲头有点大，苏梅抽完了自己趔趄了一下。往前扑时桌角硌痛了髋骨，疼得龇牙咧嘴。苏梅捂着肚子落泪，咬着牙说：“没良心的东西……良心都让狗吃了！”

这是几个层面？寒武惊呆了。

寒武百度了梵高《向日葵》的几幅图片，他喜欢三朵和十二朵那两幅，向日葵插在花瓶里，调子明快。另两幅分别是五朵和十五朵，是落败了的古旧颜色，有毛茸茸的感觉。他问薛小梨喜欢哪幅，他警惕薛小梨说，你送我？他哪送得起。不过可以去看实物。他就是这么打算的。水库南岸的那片向日葵正是好看的时候，朋友圈有人发图片了。

可薛小梨却没反应。足足等了三天，薛小梨仍没反应。没有别的联系方式，寒武有些起急，早上起来喉咙有点肿痛，向日葵不等人啊！他不知道拿这个薛小梨怎么办，他好像真的爱上她了。晚上从健身房出来，一身黏稠的汗液加剧了寒武内心的不安，寒武的心跳越来越不规则，猜度薛小梨为什么会没消息，她不会有什么事吧？那个叫国安的男人，是否真的存在？寒武这时才发现，他对苏梅充满了不信任，而过去，他是那么信任她。站在清凉的月夜下朝48号楼望，四楼的房间里分明有橘黄色的灯火，跟向日葵的颜色相仿佛。这让寒武感到熨帖和温暖。阳台靠西的一个角落有白纱裙的身影，裙裾被夜风吹得似乎在飘。寒武一下子定了神，他觉得，薛小梨就是刻意等在这里的，她看见了他甩开膀子去健身房的身影。他似乎看见薛小梨苍白的面色上有调皮的笑容，嘴角向上弯出了月牙。寒武血一热，微信里输了两个字：聊聊！好久没有回音。寒武绕到了后面的楼梯口，三步并作两步上了楼。寒武边走边想，我今天不算唐突。我就是随意敲一下门。若是男人或老人开门我就说敲错了。要是薛小梨开门呢？

感应灯都很敏感，从一楼到四楼都亮了。寒武轻着脚步来到了402门前，喘息着看头顶上硕大的灯泡，在狭窄的空间里转了转。他不想置身在那么明亮的光线里。相比之下，这里比其他楼层都亮。灯熄了。他敲了三下门。灯又亮了。他加大力度又敲了三下，心底漾起的热情一点一点凉。她知道是我，她不开门。他想，是自己唐突了。薛小梨不开门是对的，假如家里只有她一个人的话。她也许正从猫眼往外窥视……我不过是想看看你，聊聊。你为什么不回我的微信？我没奢望你请我进去喝杯茶。或者，我来看宝宝，那头黑蜥蜴，是我家宝哥的弟弟。这样说，我们岂不是亲戚？寒武顽强地说服自己，心说你不开门证明你家没有别的人。我不进去。我们就这样一个在门里、一个在门外，就好。“啪啪啪”，他用起了手掌，门呼扇呼扇动，带动着墙壁也呼扇呼扇动。声音因为无法散发而像受伤的鸟儿一样跌落。房门吱扭一声响，一线光亮隐约探出来，却是邻家。一个女人立柱一样戳在门后，只露出半张隐晦的脸。她探过头来望，疑惑地说，你找谁？寒武指了指薛小梨家的门。女人说，我知道你找402，我问你找谁？是找房主还是找租客？这点寒武没有准备，结巴一下才说，薛……小梨吧。是租客。女人倒是很干脆，从门后闪出了身子。说房主姓叶，是办蓝印户口过来的廊坊人。孩子考学走了，一年前房子租给了外地人。他让我给照看着房子点。

“她……一个人？”寒武神情有些紧张。

女人却来了兴致。“你说的薛小梨是长头发女人吧？指甲涂得青紫，瘦高的个子，像柴火棒子一样。她在这里住了小一年，跟我拢共说不过三句话。整天大门不出二门不迈，也不知道她以啥为生。她在这里很孤单，没见她与什么人来往。”

“她长得有点像电影明星。”在女人面前寒武有一种无力感。

“你是她什么人？”

“我就在后边住。”寒武还是没提防，他觉得怎么说都不合适，“我们都养蜥蜴。”

“养蜥蜴也该饿死了。”女人哂笑，“她已经两个月没来这里住了。这一走就没了影儿，前几天房东还打电话问呢。”

“她刚才还在阳台上。”寒武有些诧异。

“不可能。”女人说着走了出来，也敲了敲门，侧耳听了下，回身说：“她家没人，你没我清楚。物业都来过几次了，去年的物业费她还没交呢。”

“可前几天我还开车拉她出去了，她端了一锅乌鸡汤。她在这里有朋友。”寒武极力想辩白什么。

女人没了耐性，摇头说那我就不知道了，迅速退回去关了门。

头顶上的灯适时地熄了，巨大的黑暗浓郁稠密得风雨不透。寒武知道，只要他轻咳一声，感应灯就会重新亮起，没见过有比这里的灯更敏捷的了。但他没有那样做。他的心房也黑洞洞的，这使他对亮光有些抵触。他摸着护栏找到了楼梯，咚咚咚跑下了楼。他从侧位绕到了楼前，举头往四楼上看。阳台西侧是有片白色的影子在晃，像墙壁上挂了件衣裳。

8

薛小梨再没了踪影。寒武有时睡了半截觉也会跑过来，查看薛小梨的窗。那里正对着右边路旁的一杆路灯，有玻璃的反射，灯光就像从屋里映出来的。

寒武会痴痴地朝那里望很久，不明白代号48的薛小梨怎么会忽然不见了。

邻家女人说薛小梨像柴火棒子，寒武一直也没琢磨透是什么意思。是形容人瘦，还是形容人干？薛小梨无疑是瘦丁丁的模样，人也像干柴一样没有温度和湿度，那么她吸引自己的是什么？

寒武完全想不明白。

寒武重又去敲过薛小梨的门，也是晚上从健身房出来，他觉得，他又在阳台上看见了薛小梨的身影。三步并作两步跑上楼梯，不出所料，他还是没能敲开房门。与上次不同，邻家的门这次也没打开。他从容观察了薛小梨的门，枣红色，金属的门把手上有薄薄一层浮尘。这是他用手感觉出来的，随后又在纸巾上有了验证，那把手的确很久都没人摸过了，浮尘让手掌有了不洁感。寒武下楼的时候心里特别难受，他忽然想到，她不是本地人，怎么忽然住到了这里？薛小梨到底是人是鬼？

寒武起了一身鸡皮疙瘩。

上班的路上，寒武打开车载音响，张君秋咿咿呀呀地唱：西风烈，长空雁叫霜晨月……一句“霜晨月”反复唱，半天也没唱完。这是名叫《娄山关》的一阕词，寒武读高中的时候学过。可寒武发现自己听不得这么凄清阴冷的曲调，急忙调开了。一个男生用粤语唱：“为了爱真够受伤，但有过爱的分享。为了每次打败仗，我哭得最响。”寒武一下定了心神，觉得好受了些。摇头晃脑跟着唱，心里的杂念慢慢消散了。

看见苏梅，寒武要情不自禁摸一下左腮。苏梅是用右手抽打的他，他腮上曾火烧火燎地疼。可苏梅的髋骨与桌角的那一撞，发出了“咚”地一声响。苏梅紧跟着窝下腰，脸扭曲成了一盘花卷。寒武以为她的骨头出了问题，慌得不知如何好。连续几天，寒武都在想苏梅说的那句话，没良心。良心让狗吃了。这无疑是最严重的骂人话了，差一点让寒武的火气顶出天灵盖。可一想到她的髋骨，寒武也会情不自禁窝一下腰，就像自己的骨头裂了一样。

事实上，苏梅的骨头疼了好几天。她总是下意识地窝着腰，遇到有人才勉强挺起来。她甚至想到医院拍个片子，看骨头是不是有裂缝。还好，几天以后疼痛逐渐减轻了。会议室里遇见寒武，苏梅讪讪的，眼睛不好往寒武身上放。那一掌也多少打掉了自己身上的锐气，她觉出了虚弱和疲乏。如果寒武跳起来跟她吵，她会硬朗很多。可寒武的样子让她很受伤。寒武捂着腮呆掉了，眼里凝着水汽，似是不敢相信苏梅会真的出手，她怎么下得去手！寒武像一个受了委屈的大孩子，眼睛跟着苏梅转，像是在说，怎么这样，你不是姐姐么？晚上下班，苏梅等在楼道口，说请寒武吃个饭，寒武赶忙说，我请姐。两人去了一家淮扬菜的馆子，那里有只有两人坐的茶水桌。一条臭鳜鱼，两碟小菜，虾球汤，一瓶红酒半对半，潮红刚一落脸，心里的块垒就被冲走了些。感情到底有些基础，两人不说客气话，都泪眼汪汪。

苏梅下决心不提薛小梨，那一节已经过去了。她和寒武之间的纠葛，说到底是与薛小梨多少有些关联的。在早，苏梅是有私心的。她把寒武当成手下的业务员。她经常把寒武当成手下的业务员，但寒武到底不是。自从看见他与薛小梨手牵手，苏梅的挫败感就日甚一日。如果仔细分析，被欺骗的感觉还是次要的。连苏梅自己也羞于承认，她是有了被抛弃的污糟之心，情绪才会如此激动。她当然早就发现了他们，寒武的车就停在路边，那车牌号是烂熟于心的。苏梅不敢相信自己的眼睛，还特意下来查看。寒武的一件外套就放在后车座上，那外套是公司搞大合唱时发的，一件毛蓝色的西服。寒武年纪轻轻就闹腰，他车里总备外套。苏梅的车已经开出去好远，又折了回来。到底还是不甘心。她猜到寒武一定是和薛小梨一起来的，那条小路终于让她有了记忆。他们此刻应该在那个园子里。他们来干什么？他们是什么时候搭上关系的？这园子荒僻，的确适合干点什么。只是，她没猜到寒武也没见到那个隐者。就像一钵金食，她简直怀疑寒武在独吞。这心理真是奇怪，各种怨瞬间爆棚，假如寒武此刻在眼前，她撕他的心都有。女人恨起男人，实在没有道理可讲。她把车停在路口十多米远的地方，与寒武的车头对头。连跳两级坝台，人就站在了高处。她想寒武乍见她会不会无地自容，到底，无地自容的是她自己。看见两人出现的那一刻，她动若脱兔般地跳上了车，“嗖”地从他们眼前开了过去。

苏梅没有抑制住眼泪，滴滴答答淌了一脸。寒武呆愣了片刻，把纸巾叠好敷到了她的脸上。寒武说：“奇怪了，薛小梨失踪了。”他的疑惑只能跟苏梅分享，他同意来吃晚餐，很大程度也与薛小梨有关。“她怎么会突然失踪呢？”

苏梅托着腮看寒武。

“她是租住在48号楼。”

“就她一个人。”

“她没有男人。”

寒武说这些更像是自言自语。

“关键是，邻居说她很久没在48号楼住了。可明明前几天她还熬过鸡汤。”

“她难道不会回老家？”苏梅乜斜着眼，话说得又重又冲。

寒武愣了一下，有些醒了。但这话没能够解释他心中的疑问，却把他从某种执念中捞了出来。她如果回老家，事情就简单多了。

她原来是个有老家的人。那是代表她过去的旧有生活的地方，既然回去了，那些旧有的生活就重新与她在一起了。这里没有寒武什么事儿，难怪她不愿意回复他。再或者，她还有难言之隐。回去了就不再回来了。

寒武隐隐有些心痛，但能够忽略了。

心情放松了，许多话就不再拗口。纵观事情的前后发展，固然是寒武处心积虑，苏梅自己又何尝不是愿者上钩呢。开始只道是“出去转转”，再没想到她会抱着锅出来。寒武愈来愈肯定那是一只砂锅，敞口的。既然抱着锅，就说明她早有准备。只是，她不愿意把“早有准备”告诉寒武，她对寒武始终有保留。

难道他们真的走近过么？

“我甚至疑心她是人是鬼。”寒武想了想，“她周身都冒寒气。”

“是你心里有鬼！”苏梅又好气又好笑。

苏梅心中有了几分了然。有些情形差不多能对上。薛小梨与人的交往浅尝辄止，她才是个神秘的人。什么隐者，完全有可能是她编出来的。她有时候需要用司机，却不愿意打的。难道她没有车？她说过，她的车去维修了。那么就是永远也修不好了？用砂锅炖鸡汤送给陌生人很过分，那么只有一个可能，他们根本就不陌生。

苏梅目光如炬，寒武被雷得外焦里嫩。

“只是有一样，”苏梅小心地跟寒武碰了个杯，“她亲口说她有丈夫，她丈夫叫国安。这个不是我编出来的，我没有存心要败你的胃口。”这话说得相当难为情。苏梅把红酒一口干了。

这一路有多少只蝉？十万只不止。只要打开车窗，嘶鸣声就密不透风。其实蝉叫的时候是一声一声的。可因为合唱得毫无章法，声音叠加到了一起，就有了厚度。车窗起初开着，苏梅揿了一下按钮，玻璃升了起来。苏梅打开了音响，张君秋仍在候场，还未发出声音，寒武就把音响关上了。“我不想听，闹心。”寒武皱着眉头说。他过去从不这样明确表达自己，他总是以苏梅的意志为意志。“跟薛小梨坐在一起也这样？”这话在苏梅嘴里过了一下，但没说出来。寒武假装喜欢京剧，肯定与薛小梨有关。

他们还是想探寻一下那个园子，他们都很好奇。这差不多成了他们近期生活中的一个目标，只是两个人都抽出空来不容易。其实薛小梨更像隐者。不知她从哪里来，为什么跑到这里，这些都是谜一样的存在。上班的时候两人不好约，寒武现在很忙，跟冯总到处跑，又做司机又当秘书。难得一个周六都有闲，苏梅问：去？寒武答：去！

胖胖的卖鱼女人就像个坐标，穿着宽大的蓝布围裙，坐马扎上收拾小鱼。小鱼是湖边垂钓人的成果，仨瓜俩枣卖给她，她再卖给顾客。这条路人烟稀少，但若是有，十有八九是来买水库杂鱼的。他们把鱼称好，留下钱，就去逛野景。逛够了，鱼也收拾好了。所以卖鱼人的生意看似清淡，其实很有收益，因为那些人从不讲价钱。

“买鱼吧？纯粹的水库鱼，鲤鱼草鱼鲢鱼鲶鱼啥鱼都有。”看寒武撤下了车窗，女人朝寒武紧着招手。

苏梅指挥寒武把车一直往上开，她觉得，车放路边不安全。开过一段砂石路，龙爪槐的枝杈抽在挡风玻璃上，啪啪响。第一次来横竖找不到这条路，两人同时想到了那一天的尴尬，但都没有言声。通过这一段的磨合，很难说他们之间的关系是近了还是远了。门口右边有一块厚草甸子，车子停在那里，就像开到了沙发床上。两人踩着厚厚的野草出来，一同往园子里走。苏梅主张往左拐，从秋千架下绕过去。那里的几棵老树都够合围的，浓绿的叶子遮出了一条林荫道，一条石板路曲曲弯弯，看着非常有吸引力。寒武则二话没说，率先往右拐。他心里还是有结，薛小梨的出现和消失说不定与这里有关，他非常想弄明白。惶惶然走进月亮门，触目的还是那把铁锁，像苏梅第一次来时那样，翘着屁股。窗台上有一个鸭蛋圆的玻璃缸，上面有盖，旁边设有通风孔，下边铺着碎砂石，两旁都有纱网的爬虫饲养箱。一头黑色的蜥蜴警觉地扬着头，小眼睛突突乱转。

“你难道是宝宝？”寒武很惊诧。他急忙四下里查看，院落空旷寂寥，只有那片竹子摇头晃脑。寒武一只指头探进通风孔，跟蜥蜴打招呼：“你的主人去哪了？哦，你不是宝宝，宝宝吃生菜，你吃爬虫。”内心遂一片荒凉。

“难道你换了口味？”寒武大声说了出来。

“什么换了口味？”

苏梅从月亮门闪了进来。她还没走到秋千架下，便陡然收住了脚。她觉得这样跟寒武分道扬镳不合时宜。过去都是寒武对她亦步亦趋，现在明显局势变了，她得适应。她匆匆朝月亮门的方向走，正好听见了寒武在大声说这句话。

“这是什么？”苏梅凑了过来。

寒武说，这是宠物石龙子，主人在让它晒太阳。

苏梅瞥了一眼就去看竹子。“这样的丑八怪居然也有人养，跟蛇有什么区别……难道是隐者养的？”寒武点点头，也有可能。苏梅的话总像是在点穴道。

“那他就走不远。”寒武说，“蜥蜴不能暴晒，他正午之前肯定回来。”

“那我们先去转转。”苏梅过来拽寒武，“走吧。”

运动场的右侧山体上有条小路，他们拨开草丛往上走，才发现这简直是条富贵路。小路很窄，但都是圆润的鹅卵石砌成的。有台阶的地方都砌成了各种图案，那些图案很繁复，用的鹅卵石形色各异，每一块都能看出用心。寒武便想是什么样的脚穿什么样的鞋子踩在上面。那人肯定倒背着手，是个高级别的干部，身后随行者众。霍德华。寒武突然想起了这个名字，却没有说出来。两人走得很寂寞。寒武在前，苏梅在后。山里实在是太安静了，寒武甚至听见了汗水滴落的声音。拐过两个山环，是陡峭的一段台阶，苏梅早已气喘吁吁，掐腰往上边抬头看，仍是一座飞檐亭，上写两个字“养心”。

“在山顶上养心，可真够有想法的。”苏梅话都说不连贯了。

“肯定是那个霍德华写的。”寒武来了谈兴，“跟下边亭子上的题的字一样，都是行书。”

“下面题的什么？”苏梅问。

“望湖亭。”

“我没注意。”

“当年说不定有名角在那儿唱京剧。对，霍德华是票友，我上大学的时候还听舍友说过，他跟名角在办公室里聊京剧，外面等着汇报工作的人排到楼梯拐角。到了下班时间，他跟名角直接坐车走了。那些等汇报的人贴着楼梯闪出道，谁都不敢说一句话。”

“你倒是无所不知。”

“你们女生不关心政治。”

“关心也没什么用。”

“你不知道霍德华是谁吧？他是福建人，当过一座城市的市长。”

苏梅从包里拿出橘子一掰两半，橘皮是绿色，薄薄的细润，隐约透出了里面的橘瓣，这样的橘子微酸，但汁水饱满。车里有水，但远水不解近渴。眼下这半橘子有说不出的吸引力，寒武两口就都填进了嘴里，嘴角漾出黄色的汤汁。苏梅刚吃一瓣，在嘴里含着，用舌尖一点一点让它在口腔里旋转，好滋润四壁，余剩剥好皮，仔细撕掉筋线，全部送到了寒武的嘴边。寒武顿了一下，一口吞了。

“我们回去吧。”

“不到亭子上看看？”

“这里不是看见了么？”

“上面的风景肯定不一样。”

“我腰有点不舒服。”

苏梅用拳头顶了顶。把橘皮和那些筋线统统包进一张面巾纸里，又找出一张纸包了下，小心地放到了皮包的夹层。

“能坚持么？”

“下山没问题。”

“哦，好吧。”

“我们今天留点遗憾，以后找机会再来。”

苏梅转身往回走。寒武心有不舍，甚至想自己独自攀上去。计算一下时间，回来完全可以追上苏梅。心是这样想，脚下却随苏梅转过了身。

寒武有些心猿意马。他想，这条小路藏得这样严实，下次不会找不到吧？

9

那把锁原封不动挂着，墙角有棵香椿树，树影却正好移过来，遮到了玻璃缸上。这些苏梅不会留意，她往月亮门里探了下头，没吭声就往前走。寒武停顿了一下，看了眼树，又看了看树影，思谋这山里清凉，正午的树影下就像神仙待的地方，这是有人计算好的。蜥蜴俗称四脚蛇，又叫蛇舅母。许多蜥蜴能变换颜色以适应环境的变化和压力，比如，变色龙。

寒武的宝哥是一种蛇蜥。这种蜥蜴脚已经退化，只留下一些脚的痕迹和构造。因为有眼睑和耳朵，所以跟蛇有区别。

寒武给它攀了个弟弟，原想有朝一日也让它们见个面，却不料愿望看着容易，达成却很难。

再看那头黑蜥蜴，还是像薛小梨的。生活中喜欢蜥蜴的人不多见，怎么那么巧，让自己连连撞上。薛小梨给他发过照片。寒武连忙拿出手机找到那张图片，却又不太好认定。图片只有一个放大了蜥蜴脑袋，两只晶亮的花椒籽眼，像在与人对视。周围的境况根本看不清楚。寒武叹了口气，把手机揣进了兜里。

出了大门口，那棵古藤还站着，样子似乎更歪斜了点。车顶在太阳的直射下洒着碎金。苏梅却不见了。难道她也会隐身？寒武茫然地四下里看，山林葱绿，远处是点点湖水。这里地势低，远不如在望湖亭看得清楚。苏梅从墙的拐角处闪了出来，手里拿了朵矢车菊，放到鼻子底下嗅。寒武便明白她一定是去方便了。这种不雅的事，苏梅必要用雅举遮掩一下。想起自己从日本给她带妇女卫生用品，寒武心里便有些悸动。车子后座上放了水和食物，寒武先发动了车，打开了空调，坐到了后面。苏梅也跟着钻了进来。苏梅拿起一瓶矿泉水，拧开盖子喝了口，递给了寒武。寒武想拧另一瓶，苏梅挡了他一下，说一瓶喝不了，别糟蹋了。话说得自然而然。

寒武喝了一口，先咕噜咕噜漱口。然后紧着又喝了一口，咕咚咽了下去。登这半天山，嗓子早冒烟了。他说过去在酒桌上管这叫变相接吻，他们就接过不止一次。他毫无用心地看了苏梅一眼，诧异她今天没用口红。用口红他也不怕。过去从没怕过。

苏梅说，还有这说法?

寒武说，你忘了?

苏梅丢了个眼风，抿嘴笑着说，我忘了。

寒武有些怔，知道她不是真忘了。小范围的调笑比这尺度还大，怎么可能忘了呢。可她故意说忘了，就像个小女人，样子相当迷人。她的这一面，寒武很少见到。他们做同事这么久，苏梅总是大姐大的强势姿态，恨不得包揽寒武的吃喝拉撒。但从没有这样暧昧过，这样近的距离，空间私密而封闭，能听见彼此的呼吸。她身上汗气氤氲，低领衫遮不到的地方白得耀眼。她是一个白皮肤的人，在工作时永远不苟言笑。除了冯总，在女干部中她最有威仪。寒武突然想，她待他其实是有情分的，她凭啥对他好，不是因为她大自己六岁，不是因为她是领导。而是因为……她有情分。

难道自己一直在无感中辜负人?

寒武心底升腾起一种愿望，脸不由得潮红，身体也像灌满了风一样膨胀。她结过婚，两年以后又离了。她从不说自己离婚的事，感觉上，她还是做姑娘时的心态。冯总开玩笑时就叫她苏姑娘，或者苏小妹。可无论如何她是结过婚的，她的感觉和意识里都有男人这根弦，这根弦曾经洞穿她，就像……小船乘风破浪一样。寒武突然想起了蜥蜴交欢时的场景，那是他在网上看到的视频，长尾拧成麻花，剧烈而反复地在石头上扭动抽打，欲仙欲死。绝难想到冷血动物会有那样强烈的性快感……他的右手放到了她的左膝盖上，她的膝盖圆润结实，似乎受不了那一触。寒武感觉到了她的战栗，下意识一躲，寒武的手则像偶然似的落到了她的双腿之间，顺势兜住了她的大腿内侧。她的身子一扭，嘴里突然呻吟了一声。寒武受了鼓舞，忽然变成了出鞘的利刃，渴望挑动和刺破。他另一只手绕到了她脑后，蛮横地把她往怀里一搂，她的下巴就抵在了他的胸上。寒武把整张脸覆盖上去，苏梅的天就黑了。车内空间狭小，她自觉没有动。寒武的青春和野蛮有一种巨大的破坏力，像决堤的江河，瞬间便席卷了一切。

远处有野鸡在叫，一声接一声地，要死要活。寒武的兴奋只持续了很短的时间，便从高处跌落了。“我会娶你的。”他慌忙俯到前边去拿纸抽，他弄脏了苏梅淡咖色的长裤，腰那个部位，有一摊白癣。苏梅推开了他，自己找了块湿巾。“你没好，你肯定没好。”寒武觉得心中的火气没有完全挥发掉，又开始啃她的腮。他觉得，这一刻他爱这个女人，恨不得把自己塞回她的身体里。苏梅的矜持全无用场，雀跃的细胞告诉她，她做不出该有的样子。寒武的舌尖一路下滑，苏梅抽出手来，爱抚地揉搓他的耳朵。寒武像狗一样嗅她的胸脯，突然喃喃地说了句："妈妈。"

"我只看过妈妈的胸脯。"寒武的脸红得透亮。

两人牵着手走下来，肩膀偶尔撞一下，他们此刻就像一对夫妻，都面带潮红。苏梅首先提议："我们去买条野生鱼吧，回去熬个鱼汤。"话说得就像主家婆，她看了寒武一眼，眼神有母性的光。寒武顺从了苏梅的建议，虽然有些疲乏。他现在渴望在车里睡一觉。可这个时候的男人不属于自己，应该是女人的影子。他们径直走向那个鱼摊，胖女人从马扎上站起身来，边用帕子轰苍蝇边打招呼。"来条野生鱼吧，保准是水库里长的。"他们选了两条大个儿的鲫鱼。胖女人挑了寒武一眼，说你们不是来玩的吧？苏梅说，你认识我们？胖女人说，那次那个女的呕成那样，是让鱼腥熏的？

"她是见不得杀鱼。"苏梅说，"你记性真好。"

回头对寒武说："她说的是薛小梨。"

胖女人又注意地看了寒武一眼，她在一瞬间对苏梅有了信任感。她记得寒武跟那个女的也牵过手。后来，那个女的又牵了别人的手。她长着杏黄色的头发，长长的紫色指甲，看着就像个狐狸精。没来由的，胖女人对薛小梨没好感，她在一瞬间决定说点什么。

"她跟那个老头子在一起了。有天晚上他们挽着手出来散步，啧，就像你们刚才这样……不得小三十岁啊？"

“三十多。”男人提着渔网兜子走了过来，里面有一条大鱼几条小鱼，大鱼长着金黄的脊背，跟许多小鱼挤在一个狭小的空间里，有点像小鱼的妈妈。男人倒了一下手，右手托底，左手把网口撒开，那些鱼“哗”地倒进水筐箩里，鱼终于解放了，撒着欢地游。

“你们说谁？”苏梅有些惊奇。

“那个女的么，跟你一起来过，吐的那个。”胖女人仰脸说。她细眯着眼，日光照射下她的眼皮不停地跳动。“黄头发，紫指甲，那天那样恶心，我以为她怀孕了……她跟那个老头好了。他们差那么多，像爹和闺女。”

寒武心中一凛，人似乎都要抖起来。“你说的是薛小梨？那个老头子是谁？”

女人说，我不知道她叫啥，但那个老头就住在园子里，有气派，像个老干部。

男人说，像啥老干部。那老头说自己是设计师，依我看他就是个贪官，刚出狱的那种。

女人说，还说来这里修行，分明是来勾搭女人。

寒武突然激动了，嚷：“那是个隐者！”

女人摇头笑，说倒是像，他连手机都没有，说不会用……来买鱼经常没有零钱，我说你扫二维码啊……他说这湖里的鱼好，养人，早些年经常有人送。你知道这湖里最大的鱼有多重么？我见过，比门板长，五十多斤……

他吹。男人不屑。

“他们没在园子里，知道去哪了么？”苏梅内心吃惊，外表却一点看不出来。

女人说，谁知道。他们每天都出去玩……原来女的有个车，掉湖里了。是个白色的奥迪。就在前边路膊肘弯那个地方……那个时候天还寒着，这个女的胆子大，一下就把车开进去了……当时周围没人，女人自己从车窗里钻了出来，她命可真大。这是去年秋天的事吧？柳树叶子刚黄，杨树叶子都落尽了。女人哆哆嗦嗦在路边拦车，后来终于过来一辆三码车，把她送进了城里……

“你亲眼看见了？”苏梅问。

胖女人说：“那天我们没出摊，我妈病了，我们两人去医院陪床了。后来是开三码车的人说的，他说一路走心里一路打鼓，他怕那女人是水鬼。”

“你怎么知道是她？”

“后来她捞车啊，我们都看见了。来了一辆吊车，把她的车吊了上来。”

两个买鱼的都没动静，胖女人奇怪地看了他们一眼。手里忙着活计，嘴里也不闲着。她说那时她还没跟老头勾搭上，他们互不认识。但捞车那天老头在现场，指挥吊车怎么捞不碰坏那车……眼下他们像和尚一样云游，前两天还有人看见他们在大云泉寺上香，那个寺就剩下一个房岔子，神像早不知去向。

寒武脑里划过一个镜头。那日他和薛小梨牵手走在那条小路上，眼前有辆白色的车开过，因为速度快，薛小梨紧张兮兮地说，它应该降速的，前边是急转弯，非常容易出意外。寒武用力握了一下她的手，说这条路上连对头车都没有，不会。

薛小梨当时皱着眉头说，事故都是因为大意。

那辆车就是苏梅的标志。寒武呆呆地想。

回来的路上，寒武把车停在路边，一个人走进了向日葵地里。苏梅以为他是去解手了，可等了又等他没回来。苏梅拔下车钥匙，也下了车。向日葵像士兵一样面朝东，沉默地站满了山坡，微风摇晃着它们的身躯，它们下定决心样地挺着腰板。寒武坐在田垄里，整个被向日葵淹没了。苏梅巡视了半天，一猫腰，才在田垄里看见他。他的脸黄灿灿，也像朵向日葵。苏梅注视了好一会儿，一个人回来了。

"你刚才应该给我拍张照。"寒武回来时说，"我喜欢梵高的《向日葵》。"寒武很温柔。"我没有跟你说起过吧？"

10

苏梅在网上买了东西会发张图片给寒武看。一把咖啡壶，或几只细白瓷的小汤碗，韩国货。苏梅不明说，寒武也知道她是在为结婚做准备。否则，何苦发给他看。过去他们私密，但不家常。寒武说过要娶她，苏梅有这样的想法没毛病。寒武总是点赞，献花，太阳脸，满满的热情。餐厅靠窗的一张小桌子成了他们专用的，别人去得早，也自觉给他们留着。有时冯总会跟他们开个玩笑：“什么时候请大家喝喜酒？”他们吃饭的时候经常把头抵在一起，像两只长了犄角的羊。有一天说到了好笑的事，寒武喷饭了。苏梅紧张地左右看，连忙用餐巾纸给他擦嘴巴，就像对待一个婴儿。

公司里的人看着他们甜蜜，心里真是怪怪的。大家习惯了苏梅对寒武好，像老母鸡护着小鸡。突然一转变身份，便觉得她不像她，他也不像他。苏梅柔软了很多，看见新入职的小孩也满脸笑着打招呼。他们是两个老大难，并在一起，就把问题全解决了。想想生活也怪有趣，总有想不到的结局。

但私下里，有人为寒武遗憾。他小，又是童男子。就有人嘴巴刁，说他有被拐骗之嫌。

晚饭以后，两人一起遛弯。一般都是苏梅主动约：“出去走走？”寒武说：“好。”然后两个人一个朝南走，一个朝北走，会合。然后一起朝西走。兜兜转转，才发现始终围着48号楼。寒武指给苏梅看那个阳台，苏梅吃惊地说：“她在阳台上。天气凉了，她怎么还穿裙子？走，我们上去看看。”寒武其实知道那不是薛小梨，那只是个人型幻化物，到底是什么，谁也说不清。但他愿意跟着苏梅一起去敲薛小梨的门，万一她在家呢。来开门的也许是那个老头也未可知。寒武心底有些负气，他想看看那个老头有多老。想起视频中交欢的蜥蜴，寒武想，也不知老头还行不行。他这时才发现自己竟然有隐隐的恨意。她耍人了。她不该耍人。她耍人欠厚道。不声不响玩失踪，原来看上了一个老头子。她可真有眼力。苏梅敲门的声音有些大，对面的门开了。寒武认出了还是上次见过的那个女人，腰身像水桶一样粗。因为有苏梅的缘故，女人一下就把房门敞得很大，露出了室内暗色红色的灯光，让人疑心她屋里点着灯笼。靠墙根一堆乱糟糟的鞋子，就像摆地摊一样，也蒙着层可疑的色彩。“你们找谁？”女人的样子更像明知故问。

苏梅指了指薛小梨的房门。说这家有人么？

“没有。”女人摇头，“真是奇怪，房子不来住，可也不退租。我有好久没看见她了。”

“她找了一个老男人。”苏梅嘴里有抑制不住的喜悦，“也许很快就要结婚了。”

“不会吧？”女人狐疑，“她那么年轻，那么漂亮……她有丈夫，她丈夫是在威海做海鲜生意。她家有货轮，能远洋。”

寒武跨出去一步，墙上挂着的似乎是电表箱，险些撞着头。“你最后一次见她是什么时候？”

“这哪里想得出……反正很久了……”女人突然面露惊奇，“你是……”

寒武安稳地说：“我也在这个小区住，我们跟她都是朋友。”苏梅奇怪地看了寒武一眼，问：“她养猫么？”

女人说：“好像不养。”

寒武说，她养蜥蜴。

苏梅说，怎么能养那种东西。“蜥蜴不就是蛇么？”

寒武说，蜥蜴是蜥蜴，蛇是蛇。

苏梅不再理寒武，转而问对面的女人：“她家地毯是黄色的？”

女人说，她家没地毯，瓷砖都是跟我家的一样。

“卧室呢？”

“卧室也没有。她在这里住时我进去看过。”

两人一起伸头往女人身后望，像是能看出什么所以然。地板呈一种粉红色，也许是灯光映的，隐约而朦胧，看不出质地。靠墙根一堆鞋子，也像蒙着面纱一样散落着。

“房价下降的时候开发商送精装……”女人闪了下身子，更像解释，“自己买，会买好一些的……”

苏梅不打招呼就往下走，寒武跟在后边，朝女人挥了下手。女人诡秘地说了句：“她是有钱人……”

出了楼梯口，两人都有些猝不及防的茫然。刚才发生了什么？什么也没发生。上去的目的和意义是什么？“我一直都相信释迦牟尼说的一句话，无论你遇见谁，都是你生命中该出现的人。绝非偶然。他一定能教会你些什么。所以我也相信，无论遇见谁，都是命运的安排，我别无选择。”苏梅望向星空，话说的就像自言自语，“这是她发朋友圈的一段话，下面配了张猫图，卧在地毯上。淡黄色，长两只圆溜溜的琥珀眼。”

“这样长的句子你居然记得。”

苏梅若有所思。“她真的养蜥蜴？蜥蜴能当宠物？”

寒武总是提不起精神，他的精神都是强打起来的。比如，一进餐厅，或者一进会议室，就像条件反射一样，挺身板，脸挂上笑，都是下意识。他对苏梅越发温柔体贴，下楼梯的时候，要伸手挽着她。公司又有人说酸话，说怎么感觉他把苏梅当妈啊？苏梅手袋换了大红牛皮的，别是一种热闹和喜气洋洋。公司要派人去深圳培训，听说派了寒武，苏梅直接找到了冯总，说领导行行好，不知道我们在准备结婚么？

冯总说：“你以为我愿意派寒武？拿到通知他就跟我磨叽。小别胜新婚。”冯总挤了挤眼，“你不懂，寒武懂。”

苏梅给寒武准备了全套的出行必备。那种牵挂就像初次送儿子上幼儿园一样。可寒武临走却没能跟苏梅见上面，原本是单位的车送他去机场，可寒武说有朋友顺路，就不麻烦单位了。培训的这一个月，他们每晚都要聊几句。寒武总是很匆忙，不在线的时候居多。终于要商量接机事宜了，苏梅很早就打算，自驾，偷偷。否则冯总不依。车技再好也不行，这是公差。苏梅给寒武留言，说订好机票就告诉她行程，只告诉她一个人。寒武却再也没动静。直到几天以后苏梅有了不安的感觉，她问冯总，寒武有没有说什么时候回来？

冯总说，你不来我也正要找你。寒武怎么回事，这儿还一摊子事儿等他呢。

手机是“不在服务区”状态。两个女人轮流拨，冯总嘴里说：“这个李寒武，怎么搞的。”顺手把手机扔到桌子上。回头看苏梅，是一张清湛的脸。冯总吃惊地说：“你怎么了？”

63 号楼是叠拼，寒武跟父亲住在一起，母亲早几年去世了。他父亲曾当过农林局局长，一直在考虑续弦。苏梅多方打听，也就打听了这些。寒武失踪的事，没在小区引起波澜，也许，左邻右舍都还不知道。这年头，没有什么事情是别人必须知道的。有一天，苏梅下班回来，看见 48 号楼围着许多人，还有警察在维持秩序，近了观瞧，才发现楼顶有一个穿白衣服的女孩，作势要跳楼。

“警察已经上去两个多小时了，一直在做说服工作。”人群中有人议论。

愿意跳就跳呗。苏梅心里嘀咕了句，使劲摁了下车喇叭，把很多人都吓一跳。冬天的风刮的人睁不开眼睛，很多人都把防寒服的帽子竖了起来。他们站在寒风中仰着头，像一群奇怪的动物。苏梅突然在人群的外围看见了薛小梨，她提着个大的塑料袋，明显是刚从超市回来。苏梅赶忙到前方停好车，过来扯了一下薛小梨。薛小梨穿了长款的韩版羽绒服，草绿色，腰瘦得似乎只有一掐。口罩在一边耳朵上挂着，颧骨被风吹得通红。“26，我都有点不敢认你了，你好瘦啊。”

“你呢？干什么去了？”苏梅的语气有点像玩世不恭。

“没干什么呀。”手里的东西大概重，薛小梨倒了一下手，“你好么？”

苏梅摇了下头，突然眼圈红了。

薛小梨有些不安，她想安慰苏梅，又不知怎样表达才好。“我们一直住在园子里，供暖了才回来。不知这里发生了什么事，那个女孩……”她朝高处指去，人群哄地一阵笑，警察把女孩扯住了，但她们这里看不到。她的手寥落地垂了下来。人群四散开去，警察不见了，也没看见那个女孩，不知都去了哪里。

“你还听京剧么？”

“我最近在学画油画。”

“学画画好，高雅。那个，住63号的李寒武，还好吧？”

她们共同往63号楼的方向望。才一会儿的工夫，已经有人家亮灯了。

“你认识他？”

“他跟你在一起啊！”

苏梅有点回不过神来，不明白这都是怎么回事。她们到底谁知道谁，谁不知道谁，怎么这么乱哪！但此刻她有豁出去的感觉。“他也去做隐者了。”苏梅说。

“你说什么？”

“那个老头……”话一出口，苏梅就觉出了唐突，“那个隐者，他还好吧？”

“他的腿需要做个小手术，被儿子接回市里了。但明年开湖了他会过来，我们约好了。”

冷风似乎吹透了骨头，苏梅寒噤了一下。把身上的衣服裹了裹，苏梅说：“太冷了。”

2020年2月

望湖楼

1

还没出正月，已经连续下了三场雪。前边两次是小雪，勉强能没鞋底子。这场有点厚，能没鞋帮子。鞋底子和鞋帮子，是老伴对大雪小雪的评价标准。其实甭管大雪小雪，正月的雪就像离娘的孩儿，在地上停不了多久，太阳一出就化了。所以陶大年对老伴扫雪颇有微词，“你扫它干啥，多点湿气不好么？”他喜欢在雪上走，咕叽咕叽，像鞋窝里藏着一群耗子。不大个院落，让他踩得七零八落。“躲开躲开。”老伴用扫把杆敲他的腿，“都多大年纪了，还像个里格朗，老要张狂也得差不多。”老伴示意他抬起脚来，把脚底下的雪扫扫，陶大年不为所动。他对天发了下感慨：“啊。”陶大年的感慨也是古人的感慨。“瑞雪兆丰年呐！”陶大年双手叉腰站在院子中间，响声大气。老伴让他小点声，隔墙有耳。陶大年横起眼睛刚要说什么，老伴赶紧摆手，下了免战牌，去了屋里。陶大年的话不是对老伴说的，而是对广阔天空说的。或者也不是对广阔天空说的，而是对宇宙万物说的。此刻的陶大年，胸腔里都是豪情。他经常豪情万丈，让老伴莫可如何。因为声音太过洪亮高亢，一只喜鹊正在花墙上跳跶，吓了一跳，一脚踏空把一团雪蹬了下来。连续下的三场雪，陶大年每次都要说这句话。每次都说相同的话，这在陶大年并不是重复。只是老伴有些不堪忍受，隔着玻璃窗由着他发完癔症，才端来不冷不热的茶让他洗嘴。陶大年喜欢用茶水洗嘴。茶要上好的新鲜龙井，温开水泡开，晾到八分钟左右才用。陶大年仰天“咕噜咕噜”的时候电话响了，陶大年伸出一只手指，示意自己去接。陶大年把一口茶水喷向雪堆，雪堆立时出现了无数飞溅样的黄色漩涡，像被浇了尿。陶大年把茶杯往老伴的怀里一塞，颠着步去屋里。老伴在他身后嚷：“你慢点儿，怎么越老越没个稳当……喜鹊都笑话你了。”

喜鹊提着蓝色的塑料桶往外去倒垃圾，险些与陶大年撞上。她赶忙把桶往身前悠，把陶大年让了过去。喜鹊说：“刘姨，我可没笑话陶叔。”

刘会英指点着说：“没说你，我说墙上那只呢。”

喜鹊往花墙上看，那里有两个隔年的老丝瓜，像猫一样趴在雪堆里，只露出枯黄的脊背。那只喜鹊估计想啄食，啄了两下，却有点无可奈何。

“……贺小三？前庄的？我们同过学？老师姓余，没错。学校外面有条沟，沟里能钓土螃蟹……我现在退下来了，也没职也没权了……你要请我吃饭？这不好吧……人由你操持。我叫？你嫂子她不去……既然是同学，那我也就不客气了……”

陶大年从卸任那天就变成了一个喜欢接电话的人，内心对电话的那种感受，恐怕连他自己都很难说清楚。在任时陶大年不喜欢听电话，许多事情都是他口授，秘书传达。或者秘书转述，他作指示。当然，上级领导除外。陶大年对电话的厌恶溢于言表，你如果因为鸡毛蒜皮的事用电话找他，事情办不成不说，十有八九还要招他一顿臭骂。

所以埙城的大小干部都知道这一点。陶大年办公室的门外经常排着长队。

陶大年放下电话，老伴随后也进来了。老伴是一个小个子女人，浑身上下筋筋巴巴地没有一块多余的肉。她挑着眼眉看陶大年，等着陶大年跟她解释。陶大年自打退休，就自觉把饭票交到了她手里。每天吃什么，都要走协商程序。陶大年说，有意思，小学同学还有叫贺小三的，怎么这么多年也没冒上来。老伴担心地说，不是仇人吧？看你退下来了，瞧热闹的。陶大年把头摇得像拨浪鼓，连连说不至于，哪有仇人还请吃饭的。再者说，我为官这么多年，好事做了无数，哪有什么仇人。他把电话扛到肩膀上，戴上老花镜，歪着脑袋翻电话本儿。这么古老的行为，也只属于陶大年。

他不会汉语拼音，连个名字也不会存。电话本儿上的字有点小，陶大年高举过头顶皱着眉心一个字码一个字码地念，一个数字一个数字地摁。过去这种活可以依赖秘书，现在只能自力更生了。

老伴说："这么大的雪还出去吃？海参昨晚就泡上了。"

陶大年头也不抬地说："你们吃吧……雪挡不住人，一会儿就化了。"

老伴说："这雪能没鞋帮子，哪会说化就化。"

陶大年咂了一下嘴，说这都什么节气了，七九河开，八九雁来，九九无冰丝。

知道拦不下，老伴把杯子续上水，出去铲雪了。

陶大年找了一个姓江的，江春余。姓富的，富连春。姓左的，左三东。姓路的，路天齐。一个一个地数，凑够了八个人，这其中包括江春余和左三东的两个司机。这两个人虽然退下来了，但每逢外边有饭局，哪怕只有两站地，也要向单位要车。路天齐人还没办离退手续，却已经买了"别克"开回家。他曾积极鼓动陶大年买车，陶大年像年轻人那样骂了句："靠！我坐了一辈子车，老了老了给别人当司机？"

如果那个贺小三也带司机，正好一桌人。

陶大年是这么盘算的。他很少做东请别人，这回正好耧草犒劳兔子。

陶大年打了五六个电话，只用了很短的时间。他们年轻的时候几乎都同过战壕，现在也经常在一起混，打牌，喝酒，扯淡。基本不用说多余的话：“中午有饭局，望湖楼。谁请你就别管了，总归有你酒喝。”这些人中就数富连春磨叽，总要问个底儿掉，末了还要说自己有什么什么事，能不能去暂时还定不下来。陶大年知道他的毛病，毫不客气地指出：“定不下来你就别去了！刹集末庙的事（你也快到站了）。癞蛤蟆上案板，别太把自己当块肉！”陶大年的说话风格，纯粹是受了老伴的传染，他在职的时候不这样。富连春还想解释，陶大年提高声音说：“你到底是去，还是不去？”那边的富连春“嘿嘿”了两声，赶忙说：“去，去。有你陶老爷坐镇，我敢不去？”

陶大年半真半假地说：“以后你再得瑟，不带你玩了。”

富连春说：“别呀，我这不是紧着说去么。”

陶大年最后一个电话打给尚小彬。老伴正在一锨一锨地往外铲雪。这些活她其实可以不干，有喜鹊呢。可老伴是个闲不住的人，而且就爱干体力活，她是劳动人民出身。陶大年往窗户外边瞄了一眼，看着老伴端着雪铲出去了，才摁电话号码。这个电话号码是烂熟于心的，所有人的电话号码，陶大年只记住了这一个。可摁时出现了差错，听筒里是全然陌生的一个女人的声音。陶大年急忙撂了电话，再想摁，老伴端着雪铲回来了，伸着脖子往屋里看了一眼。老伴的眼神儿还像年轻时那样凌厉，一扫一片，既有广度也有深度。明知道老伴不会听见和看见，陶大年还是有些心虚。他站起来装模作样喝了口水，“咕噜咕噜”咽下肚去，盯着老伴端着雪铲往外走，才重又摁通了尚小彬的电话。

尚小彬还没有起床，这个女人从年轻的时候就爱睡懒觉，她的好容颜都是睡出来的。听着她捂在被窝里暖嘟嘟的声音，陶大年平展展的那颗心起了那么点小涟漪。人不年轻了，但涟漪还是有的，遇到风吹，就会泛起。陶大年温乎乎地说，半辈子没见面的小学同学请吃饭，不好意思不去。你去不去？尚小彬问，那人是干啥的？这话把陶大年闹愣了，他不知道那个贺小三是干啥的。人家没说，他也没问。一听贺小三的名字，尚小彬却来了精神，她说要都是你的那帮狐朋狗友我就不去了。既然有个新鲜人，我去。陶大年说，可我想不起他是谁了。尚小彬开心地叫：“那就更好呀！连你都想不起来的人，一准新鲜！”

“听你的口气怎么像在说吃湖鲜？”陶大年狐疑。

尚小彬银铃似的笑。“管它湖鲜海鲜，好吃就成。起床！”

像给自己喊号一样，尚小彬一个鲤鱼打挺跃起身，白花花的后背上像落了一层雪，雪落无痕哪！陶大年痴痴望着窗外，这雪不是那雪。不由叹息了一声。这里地势高，能看见钟鼓楼皴黑的瓦脊，诡异地透出一点世界原有的模样。老伴回到了院子里，先用平铲把雪拍瓷实，然后左右后边切成豆腐块，弓着腰背铲起来往外端，繁忙得像一只老家雀。

陶大年心想，她也就干这些得心应手。

十点整，陶大年夹着水杯走出了家门。水杯里的枸杞红枣西洋参姹紫嫣红。

陶大年是这样打算的。定的是十一点半的饭局，这条路走过去用一个小时二十分钟，余下的十分钟，单独与贺小三攀谈攀谈。虽然不知道贺小三是干什么的，但有一点可以肯定，他不是常在自己眼前晃的人。若是常在自己眼前晃，自己不能对他毫无印象。既然毫无印象，就是生人。既然是生人，自己就要对他多些关心，哪怕这种关心只能落实到口头上。

谁让他出现得太晚呢！

当然，贺小三也许用不着关心。能在望湖楼请客的人，都是经济上打了翻身仗的。

可大款的日子也不好过，随便一个穿制服的都能管着他。所以那些大款愿意攀亲戚要地位，当个代表、委员啥的，目的就是能跟主要领导扯上关系，关键时刻领导说句话，也许就是身家性命。当然，他们更愿意请人吃饭，虽然大多数的时候是吃瞎饭。一到晚上你看各高档饭店，多是这种请吃瞎饭的人在操办。

走出家门之前，陶大年与老伴有几句对话。这几句对话，多少破坏了陶大年的好心境。老伴端着铁铲站在门口，像一尊黑脸门神。她似乎天生就是个不会笑的女人，尤其不会对陶大年笑。干巴巴的皮肤蒙在支棱起来的骨头上，眼角朝眉梢方向吊。她冷冷地看着陶大年，嘲讽说：“你还是想逞能？”

陶大年皱起眉头说："你这是什么话。"

老伴说："望湖楼在城外头，远，这是一。二一个雪天路滑，你不想摔个腿折胳膊烂吧？"

陶大年说："你就不会说句好听的。"

老伴固执地看着他。

陶大年提高声音说："你是不是盼着我摔趴下？"

老伴坚决地说："你不能坐那种蹦蹦车！"

陶大年有过两次坐蹦蹦车的经历，故意的。他想用这种行为告诉世界，我陶大年能屈能伸。其实这个世界上根本没人在意这些，是陶大年自己想多了。"我坐蹦蹦车咋了？老百姓能坐我就能坐。我想坐谁也拦不住。"

老伴喘着粗气说："你非要这么跟我拧着？"

陶大年说："别啰唆，让我过去。"

老伴手里的雪铲"咣当"扔到了地上，拧着身子去了屋里。

陶大年把杯子往腋下一夹，错了一下步子，从铁铲上迈了过去。

2

陶大年踏着正月的第三场雪走出了家门。大雪闹闹穰穰，飘得特别不好意思。整个冬天都没怎么下雪，这都快正月底了，再下雪已经不合时宜了。陶大年在雪花里穿行，雪花都躲着他走。他嘴里大口扑出来的热气带着愤懑，能把空气烧灼。家外面是一条小马路，孤寒冷寂得不见人影鬼影。陶大年心里的烦躁涌了出来，脸上的皱纹都深了几许。

路天齐打来电话，说城市的主干道上没人洒盐水，路滑得要命。“天没亮雪就开始下，这两天气温低，路都轧铁了，不知道管交通的人是干什么吃的。”陶大年说：“你才几天不管交通，没打下好基础你赖谁？”路天齐说：“我不是这个意思，我是说雪天路滑，走路不安全，我去接你吧。”陶大年“啪”地就把手机关掉了。就像夹住了路天齐的嘴巴，过了好半天，陶大年的耳朵眼里还是路天齐“针儿针儿”的公鸭嗓。

走路不安全，坐车就安全？陶大年气愤地自己跟自己嘟囔。

陶大年从卸任那天起，就开始对小汽车深恶痛绝。这与他对手机的态度恰好相反。他坐了一辈子车，从绿色小吉普，到红色桑塔纳，到蓝鸟王，到黑广本，最后一辆是奥迪 A6，越坐越觉得车跟人有浑然一体之感。所以离开了那辆车，说真的他有些丢魂。那辆车的车牌是 0001，尚小彬说他丢魂不是因为车，而是车牌。也就是说，他放不下的不是车，是头面。世界这么大，敢这样根根露肉说他的只有尚小彬一个人。那时司机每天都要洗车，就像他身上的衣服一样，稍有灰尘他就不舒服。坐了一辈子车，他却不会开车。车改有消息的时候，很多领导干部像蚂蟥一样盯驾校，有人想送陶大年个驾驶本，被他拒绝了。如果没有车，要本子何用！那辆 A6 像帽子或椅子一样，有种专属感，除此之外，没有什么能入他的眼。陶大年的偏执性格，在对待车子的问题上，表现得淋漓尽致。退下来痛恨小汽车，在任时痛恨手机。再早，他还愤恨女人的高跟鞋和一步裙。敢在他面前穿高跟鞋和一步裙的也只有尚小彬一个人。那时尚小彬工作在外经贸委，管招商引资。陶大年给出的理由是，她要跟国际接轨。至于跟国内接轨的诸位女士，对不起，陶大年会训得你眼睛不出汗不罢休。陶大年有理由，说机关都是楼上楼下跑，楼梯有个地方成夹角，裙边一忽闪，楼下的目光如果呈对角线，能把裙子里的内容看个满眼。“我这是为你们好！”陶大年在会上苦口婆心，像只好心肠的母鸡。说机关就应该是清一色，没有性别意识。你穿得花红柳绿给谁看？出了问题谁负责？那个时候陶大年的威严自不待说，盯谁一眼，谁能琢磨三天。陶大年也清楚，自己在位时，是一个最像“官”的人。所以他退下来，刻意要摆脱那时候的形象。比如，待人随和，见人先打招呼。谁请喝酒都去，去哪儿都靠两条腿，稍远的地方宁可坐蹦的，等等。看着从那么窄小的车门钻出的那么庞大的身躯，谁心里都有笔小账。“你以为他是放低了身段？他是放不下身段。”左三东和陶大年年轻的时候当过正副手，最了解他。“越放不下就越端着。有人专门往上端，驴倒了架子不倒，烟酒一点不降档次。他倒好，连驴带架子一起不倒。”那辆车不只是把椅子，还是个颜面。既然丢了，他就刻意钻到尘埃里。他打年轻的时候就是个有怪想法的人。

望湖楼坐落在水库南岸的山坡上。水库号称华北地区最大的人工湖，修建于二十世纪五十年代，有上千亩水面。附近有一座乌鸦山，山上水草丰茂。早些年，一些市民自发地来这里遛早儿，把乌鸦山遛成了一座公园。开发时，发现了民间传说掌故，有一块大石头状若书桌，便就此修了凉亭，取名赵普读书台。没错，就是“半部论语治天下”的赵普，曾协助宋太祖赵匡胤“杯酒释兵权”。赵普祖籍埙城南门外，没事了就来乌鸦山上读书。

望湖楼就在公园的南面，后开一道角门，等于把公园纳入了自己的辖区，食客来早了，或肚子吃胀了，都可以攀爬到凉亭上，顺便沾点文人气儿。当然，这都是商家对外宣传的策略。望湖楼开张那天，成了整个城市最轰动的事。天上彩球飘飘，街上锣鼓喧天。舞龙舞狮的队伍占了好几条街。常在中央电视台露面的歌手来了好几位，他们的歌声把一座城市撩拨得好长时间平静不下来。不平静的还有一位女歌手，她在那场演唱会之后成了望湖楼的常客。表面上她是被这里的湖鲜所吸引，更深层的原因谁知道呢，大家都说她与张小帆打了牵连。

张小帆是望湖楼的老板，他除酒店之外还经营电子商务，并且涉足房地产。没有人知道张小帆有多少钱，就像没有人知道张小帆的名下有多少情人。

除了张小帆，任何人都休想在湖边盖酒店，而且是盖在一只鸟的鸟背上。乌鸦是传说中的一只神鸟，某个有史可查的年代闹粮荒，乌鸦往返上千次衔来种子，救了整座城市的人的性命。当然，这些都活在人们的口口相传里。

陶大年找张小帆订了房间，点了应景的房间名：瑞雪。张小帆说，陶叔大驾光临，饭菜算我张罗，想吃什么您随便点，千万别替我省着。陶大年说，今天有人买单，你就替我张罗一下饭店拿手的，荤素搭配，标准中等偏下，我是退休的人了，凡事要低调。张小帆说，我明白。这么着陶叔，不管谁买单，我给打个八五折，餐后点心每人一份，这样就省了主食。商家的那种算计哪里骗得了陶大年，肉都烂在锅里。陶大年说，你甭送这送那，告诉前台总款打个八五折就行。张小帆赶忙说，我这就去告诉，您放心吧。张小帆自然知道陶大年的典故，小心地问："您怎么过来？要不，我去接您？"

陶大年马上有了情绪，大声说："用不着！"

不知道是不是下了三场雪的缘故，楼顶的烟道堵塞了。烟排不出去，屋里的土暖气就无论如何烧不热。一早起来，贺三革一个人跑到楼顶上去打扫烟囱。贺三革用的是土办法，毛头绳上拴一块砖头，顺着烟道徐下去，在烟道壁上蹭来蹭去。徐下去的红砖头，拽上来就变成了黑的。这样往复几次，一股黑烟窜了出来——烟道通了。

楼房只有三层，在城西拐角的山环里，是当年老电线杆厂的产物，跟城市隔着几公里的青苗地。往楼顶上一站，视角和感觉就都出来了。脚下白雪皑皑，远处水天一色。湖水蓝汪汪的，倒映着雪山的影子。当然这是贺三革的想象。贺三革的眼神儿再好，也无法穿越城市的建筑之即，看那么远。贺三革还想到了那座望湖楼，像天上的宫殿一样可望而不可即。夏天贺三革去湖边垂钓，钓友们经常拿望湖楼凑趣："要是也能在里边撮一顿，出来当鱼食儿也值。""进去看看也好啊！听说里面端盘子的都不比电影明星差。"还有人将贺三革的军："老贺，请请我？"贺三革嘴上不说什么，心里却有点走样儿。他总幻想着有朝一日能理直气壮地走进去，大把钞票拍过去，即使什么都不吃，就要一次那种感觉。

那种感觉，让坐在湖边的贺三革经常心不在焉。

贺三革从楼顶上下来，心里并不坦然。他用毛巾擦脸，却只把侧面给了妻子陈袖珍。"雪下得不小，这样的天气陶大年兴许有空儿。"贺三革用毛巾把脸整个蒙住了，突然使劲往下一抹。

陈袖珍积极怂恿："你打电话试试。"

贺三革有点矛盾："你当真不心疼钱？"其实他希望陈袖珍拦一下，他可以就坡下驴。

陈袖珍舞动着那只残手，痛快地说："该花就得花。我们都得过人家的好处，滴水之恩当涌泉相报，这道理我懂。"

陈袖珍爱看闲书，窗台上摞着一尺高的书报杂志。她说话总透着有学问。

贺三革这才磨磨蹭蹭地去找电话号码。请陶大年的想法，早就有，而且一直在嘴边挂着。可事到临头，还是有些忐忑。是请好，还是不请好，贺三革直到现在也有些犹疑。电话号码写在香烟盒上，一直压在电视机底下。也不知人家换了号码没有。电话接通以后，贺三革心里很平静，他觉得，这不是一个能打通的电话。即使通了，对方也一定会说，你打错了……可陶大年的声音以光的速度出现，打乱了他的阵脚。本来是要报自己的名字贺三革，嘴里一结巴，贺三革就变成了贺小三。

当年陶大年就叫他贺小三，贺三革与贺三哥同音，陶大年不乐意这么叫，他说贺三革的名字是贪大辈儿。“你就叫贺小三吧。”陶大年少年时代就有影响力，连老师都这么叫他。

几十年过去了，贺三革还没爬出坑来。

贺三革和于少宝把自行车靠在了酒店的栅栏外边，一前一后走了进去。走在前面的是贺三革，穿一件蓝军呢的上衣，是早些年当兵的舅子送的，因为总压在柜底，横竖有许多褶皱。一条孩子穿剩下的牛仔裤，紧紧地包着两条瘦腿和尖屁股。他自己的裤子膝盖处隆着包，这使它们看上去没有一条顺眼的。妻子陈袖珍说，你就穿牛仔裤吧，显得精神。他们巴里巴外地试了好几件，最后穿成了这样。后面的于少宝则是居家时的打扮，一顶蓝布帽子，一件衬里是人造毛的防寒服，旧得已经看不出本来颜色了，脚下是一双大头鞋，踩在雪地上咯吱咯吱响。

望湖楼的院子是一步一蹬高的那种。甬路砌的是鹅卵石，路边三步一亭五步一院，像古时候富人家的私宅。甬路两边的花坛里都是叫不上名的植物，因为披着雪，倒像是开了大朵的雪花一般。

于少宝一进这个院子眼就不够使，他不时看一眼贺三革，琢磨他的心脏一准在“扑通扑通”乱跳。这地方吃人哩，于少宝合计。如果不是贺三革在前边带路，他恨不得扭回头往外走。

“这不是咱这种人来的地界儿。”他嘴里嘟囔。

他们是一对老同事、老棋友。老电杆厂下马后，很多同事和邻居都搬走了。于少宝城里有房，可他不愿意搬。贺三革是无处可搬。他们都习惯了这里的天然和被城市遗忘。小区没有物业，周围都是农田，山脚下的坡地上可以栽葱种蒜，如果再勤快些，种些其他农作物也没人管。昨天下棋时偶然谈起陶大年，是于少宝先提起来的，说你的老同学下台了，也不知现在在干啥。过去他们也经常念叨，他们都爱看电视里的本地新闻，尤其爱看陶大年出镜。他们就像两个老粉丝，陶大年的言行举止都是他们的话题。贺三革还喜欢回忆少年时的陶大年，因为背不下书让老师打板子。贺三革家里穷，吃不齐三顿饭，陶大年把家里的发糕偷出来给贺三革当早点。有一次，贺三革在水边玩，站到了一块木板上。正赶上上游放水，“唰”地一下，连人带木板一起冲走了。岸上的陶大年一个箭步跳下去，一把揪住了贺三革的脖领子，顺势一抡，就把他提拎到了岸上。

“三岁看老，这话一点不假。”贺三革经常感慨地说这句话。他的意思是，陶大年打小就比别人反应快，难怪后来能主宰一座城市。

请吃饭的事，贺三革也跟于少宝念叨了不止一次。开始于少宝还泼冷水，说你请那么大的官，请得动？去狗食馆肯定不中。贺三革说，要请就去望湖楼，一辈子不就请这一回么！说的时候是随便说的，说过以后却成了心病。贺三革是有这毛病的，他唯恐别人觉得他言而无信。于少宝却不当真，说就凭你那点收入，敢去望湖楼？一早贺三革把电话打过来，说跟陶大年约好了，于少宝才慌了。贺三革说要请他去陪客，于少宝不想答应。两人口舌了半天，于少宝觉得贺三革也没什么能上台面的朋友，自己只能帮衬他。

他问贺三革怎么有陶大年的电话。贺三革说，当年陶大年当企经委主任的时候，他找过他帮忙，没想到这么多年电话号码一直没换。于少宝放下电话在屋里转了半天磨，他比贺三革都激动。抽屉里有三千块钱，他趁老婆不注意，悄没声地装了起来。心想万一贺三革手里不宽裕，也好解燃眉之急。

朋友么。

牛气十足地往里走，是因为一个是另一个的参照和打气筒，否则就走不出那种精气神儿。两人住前后楼，贺三革是两室的，于少宝是小三室。房子是厂子红火时建的，那时城市的楼房还很少，城里的姑娘都愿意找电线杆厂的工人当家属。贺三革是班组长，于少宝是工会主席，算厂领导。只是厂子黄得早，工会主席早就不值钱了。那时可不得了，拖拉机、大卡车在厂门口排队，想买电线杆得走后门，北方就这么一个厂，工人进出厂门都腆胸叠肚。眼下，千人大厂早已像云雾一样消散了。于少宝显得张皇，两条腿有些夹寨子，不像贺三革那么笃定。其实贺三革很少有机会在饭店吃饭，参加过两个婚礼，都是在那种土不拉几的饭庄。大盘子大碗，墙壁脏兮兮，厨房的油烟窜来窜去，熏得食客个个都像大眼贼。此刻他的步态就是迈给于少宝看的，他知道于少宝想些什么。他想，他兜里有钱，可不能像于少宝那样没底气，会让人笑话。他停下了脚步，朝后瞄了一眼。于少宝的样子让贺三革差点笑出声，那笑有画外音：又不是你请客，至于么。

贺三革自从想请客，就想像模像样地请，别的地方都不入眼，他只想去望湖楼。

偏巧，陶大年和他想到一块去了。陶大年说，大雪天望湖楼上看风景，也是个情致。

陶大年的情绪感染了贺三革，他这一路走都在跟于少宝说情致。“吃什么倒在其次，关键是坐会儿。”贺三革转述了陶大年的话。

可于少宝总犯嘀咕：“听说那里的饭菜贵得邪乎……”

贺三革说：“我们又不吃整桌……他带个司机，顶多咱三四个人，能吃几个菜？一盘菜打一百两百三百，你算算，能有几个钱？”贺三革扭过身子擤了把鼻涕。他感冒刚好，清鼻涕又被冷风招了出来。“都是屯里出来的，他陶大年肯往死了吃我？咱在望湖楼，主要还是消费环境。就像老陶说的，看看风景。陶大年虽然不当官了，咱也不能埋汰他。话又说回来，他要是还当着官，咱也得请得动他。”

于少宝点头。心里思忖，这话说得在理。就是不当官，自己怕是也请不动。

3

贺三革推开大堂的门，就意识到自己来早了。那些闺女小子们都在打扫卫生。抹地的，擦玻璃的，往来穿梭，却一点声音也没有。贺三革闯进大堂，也把两排大脚印子带了进去。于少宝见状，赶忙退回到了玻璃门外。

一个保安模样的人从外面赶了过来，说：“卖鸡蛋的，走后门！”

贺三革没有理会。大堂里的闺女小子们在干活儿，只有一个人游手好闲。那个人个子高，模样也好。头发梳得很光溜，像顶着个油罐子一样。穿着深蓝色的制服，抄着手站在那里，两只眼睛滴溜转，真的就像电影明星。贺三革是奔着她去的。

保安从后面窜了上来，要揪贺三革的脖领子。

贺三革很有尊严地停住脚步，扭头看着他，凛然说：“你要干啥？”

保安不由收了手，有些漏气地说：“卖鸡蛋走后门。”

贺三革的脑子转了转，板板眼眼地说：“我卖过鸡蛋吗？我只卖过鱼呀！”那天从湖里钓上条十四五斤重的大鲤鱼，顾不上高兴，骑上车子就往这边跑。因为天气热，鱼到这里还是翻白眼了。可那些人硬说鱼是死鱼，说什么也要打个对折。

翻白眼的鱼，能说是死鱼吗？

当然，他们后来还是把鱼收下了，给了一百五十块钱。那些钓友说，他们这是故意找碴压价，鱼头剖开炖汤，鱼片醋熘或剁成肉馅汆丸子包饺子，怕是要翻几番。

贺三革是有点心疼。这样大的鱼钓上来不容易，险些把他拽进湖里。但嘴上说，一百五也不少了，钓鱼不就是个玩么。

贺三革心底慢慢放松，他有心跟保安开个玩笑。他抱起两条胳膊，歪着脑袋说：“你就看我像卖鸡蛋的？我就不兴到这里吃顿饭？”

保安张口结舌，但反应还算快：“哪有这么早吃饭的。”

旁边穿着光溜的小人儿走了过来，礼貌地鞠了一躬，甜甜地说：“先生好早。请问您是现在订还是提前有预约？”

贺三革说，我同学订了“瑞雪”，我提前来看场地。

小光溜说，您可能搞错了，瑞雪已经有人订了。

贺三革说，是不是陶大年？

小光溜赶紧退后一步，做出了“请”的姿势，边走边说，瑞雪在二楼，是陶老爷预订的，您跟他是一码事呀！贺三革愣了一下才反应过来，说一码事，是一码事。长长的回廊走到头，是别有洞天的一间大厅房，三面是窗，三面都环水。一眼能望到鸟儿的故乡去。脚下的地毯厚嘟嘟，蓝底上开着大朵的红花，艳丽得让人不敢落脚。小光溜挤到前边去，招呼贺三革进屋，贺三革才小心地踏上地毯，脚心却不敢踩实，脚背弓了起来。

小光溜一本正经地做介绍，小虎牙不时咬一下嘴唇，以防自己笑场。她看出来了贺三革的窘态。虽说打着陶老爷的旗号，谁知道他是干什么的。但职业素养要求她履行职责，她介绍这里的风景和望湖楼的特色，只是声音有些发飘。

大桌子带旋转，小光溜一摁电门，桌子缓缓启动，像知道有人围观，桌子走得有腔有调。贺三革情不自禁用手摸了摸，小光溜一闭电门，桌子“咯噔”停住了，吓了贺三革一跳。贺三革眼神有些虚，说我们人不多，没必要用这样大的桌子吧？

小光溜笑了下，她可知道怎么回答这类问题。“这个包房是供陶老爷专用的，别人消费再多也坐不到这里来。”

其实这是屁话，可贺三革听明白了。他知道小光溜的意思是说，陶大年如果来望湖楼就只能坐这里。这里隐蔽，正好是个死角。

贺三革只得对周围的环境表示满意，点头说：“就这里吧。”

一个小小子拿把大铜壶过来上茶，脑袋上顶着个朝天辫。小小子也像画里的人物，唇红齿白。小光溜点头说，您慢慢用茶，有事情随时叫我。就要往外走，贺三革赶忙说，菜单呢？我先看看菜单。小光溜说，陶老爷都已经安排妥了，您需要添加什么请说话。就像大变活人，马上就有穿红衣裙的服务员走了进来，手里端着烫金菜谱。贺三革伸长脖子去看，小光溜说，你们大概八到十个人，按照陶老爷的口味，已经安排了十八道菜，按说菜量已经差不多了，再多点就浪费了。贺三革吃枪药似的炸："哪有那么多人？我咋不知道？"小光溜如花笑脸马上枯萎了，她皱了一下眉头，说对不起，这都是陶老爷安排的，有事情您跟他说。她跟服务员一递眼神，两人迅速离开了。房间里就剩下了贺三革一个人，他呆呆地坐到一把椅子上。椅子真舒服，扶手，靠背，都雕花，都根据人的曲线设计了弧度。可十八个菜有些过分啊！他情不自禁摸了下兜，那里有厚厚的两千块人民币。说厚厚，是因为那钱卷成了卷，叠了三棱。宽打窄用，他这是留了余地的！他拿出手机给袖珍打电话，说这里的阔绰有点超乎想象，钱都花完了你可别心疼。袖珍果断地说，花。咱到那去就是为了消费去的，不要舍不得。贺三革这才心安了，咬了咬牙，自言自语说，袖珍说花咱就花，一辈子不就花这一回么！

贺三革刚跟袖珍通完话，于少宝就像贼一样钻了进来。于少宝弓着腰背，佝偻着头，人就像白菜叶子得了病虫害，蜷曲得厉害。

于少宝虚着声音说：“你看没看菜谱，好家伙，一条水库鱼好几百，才这么大个儿！”他用手一比画，也就筷子长短。贺三革已经平静了，说咱来这里就是雀脑袋，让他随便弹。请陶老爷是大事，花多少都应该。原来是自己小家子气了。于少宝这才舒展了一下腰身，抖了抖肩膀，他都觉得拘得慌了。贺三革给于少宝倒了杯水，说尝尝人家的菊花茶，又香又甜。于少宝喝了一口，说这不就是放了冰糖么。贺三革说，咱喝茶就想不起放冰糖，那啥一点的馆子根本不舍得给你放冰糖。再说，你也喝不到这么好的菊花。那菊花的确金黄通透。于少宝却不理会，从南窗走到北窗，又从北窗走到东窗，窗外真是风景如画。还别说吃大餐，到这里看一看也是享受。于少宝总以为脚下有东西，用脚搓了搓，才发现是地毯太厚了。贺三革笑着说，今天开洋荤了吧？咱这一辈子，总得开一次，也不枉活一回。于少宝郑重点头，说我这是沾你的光……老贺，你坐这里真不心疼？贺三革拔了拔身板，说既来之则安之。于少宝说，就说你家袖珍有学问，连你都会整文明词了。

贺三革说：“我刚跟袖珍通完电话，她让我别舍不得花钱。”

于少宝嘴里啧啧像在打竹板。“还就是袖珍开通，这要换成我家那口子，得跟我人脑袋打出狗脑袋。”

贺三革说：“袖珍就这样好，从不因为钱跟我干吵子。”

于少宝说：“要是手不残，袖珍该有个大前程。”

“还说啥呢。”贺三革摆出一副认命的表情，“要是手不残，那年袖珍就转正了，现在也有退休金了。”

他们说的是很多年前的事，袖珍在铸造厂看机器，因为故障丢了一只手，虽然进行了缝合，但那只手只是摆设。厂子以操作不当为由拒绝承担责任，贺三革给当时任企经委主任的陶大年打了个电话，按工伤等级做了一次性赔偿，给了两万多。那时的两万多，解决了大问题。

事后他想去看陶大年，表示点心意，被陶大年拒绝了。

当时袖珍正有孕在身，那是他们的第一个孩子，可惜没有保住。第二次怀孕袖珍已经是三十八岁高龄，他们原本已经对生育完全没了信心了，上天突然给他们送来了一个儿子。

他们也算命运多舛，但总算得到了应该得到的，也没啥不知足的。

4

江春余和左三东前后脚进来的。江春余憋了泡尿，到洗手间方便了。从洗手间出来，江春余要跟左三东握手，左三东故意把手别到身后，看着江春余的手说，你刚干完活，洗手了么？江春余手还是湿的，可嘴里说，不洗也比你手干净，装啥大尾巴鹰。两人这才把手搭在一起，彼此牵扯拉着往屋里走，贺三革和于少宝赶忙站起了身。左三东退出去看门楣上的标志，说没错，这里是瑞雪。江春余不管不顾，已经跟两人握上了手，连声说两位好，两位早。左三东疑惑，你们认识？江春余说，这不也刚认识么！把左三东气得笑，不认识瞧你这亲热劲，像是做了半辈子亲家。左三东上一眼下一眼打量这两个人，他刚从公安岗位上退下来，眼神多少带点职业病。说你们是老陶请来的客人？贺三革很惶惑，一时拿不准话该怎么接。关键时刻还是于少宝沉着，指着贺三革说："他是陶老爷的小学同学，一村出来的。我是他的邻居，今天是来认识各位领导的。"左三东这才放松了，过来握手，随后给每人一支烟，是极品黄鹤楼。说进这屋来就都是兄弟，没有谁是领导，都甭客气。

贺三革跟于少宝对了下眼神，这话让他们很受用。

话没说完，路天齐进来了。搓着手骂路，说乌鸦山脚下的那个大下坡，路又陡，雪又滑，开车上来车轱辘打出溜，要费老大的劲。"我话说晚了不值钱，那地方迟早得出事，不信你们就走着瞧。"贺三革说，那段路是有些不像话，路口没有红绿灯，路中间也没有隔离带，电动车三码车都横冲直撞。他钓鱼时经常走这条路，所以深有感触。路天齐却像没听见贺三革的话，仰着脸问："老陶怎么还没来？"路天齐拿出了手机，把电话拨了出去。"我们可都到了，你到哪儿了？"陶大年说走到乌鸦山下了，正好碰见尚小彬，她把车开得像蜗牛一样。"快搭车，再像蜗牛也比你的两条腿快。"说完，路天齐自己跟自己扮了个鬼脸。贺三革站了起来，说我到大堂门口去接。他和于少宝先后都出来了。于少宝说："我的后脊梁直冒汗，听这些人说话怎么像演电影似的。"

贺三革说："都不是一般的人。"

他晃了晃手里的烟，是那支极品黄鹤楼。

他们刚站到大堂门口，就见陶大年夹着水杯擦着一辆汽车走了过来。走路的人跟汽车司机聊天，这种景观不多见。汽车是个迷你款，但看着很高档。女司机戴着一条洋红围巾伸着脖子一路跟陶大年说着什么，陶大年目不斜视，却满脸是笑。贺三革赶紧走了过去，喊了一声老同学。陶大年一怔，没敢认。于少宝指挥女司机倒车，女司机说，你是跟谁过来的？于少宝没听明白。女司机又问，你是谁的司机？于少宝这回明白了，说自己不是司机，是贺三革的朋友。女司机问贺三革是干啥的，于少宝说，是我邻居，当年我们是从电线杆厂一起退下来的，我是工会主席，他是班组长。

尚小彬看了一眼贺三革，话里有话地又跟了一句："他请客？"

陶大年终于跟少年时的记忆对上了号，跟贺三革热烈握手。说我比你大三个月，当年就不愿意喊你"贺三哥"。他拉过来尚小彬说，这是我小学时的同学，几十年没见面了。贺三革解释说，当初家属手受伤，得了陶大年的照顾，后来想去看陶大年，可陶大年忙，一直没约上。陶大年满面春风，说那么小的事，我早忘了。贺三革介绍了于少宝，跟陶大年握手时，于少宝很拘谨，整个后背都塌了下去。四个人走进大厅，尚小彬让贺三革和于少宝先走，她拉住陶大年说话。小光溜站在几步远的地方，等着他们把话说完。尚小彬悄悄一指："是这两人请客？"陶大年说："我不知道是贺三革，他一说贺小三，把我蒙住了。”尚小彬说：“你倒谁的饭都敢吃。”陶大年说：“我怕啥，就是鸠山请我去赴宴，我也吃了再说。”尚小彬说：“我看这俩人不像大款，也不像做实业的。你兜一桌子人来，是不是请冒了？”陶大年心里也有点犯嘀咕，但嘴里不服输：“一顿饭的事，不用太多想。刚才你也听见了，人家是记着我的好呢。这年头，一顿饭不算回事。”尚小彬娇嗔地剜他一眼，说你是皇帝老子做惯了，都不知道请客的是谁，就敢来望湖楼，这地方的酒水多贵。说着，把车钥匙掏出来，用两根手指捏着，喊小星过来，说我的后备厢里红酒白酒各拿两瓶。小光溜原来叫小星，接过钥匙走了。陶大年有些感动，情不自禁拍了一下她的后背。不远处贺三革和于少宝都在往这边看，尚小彬赶忙闪了一下身子，说君子动口不动手，你这个样子成何体统。陶大年讪讪的，与尚小彬分开了些。

于少宝小声问：“这人是他老伴？”

贺三革说：“不像，家属哪会这么年轻。”

菜转眼就上了一桌子，只有富连春还没到。富连春又叫富磨叽，没有哪顿饭他不迟到。白酒红酒都倒满了杯，尚小彬要了一杯山药汁，白的像牛奶一样。陶大年坐在桌尖上，眉里眼里都是笑。说吃了这样多的饭局，今天是最高兴的。你们都认识一下我的老同学和他的朋友。贺三革和于少宝赶紧站了起来，朝大家鞠躬。大家一起摆手，让他俩坐。陶大年用小湿巾擦手，感慨说：“我今天是几个没想到。一是我的老同学在我下台以后还能找我。第二个没想到，一打电话大家都能来，连尚主任都如此给面子，让我很感动。第三个没想到……富连春来晚了。磨叽人办不出亮堂事，喝酒都不守时间，这样的人我看以后可以直接开除了……”

陶大年扫着了富连春的影儿，才临时起意这样说。富连春正好跨进门，边脱大衣边说，对不起对不起，单位临时有点事……陶大年说，你单位总有事，你是在含沙射影我们没单位吧？富连春给自己倒了满满一杯酒，说老领导就别挤对我了，我先罚一杯行不？说着把酒杯端了起来。陶大年说，我就知道你找借口让自己先过瘾，尚主任的酒都名贵，哪能让你这么糟蹋……刚才都是玩笑，现在人都到齐了，老富你还没认识我的老同学呢，贺小……三革，还有那位朋友，你叫啥来着？于少宝递过双手来跟富连春握手，报了自己的姓名。富连春先动手夹了一箸子菜，说今天这酒可喝值了，一下子认识了这么多新朋友。

尚小彬嗤之以鼻，说还一下子，还这么多。老富你就是好人长嘴上。

富连春满嘴咀嚼着食物，忙里偷闲说，我今天饿坏了。

尚小彬说，你哪次没饿坏？

大家纷纷打趣，都支持尚小彬拿富连春开涮。陶大年对贺三革和于少宝解释说，富主任年龄最小，是唯一没离开工作岗位的小老弟。大家都是多年的好朋友。开个玩笑轻松一下，你们别过意。

贺三革和于少宝相互看了一眼，他们都很享受这种气氛。

陶大年摸了下酒杯，说下面由我的老同学贺三革发表祝酒词。贺三革一下呈半蹲状，往上窜动两下，脸激动得通红，说我哪会说话，你说，你说。陶大年说，既然老同学让我主持，我就不客气了。大家一起举杯，谢谢东道主这么好的饭菜和尚主任这么好的酒——

都是浅浅一啜，贺三革却喝了一大口，呛得咳嗽起来。一时停不下来，贺三革只得捂着嘴来到了外面。于少宝跟了出来，帮他捶后背。贺三革说，你进去，张罗客人，不要管我。于少宝说，这样的场面咱连嘴都张不开，受罪啊！

除了陶大年和左三东，其他人酒量都不算好。江春余两口红酒下肚，连眼都红了。路天齐顾不上喝，滔滔不绝说路的事。城市规划几横几纵，有一条纵路总也打不通，一户人家养鸽子，说搬家了鸽子找不回来。他的鸽子又值钱，每一只都价值连城。转眼就一年多了，两丈长的路让钉子户牵着政府的鼻子走，这要是我在任，夜里带支别动队，早给他连窝端了。什么价值连城，先炖锅汤。尚小彬说现在跟过去不一样了，你那时候可以强拆，现在老百姓都有了依仗，强拆是要负法律责任的。

陶大年悠悠自己干了一杯酒，贺三革赶紧过来给他满上。陶大年说："不在其位不谋其政，我人退下来心就退下来，再不操那劳什子心。闲来无事，携三五好友，望湖楼上喝小酒，还有比这更舒坦的日子么？”他一挥手，一群鸥鸟突兀地从斜刺里飞了过来，在窗前打一晃，似乎是想进来。终归发现是徒劳，“呀呀”的叫声像是在抱怨。大家都情不自禁地扭头看。远处是雪山蓝天和白云，一池碧水冻成了深蓝色，白色的鸥鸟飞得自由自在。不远处有人在冰钓，正好是一男一女，女的穿了一件红外套。这个季节冰钓已经相当危险了，他们倒好像是被刻意安排的。陶大年站起身，大家也都纷纷离了座位，凑到窗前往远处观瞧。贺三革关于冰钓危险的话刚说半句，陶大年有些忘情，用朗诵的声调说：“在天愿做比翼鸟……”江春余捅了一下尚小彬：“该你接……在地愿为连理枝。”尚小彬看了一眼贺三革，手里的半杯茶有节制地泼到了江春余的脑顶上，他是个矮胖子。“你是不是肉皮子紧了？”

江春余把脑袋往前伸：“我是肉皮子发紧，姑奶奶给我拿拿龙。[1]”

左三东说：“老江你就是嘴贱，小彬给你拿龙也应该。”

富连春说：“怎么拿？我去车里取把钳子。”

路天齐拿了纸巾给江春余擦脑顶，顺便撕了把江春余的耳朵，“这耳朵真厚，跟猪耳朵相仿佛。切了够拌一盘”。

陶大年并不理会大家的调笑，首先归了位。贺三革偷偷看了眼尚小彬，人家没动气，坐下没事人儿一样。再看江春余，在跟富连春咬耳朵，明显说到了好笑处，白脸皱成了肉包子。他提着的心总

1　拿拿龙，又叫拿龙，天津方言，原指将自行车、三轮车松了的辐条紧一紧，引申为因某人的行为不端而教训他一下。

算放下了。原来人家说归说，笑归笑，动口动手都不散交情。他实在有些闲得慌，跟于少宝碰了下杯，说我也敬你一杯。于少宝佯装生气："咱俩喝个啥！"

陶大年不愿冷淡贺三革，说："今天既然是同学聚会，我们就说说小时候的事情吧。三革，是你说还是我说？"

陶大年说的那些事，贺三革都不怎么记得。虽然陶大年总征询贺三革的意见，问他是不是这样，贺三革总是点头，可脸上的笑像云彩一样飘浮。陶大年讲的都是怎么捉弄老师的事，姓余的干巴老头，念书摇头晃脑，有一次天降大雨，老师从学校外面往教室跑，陶大年率领同学一起喊："宁可湿衣，不可乱步！"余老师一下收住了脚，连大步都不敢迈。这话是他平时教导学生的。关键时刻学生一起哄，他就手足无措了。一教室的孩子都笑翻了，像看西洋景一样。

怎样帮助贺三革，陶大年也忘了。但他记得家里的生活优渥，第一天上学骑高头大马，他坐马鞍上，比学校的门楼还高。他和贺三革是一个村，贺三革住前村，他住后街。后街都是老庄户人，家家都有些底子。夏天晾晒压箱货，十家有八家有毛皮，这是富庶的见证。前村都是外来人口，靠给人打工过活。"就像现在的公务员和下岗工人一样。"陶大年打了一个并不恰当的比喻，一桌人都情不自禁去看贺三革和于少宝。

两瓶白酒转眼就见底了。平常陶大年就四两半斤的量，今天差不多达标了。他让服务员照这样的蓝瓷瓶再来两个。尚小彬一听就急了，抢他的酒杯说，不喝了，不喝了。你今天喝不少了。陶大年把酒杯举得高高的，闪躲。陶大年乜斜着眼睛说，我今天难得高兴，还想畅饮三杯。尚小彬说，一杯也不行，再喝你就多了。陶大年逞英豪，大声说，人生难得一回醉，多了又能如何。左三东很少说话，但酒比谁都喝得多。可他不张扬，甚至脸都不红。他坐尚小彬的下首，轻轻拽了下她的袖肘，说听老陶的吧，这么多日子了，也难得他今天有兴致。尚小彬这才作罢。小星又把两只蓝瓷瓶提拎了来，亲手给陶大年斟满了。陶大年自己干了一杯，说就照这样，每人都先干一杯。

酒喝到这个时候，就开始不讲理了。陶大年开口骂人，却是为春节前那次干部调整，他提起来的某个人被边缘化了，磨未卸，先杀驴。提起这样的事，场面一下就萧条冷落了，大家都开始心不在焉，各怀心腹事。就像繁花似锦的园子，兜头被浇了一场雪，那雪可没有半点诗意和热闹，就是个冻死人的冷。尚小彬招了一下手，让服务员撤下了酒具。陶大年还想跟她撕捋，尚小彬一拍桌子，陶大年一下安静了。

散场的时候是下午两点半，望湖楼已经静悄悄了。陶大年两腿有些不听使唤，被人架着走到了院子里。他从没喝多过，今天是个意外。左三东开了尚小彬的副驾驶，把他塞了进去。陶大年嘴里说，我不坐车我不坐车，但闭着眼睛，屁股没有动。小星跑过来送他的水杯，陶大年睡着了似的，毫无反应。尚小彬把杯子接过来，杵到了陶大年的怀里。

大家呼啦啦全走了。贺三革去吧台买单。于少宝恍然，也才想起还有买单这回事，紧跟在他的身后回到了大堂。一个小丫头啪啪啪摁计算器，八千八百元。贺三革一下出汗了，让她再摁，还是八千八。他把菜单拿过来看，小丫头指着一盏霸王羹说，一百二，是每人一百二。还有那盅益寿粥，都是用鲨鱼的脊背肉做的，每盅一百六，不是一共一百六。贺三革直愣愣地，手在裤子上反复搓，不明白世界上怎么会有这样的吃法，两勺黏糊糊的粥，居然这么贵！他问于少宝带钱了没有。于少宝早把钱掏了出来，两人的凑到一起，还差三千八。

贺三革的脸色一下变得很难看。

于少宝虚着声音问："能不能少少？"

小丫头眼仁朝上翻，说话就像冰碴子："这都几点了，都耽误我们下班了。饭菜已经打了八五折，还怎么少？再翻翻兜里，身上没带卡？"

他们都没有用卡的习惯。贺三革咬了咬牙，说回家去取，明天给你们送过来。

小丫头说，谁知道你们这一走会不会是肉包子打狗？

贺三革急了，说你不认识我们，难道也不认识陶老爷？我们跟他是一起的。

小丫头面无表情地摇头说，不认识。

贺三革恨不得朝这张小粉脸戳一指头，怎么这么不相信人哪。他无奈地看于少宝，说要不你等在这里，我回家去取？于少宝还在摸兜，恨不得从犄角旮旯再翻出个什么来。吧台对面有一溜沙发，贺三革说，少宝你就坐那儿歇着，我去去就来。说完，贺三革撒腿就往外跑。

小丫头长长地打了个哈欠，眼角淌出了泪水。她用纸巾小心地擦，对于少宝说，附近就没有朋友给送一下？打个电话么。

她是急着下班了。

于少宝没有理他。他靠沙发背上闭上了眼睛。他也累坏了。

5

喜鹊在路拐角处看到陶大年下了车，在院门口喊："刘姨，陶叔是坐小汽车回来的！"

刘会英嘴里恨恨地说："他又坐那种蹦蹦车！"

喜鹊说："不是蹦蹦车，是真的小汽车。"

刘会英赶忙往外走，把自己隐在门洞口，探头朝外看。见陶大年正从车里往外钻。车门有点小，司机跑过来帮忙抻拽。

刘会英闪出身子往前走，自言自语说，日头真是打西边出来了，今天怎么肯坐汽车了。与尚小彬打了个对脸。刘会英一愣，高声说："原来是尚主任开车呀，我说老陶今天怎么改戏码了——家里喝个茶呗！”

尚小彬很窘，慌慌张张应了声，把车开走了。她从打年轻的时候就害怕刘会英那张利嘴，不管有人没人，从不放过她。

陶大年摇摇晃晃往家里走，他没少喝，但不像别人以为的那样喝醉了。否则就上不了尚小彬的车，这里有套路，玩的是障眼法。水杯在怀里抱着，那些姹紫嫣红一个都没少，只是都被煮透了，颜色淡了很多。喜鹊把杯子接了过去，说陶叔今天肯定是喝高兴了。陶大年说，今天是小学同学请客，几十年没见了。刘会英沉着脸说，高兴不光因为这个吧？陶大年敏感地说，都多大岁数了，还在晚辈面前说闲话。刘会英说，我说啥了，喜鹊，你听见啥了？喜鹊给陶大年去泡茶，说我啥也没听见，刘姨啥都还没说！

喜鹊铁杆保皇，她知道应该哄谁高兴。

晚饭熬了薏米红豆粥。刘会英有风湿，据说这个粥祛寒气。喜鹊把饭菜端上桌，揣在围裙兜里的手机喊：“有电话啦，有电话啦！”她跑屋里去接电话。饭桌上少了喜鹊显得空落落，他们的一儿一女都在国外，喜鹊从打十六岁就在他们家，转眼七八年了。那年刘会英做了心脏搭桥手术，白天夜里离不开人。陶大年工作忙，几个保姆她都使不住，有人介绍了喜鹊，她就知道为啥使不住别的保姆了。她们都比她年龄大，手脚都没有她麻利。

喜鹊出来时，陶大年去客厅看电视，刘会英坐在桌前剥花生。喜鹊站着喝了口粥，就匆忙洗了碗筷，说刘姨，我得去医院。

去医院干啥？

我男朋友的父亲出了车祸。

严重么？

还不知道。

肇事车呢？

没有肇事车。

喜鹊话没说周全，就匆匆走了。往天这个时候，刘会英总是和喜鹊一起砸核桃剥栗子或者用毛刷刷红枣，准备明天的早饭。或者煮酸梨汤熬红果羹，她们总有干不完的活。他们什么也不缺，就是缺胃口。每天准备这准备那，其实是履行个程序。否则生活还有什么意思呢。今天刘会英转转悠悠闲得慌，端了盘子到客厅剥花生，咔哧咔哧的响声像耗子在磨牙。陶大年电视剧正看得入神，不耐烦地说："你的手就不能老实点？"

刘会英说："不能。"

陶大年赌气去了卧室，那里还有一台电视。电视刚打开，刘会英端着盘子跟进来了。

陶大年马上把电视关了，说我不看总行了吧？

刘会英一屁股坐在沙发上："你说说今天为啥坐小车。"

"我喝多了。"

"你没喝多。"

"我在望湖楼喝多了，这一路酒醒了。"

“她怎么给你醒的酒？”

“谁……你这是什么话。”

“尚小彬是醒酒汤？”

“你还有完没完！”陶大年终于怒不可遏。

刘会英手里的盘子“啪”地摔了出去，自从心脏出了问题，她借机变得既任性又喜怒无常。盘子是塑料的，在地上蹦了几个高，毫发无损。那些花生果像得了大赦般恣意地满地乱滚，像无数个“8”被一齐伐倒。刘会英站起身，胸口剧烈地起伏，她点着陶大年的脑袋说：“陶大年啊陶大年，年轻时候的事我不跟你计较，你不能老了老了还不正经，让儿女在外没法做人！”陶大年吃吃地笑，悠悠地说：“我坐车回来就给儿女丢人了？”继而中气十足地说：“是你不让我坐蹦蹦车！”刘会英倒憋了口气，抚了半天胸口，却无法反驳。她说那你也不能坐尚小彬的车。陶大年说，不坐她的车我坐谁的车？坐你的车？刘会英又挫了一下，她确实没有车让陶大年坐，有车她也不会开。她蹲下身来捡花生果，捡着捡着忽然笑了，说：“这个狐狸精还那么年轻，你没问问她吃了啥药？”

“神经病！”陶大年怒气冲冲骂了句，从一排花生果上狠劲踩了过去。

喜鹊一连三天没回来。第二天打过一个电话，说男朋友的父亲要去北京复查，家里缺人手。放下电话，刘会英自言自语说，他家缺人手我家就不缺人手？喜鹊这个对象是自己谈的，刘会英很好奇。她每天买菜做饭、做饭买菜，倒能自己谈来对象。据喜鹊说，她是在买手机的时候认识男孩的，算一见钟情。男孩脾气好，模样周正，是城里人。刘会英大不以为然，说一个卖手机的，靠得住？喜鹊说，靠得住，他家就住在城西，家里有房有车。刘会英说，那就更靠不住，你可别上当受骗。喜鹊说："刘姨放心，能骗我的人还没生出来呢！"

这是喜鹊的口头禅。哪个菜烧得好吃，她也会说："比我做得好吃的人还没出生呢！"

喜鹊在陶家这些年，跟刘会英形成了铁杆关系。刘会英甚至说，将来你结婚有了孩子，我来给你带。她的儿女都是在国外生的孩子，她没过着当奶奶姥姥的瘾。喜鹊也乐得这样答应她，喜鹊从小没有娘，是跟哥哥长大的。"你得找一个开通婆婆，否则因为这件事跟你打架。"刘会英依照自己的经验教育喜鹊，对这件事有些上心。喜鹊大大咧咧地说："没事儿，我婆婆是文化人，开通着呢！"

第四天，喜鹊仍没回来。刘会英忍无可忍，给喜鹊打了个电话："你再不回来我心脏病可要犯了。"喜鹊无奈地说，男朋友父亲的情况很不好，您宽限我几日吧。刘会英提高声音说："你又不是大夫，留在那里有什么用！再说你还没过门儿，也没必要多揽事！"刘会英的话钢枪似的冒火花，陶大年都不爱听，说你又不是老得动不了，就别总攀着喜鹊。刘会英说，我不攀着喜鹊攀着你？陶大年二话不说出去买菜，比照小时候的记忆，做贴饽饽熬小鱼，刘会英吃得直点头，但不忘记打击陶大年，说饽饽面有点硬，小鱼都是死的，味道跟我妈做的差远了。陶大年讥诮说，你妈是打鱼的出身，可不有活鱼吃。刘会英提高声音说，你妈是老妈子出身，别当我不知道！

陶大年总爱说他小时候上学骑大马，却从不说自己的母亲在后厦子里纺线织布，她是偏房，管做一大家子的针线。刘会英偶然遇到老家的人，听了这段掌故，乐得什么似的，说陶大年是姨娘养的。

这样的斗嘴，在他们早成了家常便饭。刘会英总怨气冲天，陶大年知道因为什么。年轻的时候陶大年在公社当“八大员”，从此走出了老街。顾名思义，八大员分别是养猪员、农机员、电话员、水利员、广播员、电影放映员等等。陶大年是农机员，开过东方红 55 拖拉机。刘会英带着一儿一女一直生活在乡下，爷公奶婆需要她照应。再后来，公公婆婆也需要她照应。把老一辈的人都伺候没了，陶大年才带他们进城。那时陶大年工作在乡镇，平时很少回来。这一辈子也不知动过多少回离婚的念头，可看看刘会英身后的一长串老少队伍，想法一直没能落实到行动上。

还有一点也很关键，男人要想离婚，除非不要仕途。有这双保险，这世上少了很多陈世美。当然，秦香莲并不少。

陶大年要好前程，而且要更多更好的前程，从打年轻的时候就目标明确。最终他成了管理一方土地的人。每每想到这些，陶大年都心有戚戚。在位时被人前呼后拥，不觉得少了什么。一旦离开了那把椅子，就觉出了人生有许多不圆满。

刘会英不识字，却坚定地奉行着自己的人生信条：把爷公奶婆伺候好，把公公婆婆伺候好，把一双儿女照顾好，这是拴住男人的关键。年轻的时候，尚小彬经常出入她家，给她的儿女当冒牌姑姑。那时尚小彬还是个临时工，而陶大年已经是大部委的主任。男男女女的事，刘会英搭一眼就看个八九不离十，除了刻薄尚小彬，她从不与陶大年撕破脸。尚小彬买吃的她就吃，买穿的她就穿。她知道自己的婚姻人家有多将就，除了小心维系，没有别的路可走。

转眼就是一辈子。这一辈子，可真漫长。

6

糜子面饼要五十度水和面，水温不能高也不能低。水温高，面是黏的。水温低，面是糙的。喜鹊先用筷子搅和，再下手揉面团。陶家很少吃精米白面，陶大年和刘会英都迷信五谷杂粮。对那些长在山地、缺水少肥、生命周期长、耐寒耐涝的植物果实特别有好感。他们有一套自己的养生理论，在食物结构上，难得地保持一致。吃了饭，刘会英追在喜鹊屁股后头打听她未来公爹的事。喜鹊起初不肯说，她打不起精神。被刘会英一追问，喜鹊抽噎一下，眼泪和鼻涕一起淌了下来。刘会英吓了一跳，赶紧给她抽纸巾。说有啥过不去的告诉刘姨，刘姨帮你！

喜鹊用肘弯搂住刘会英的脖子，“哇”地哭了。

刘会英心里所有的柔软都被催发了，她握着喜鹊的手，拉她进了卧室，惹得陶大年用好奇的眼光打量她俩。两个人都坐床边上，喜鹊抽搭了半天才止住泪。说自己命苦，命还硬。小时候克父母，长大了克公婆，算命的都这么说。刘会英拍了一下她的后脑勺，说你小小的人儿还迷信。算命的知道啥。“您知道我为啥叫喜鹊么？”喜鹊问。刘会英说，你妈生你的时候柿子树上有喜鹊在叫，你说过。喜鹊说，我没说实话。柿子树上落的是乌鸦，朝着我家窗户没完没了地叫，被我爸打跑了，还来。又打跑了，又飞了来。刘会英说，乌鸦咋了？模样不比喜鹊差！喜鹊说，可我生下不久妈就死了，八岁爸又死了，村里人都说我妨家。刘会英抚摸着喜鹊的长发，那头发又黑又亮，就是发质硬，一根顶别人两根。刘会英心说，长这样硬的头发不妨家也难。但嘴里说，别听他们的，你长得俊俏，将来会是有福的人。喜鹊又开始抹眼泪，说现在好不容易交了男朋友，正商量去他家见他父母呢，他爸又出事了。

是车祸？

要是车祸就好了。他爸自己把自己摔成了残废。

现在医院有本事，什么样的摔伤都能治。

可他爸把脊柱摔错了位，挤扁了骨髓。医生说再也不能修复了。

死了？

瘫了。

在哪儿摔的？

乌鸦山那个大下坡，他爸摔伤的时候顺着下坡滚了十多米，一辆小汽车为了躲避他爸，撞在了路边的灯杆上，人家还不依不饶呢。

刘会英站起身，背着手走出了卧室。陶大年赶紧把电视的声音调小了，问她怎么回事。刘会英说："喜鹊这丫头，还真是命不好。"陶大年听了半晌不说话，调大声音时顺带说了句："不是还没结婚么。"

刘会英一琢磨，又回了卧室。喜鹊把他们的被子铺好了，枕头拍松软，电热毯调到中档，他们上床以后会关掉。收拾了两件衣服要出去洗，刘会英一拽她，神秘地说："你陶叔发话了。"喜鹊听着。刘会英说："你们不是还没结婚么？"刘会英桃着眼神看她，把喜鹊闹愣了。刘会英说："你没跟男的那样吧？"喜鹊这回明白了，脸腾地红了，说您把我当什么人了。刘会英说，没那样就好，散伙，你跟他散伙，找更好的。这个世界上，好小伙有的是。喜鹊抱着衣服出去了，说您这主意够馊的，我是那种落井下石的人么！

刘会英自言自语说，我是为你好！个傻丫头，进门儿就伺候瘫子公公，有你受够的那天。

陶大年摆弄着遥控器，听了刘会英的叨咕，陶大年平淡地说："你管她干啥。"

乌鸦山的山脚下是一条横向道，经常有运送砂石的大车从北朝南右转弯奔国道。大路朝西是下坡道，给各种车辆的轱辘磨得金光闪闪，吱嘎吱嘎踩刹车的声音会传到远处的冰面上，荡起回声。下雪的日子这里显得格外繁忙。雪花急骤地落，车轮惶急地碾，有的粘在车轱辘上，一圈一圈地随着车轮画圆。更多的则被碾成泥，附在地表上。时过多日，仍坚硬如铁。贺坤站在坡的顶端朝下看，那些小车隐在大车的夹缝里，像甲壳虫一样。大车拉着沉重的拖斗从邻县来，晃晃悠悠一路拧着屁股往远处奔。这段坡度是个考验，一块六角形的石头从车上颠了下来，滚了几滚，硌翻了随后到来的一辆自行车。一个沉重的身影摔下来时挡住了稀薄的日光，由着惯性一路下滑。周围一片踩刹车声，只有一辆小汽车尾随而去，不得已打了方向盘，撞到了路边的灯杆上。

如果没有这个下坡，一切都可以重新改写。路不会那样滑，也没有那块六角形的石头。父亲不会在这儿摔跟头，也就不会把脊柱摔错位。关键是，他骨质疏松得厉害，医生说，别人摔跤顶多把骨头摔断，他却能把骨头摔碎。得知真实情况后，父亲号啕大哭，说咋不一跤摔死，我不想给你们添麻烦啊！

从北京的一家医院回来，贺坤特意到这里转了转。他穿着单衣站在坡顶上，冻得浑身都是木的。他们这个家，原本就风雨飘摇。这回是天真塌了。

多亏有喜鹊，多亏有喜鹊。他嘴里反复念叨，仿佛那是一剂药，能从中找寻慰藉和温暖。贺坤也恨不得变成一副膏药，随时贴在喜鹊的身上。

那天，正在上班的贺坤接到了父亲打来的电话，说他摔伤了。贺坤没太当回事。那辆老旧的自行车小的时候他没少坐大梁，望着马路牙子上厚厚的雪贺坤想，只要不是车祸，还能摔多严重？贺坤坐同事马凯的车绕道外环赶到了出事地点，外环边上有一家分店，马凯顺便去送了两张单据。父亲与那辆自行车滑到了坡的底部，偏路中心多一点。两边车流不断，没有谁稍作停留，仿佛父亲是路上凭空生出来的一块石头。马凯把车小心地停在了路边，说了句："我草，这人是你爸？"贺坤明白马凯的意思，父亲的一脑袋白发很抢眼，更抢眼的是，这样冷的天，父亲穿的居然是单衣！他蜷缩着身子倒在冰冷的雪地上，看上去都冻坏了。贺坤赶紧脱下自己的羽绒服把父亲包裹起来，问父亲怎么样，摔哪了？

父亲说，我下半截身子是沉的，好像碍着骨头了。

马凯上来就搂腰，要把贺三革扶起来。贺三革发出了瘆人的叫声。贺坤连忙制止，说别动别动。贺坤拿出手机拨打急救电话。贺三革喘息着平静了脸上的褶皱，问："带钱了么？"

贺坤焦急地听着电话里面的忙音，说："您放心，我带了。"

马凯说："我这里也有一些。"

贺三革说："你少宝叔在望湖楼等着呢，你先给他送去。"

马凯吃惊地说："你们去望湖楼干什么？"

贺三革没有解释，眼睛从马凯的脸上移开了。

电话终于接通了，贺坤告知对方自己所处地点，简单说了下病人的情况。搬起自行车推到十几米远的坡上横向放，做标志。走过来时贺三革又说：“卡也行，现金也行。你少宝叔在那里都等半天了。”

贺坤不耐烦，说这个时候您还惦记少宝叔。他去望湖楼干啥？

贺三革有些起急，说让你去你就麻利儿去，咋那么多废话。

马凯解围说：“要不……我去？”

贺坤为难地说，只得麻烦兄弟了。然后给于少宝打电话，说我朋友过去找您了。

马凯开车走了。回来时，于少宝在后跟着，骗腿下了车，急急朝这里走。于少宝抱怨说：“你咋这么不小心，这样大的下坡，应该推着走。”

贺三革说：“我不是着急么。”

于少宝说：“着急也应该注意安全，啥快啥慢啊？”

贺坤疑惑，看看于少宝，又看看地上躺着的父亲，说：“这样大的雪，你们跑到城东来干啥？”

于少宝说：“你爸请陶大年吃饭，在望湖楼。钱不够，正要回家去取。”

马凯没忍住，扑哧笑了。他捂着嘴解释说，“不是，我不是这个意思，我的意思是……”

贺坤说："你不用解释，这个事是很可笑。"

贺坤不相信父亲就这样瘫痪了。他是一个强健的人，虽然瘦弱，身体的各项指标都正常，连一粒药片都没吃过。贺坤每天晚上都跟父亲下一盘棋，从小到大，雷打不动。小时候，父亲悄悄让他两个子，现在他偷偷让父亲。他的身形随父亲，长得像竹竿一样高。皮肤却随母亲，有一点奶油似的黄，但黄得很清爽。

第一次见喜鹊是在夏天的午后，窗外的蝉叫个不停，大家都很慵懒。喜鹊进来时只有他站在柜台前打招呼。喜鹊看了他一眼，笑了。说你咋不照照镜子？贺坤赶忙打开一只苹果手机照了下，见唇边像是点了朱砂痣，却是一块西红柿皮，是午餐留下的证据。他特别难为情，背过身去擦了擦嘴角。喜鹊冲着他还笑，把他笑毛了。他又拿起手机照，喜鹊说，我笑着玩的，这回没有了。

喜鹊按照贺坤的推荐买了手机。恋爱的事，谁知道是怎么回事呢。若是喜欢一个人，那种情感便像风一样无孔不入。若对方再喜欢你，凭空就能闻到花香了。这单生意做得可真是精细漫长，喜鹊选了足有十个样机，柜台上堆满了纸盒子包装袋。她知道他不是真推荐，他也知道她不是真选，他们就是在一起耗磨时间。室内空调开足了马力，冷气都显得情意绵绵。其他的店员都像纸偶一样没有响动，他们都看出了眼前正在上演一见钟情。贺坤问喜鹊在哪上班，喜鹊矜持了一下，说在宾馆做服务员。大地宾馆？贺坤问。喜鹊说，埙城除了大地宾馆还有别的宾馆么？喜鹊有点傲娇甚至撒娇的情态，让贺坤飞红了脸。贺坤自然明白喜鹊的画外音。不是没有别的宾馆，而是与大地比，别的宾馆都差了档次。大地宾馆门前的紫藤遮天蔽日，花串密密麻麻，像树木长了流苏一样。贺坤就是在流苏的暗影里第一次吻了喜鹊，然后看着喜鹊跑进了宾馆大门。

大地宾馆的前身是政府招待所，准五星。喜鹊曾经是宾馆的常客。陶大年在位时这里有他一间办公室，喜鹊也没少沾光，经常陪着刘会英坐陶大年的车来这里吃小灶。

所以喜鹊说起大地宾馆一点不心虚。

陶大年家的宅院在大地宾馆对面，走过去也用不了五分钟。若是坐车来，连一脚油门也用不了，就是个横穿马路的工夫。喜鹊看贺坤的电动车走远，才走出紫藤的暗影，慢慢吞吞往陶大年家走。这里的很多服务员她都认识，她在陶家的收入比服务员高，一直引以为豪。可谈恋爱了才知道，差距不是在金钱上，是在颜面上。

过去喜鹊从没意识到这一点。

因为这一谎言，喜鹊在贺坤面前总显得不那么自信。那晚贺坤打来电话，说自己的父亲摔伤了，声音又惊惶又无助。喜鹊喝了口薏米粥就赶去了医院。这一路喜鹊甚至隐隐有些激动，她想，考验自己的时候到了。她要把贺坤的父亲当作自己的父亲。现在，终于能帮贺坤的忙了。

7

袖珍从寺院请了座观音，在门后设了佛堂。早晨这炷香由五点半起开烧。屋子里烟雾缭绕。她跪在黑暗里，双手合十。诉说给佛的话不想让贺三革听见。她知道贺三革的睡眠越来越清浅，这次意外被摔成重残，她觉得自己有责任。是她鼓动贺三革在大雪天请客，而且鼓励他去望湖楼。他们是穷人，怎么能去那样的地方呢。去任何地方都不会经过乌鸦山，都不会走那个大下坡。所以袖珍觉得这是报应，报应来得又快又及时，她领了。不领还能怎样！过去是她残疾，他伺候她。现在他也残疾了，需要伺候了。他们终于扯平了。只是这代价太大了，贺三革几近崩溃，几天不吃不喝。袖珍去于少宝家还钱，她在贺三革面前一个眼泪都没掉，在于少宝面前却哭了。她说少宝你不用可怜我，我和三革就是这个命，都心比天高命比纸薄！于少宝说，你们没做错什么，你们是在报恩。袖珍说，你不用安慰我，我知道是怎么回事，老天都看不过眼了。老天没收走贺三革，已经是格外开恩了，我知足！话没说完，袖珍把钱放到桌子上，头也不回地走了。

袖珍请求佛宽宥自己，保佑贺三革，他们从此踏踏实实过日子，不再有非分之想。去一次望湖楼，就是非分之想。袖珍嘴里就是这样在严苛自己，她说如果还有惩罚，就全降到她的头上。袖珍坦言，她之所以求佛，是实在没办法了。佛已经给了他们活路，那就继续给下去。她在医院里第一眼看见喜鹊就喜欢得不得了。她们彼此的眼神中有一种显而易见的亲昵，想向对方靠拢。这种眼神只有久别重逢的亲人才有。她拉着喜鹊到贺三革的床前，说你不是一直想见喜鹊么？喜鹊来了。贺三革的世界一直黑洞洞的。液体在静脉中游走，像蛇在水草中爬行。他拒绝睁眼。不睁开眼睛他就当自己是做梦。梦境一直很残酷，可他情愿置身在这种残酷里，好存一丝希望。他的下肢越来越沉重，像在水里浸泡了太久的时间，温度在一丝一丝剥离，知觉在一点一点丧失。即使医生说得很隐晦，他也知道这一跤摔出了大麻烦。

喜鹊的名字他也是最近才知道，是在晚饭桌上贺坤郑重其事说出来的。他的女朋友，在大地宾馆做服务员。贺三革和陈袖珍都很开心，做服务员的女孩子有眼力见儿，会干活。更重要的是有眼界，他们喜欢女孩子见多识广。他们抱怨贺坤嘴太紧，这样的好消息应该早一点让他们知道。贺坤害羞地笑，说这是喜鹊的意思。陈袖珍打趣说，这么早就开始听媳妇的话了？贺坤的脸红得透亮，这个老来子，曾带给他们无限欢乐。现在，这个欢乐要翻番了。

贺三革努力耸动眉毛，把眼睛睁开了一道缝，这道缝与他额上堆积的皱纹那么不相称，他得多不愿意睁开眼睛啊！眼前的喜鹊像是从厚重的烟雾中幻化出来的，像仙女一样。皮肤白皙，鼓鼻子鼓脸，略胖。这让贺三革满意。贺坤就是太瘦了，打小就不长肉。各种营养补了很多，可越补好像越往相反的方向走。惹得贺三革不满地说，东西都吃狗肚子里了！

可喜鹊挑起的眉梢似乎要飞起来，眼神也是那种开阔型。也许是眼眶太大了，眼球在里面显得空旷。

贺坤则是细眯眼，眼神从来都是打弯的，内敛的。这样的两双眼睛是怎样对接的，是个谜。贺三革暗自叹了一口气，他不想说话。这个时候的他，拉尿都在床上，哪有权利表达自己的看法呢。

喜鹊却马上进入了角色。她对医院不陌生，刘会英每年都会来住院，喜鹊是二十四小时全天候陪护。她去找值班医生了解情况。值班室里有四五个医生护士。喜鹊问，谁管二十九床？

一个医生正在看电脑，头也不抬地问她什么事，喜鹊说，二十九床当真不能恢复么，他站不起来了？

医生的手滑动鼠标的滚轮，咯吱咯吱响。医生头也不抬地说，都跟家属交代过了。

喜鹊气了一下，说我也是家属。

医生这才扭过头来打量了她一眼，把不屑摆在了脸上，似乎是在说：那又怎么样？他的屁股就像粘在了椅子上，眼睛又去盯电脑。

“转院，我们去北京！”喜鹊从医生办公室出来，怒气冲冲。过去她来医院可没受过这种气，医生和护士都是专门配备的，跟她也十二分的客气。她把陈袖珍和贺坤拉到了外面的走廊，笃定地说："县里医院的技术不行，尤其是骨科，经常会误诊，医生根本没有责任心。我们去北京吧。"喜鹊这话说得就像家人，一下就让陈袖珍有了倚仗。陈袖珍说："北京地方那么大，我们去哪找看病的地方？"喜鹊说："哪里都可以去，宣武，协和，301，积水潭，有钱到哪都能治病。"这些地方她都陪刘会英去过，哪座医院有什么特点喜鹊如数家珍。贺坤暗自松了一口气，他知道遇到事情喜鹊比他有想法，他情愿让她做自己的主心骨。转院手续和叫急救车都是喜鹊一手操办，喜鹊响声大气，嘎巴干脆，指挥若定。贺坤像个小跟班，腰间横着小挎包，跟着喜鹊到处跑，随时准备掏钱。每次喜鹊征求他的意见，他只会点头。陈袖珍告诉贺三革要去北京，去北京这病就有希望。贺三革陡然睁开了眼，他有点让希望两个字吓着了。

喜鹊在燕华里小区迅速成了名人。这小区是早先年间电线杆厂的福利房，住的都是老住户，有什么消息总是比风传得还快。贺三革摔跤了。贺三革住院了。贺三革去北京了。贺三革回来了，人却彻底瘫痪了，整个下半截身子都不会动，这一折腾却花了十几万，原本是想给儿子买房交首付的，这下全泡汤了。最后这一条消息还没发散开，贺家没订婚的媳妇却上门了。原来人家还陪着去了北京，几天几夜都没合眼。婆家没给钱，还倒贴。贺坤孝顺，来个媳妇比他还孝顺，不单洗衣做饭，还倒尿盆呢。这些消息当然是陈袖珍说出去的，她不说丧气话，是怕被那些丧气话击倒。她拣昂扬的说，脸上如沐春风。过去走路都没挺直过腰板，现在居然挺起来了。

她说，老贺，我给你念诗。

从打年轻的时候她就喜欢念诗给他听，这是他们俩的秘密。一本杂志拿在手里，陈袖珍像演员一样站在屋子中央，双腿并拢，拿腔拿调开始朗诵：

啊，你如果是大海
我愿意做浪花一朵
你如果是小河
我愿意做水滴一颗
你如果是蓝天……

陈袖珍捧着杂志，贺三革也知道诗是陈袖珍自己写的。陈袖珍经常这样，把自己写的诗夹在杂志里，冒充别人的，然后问贺三革这首诗怎么样。贺三革不拆穿，从不扫她的兴。可此刻贺三革却没心情，他皱着眉心说，烦不烦。

陈袖珍立时没电了。她歪倒在床边，又附过身去，弱声说，要不我就给你唱个歌吧，唱月儿弯弯照高楼……老贺，求求你别烦，你烦我心里不好受。

贺三革的眼泪淌了下来，可他还在动用面部器官阻止，整张脸皱成了一团。袖珍搂着他的脖子，哄孩子一样说，别憋着，想哭就哭出来，哭出来就好受些。

贺三革发出了牛一样的呜呜声，牙齿把嘴唇都咬破了，两股热气从两边嘴角往外冒，扑哧扑哧，像车胎漏了气一样。

那扇大铁门形同虚设，已经锈蚀得快要散架了。喜鹊从那里走进来，看见她的人都主动打招呼。起初喜鹊还奇怪，这地方的人怎么那么有礼貌。有一天，有个老太太把她截住了。老太太指着楼上说，一家俩残疾谁摊上都够呛，这日子没法过，闺女就你好心眼儿。

喜鹊琢磨了一下，才明白这话的意思。老太太的话没有贬义，不过是在陈述事实。但喜鹊不爱听，她不认为陈袖珍是残疾，她的手只是有点不得力，端东西的时候用肚子当支点，借点力。贺坤给喜鹊介绍时，说母亲是个爱看书的人。所以在喜鹊的想象中，未来的婆婆是文化人。

喜鹊从小没有母亲，她第一眼看见陈袖珍，就觉得她像亲娘。

刚刚认识贺坤的时候，喜鹊自己偷偷到这里侦查过。知道燕华里小区是整个城市最靠西、最破旧的。可就是这样的房子，也要三四千一平方米，以自己的实力，根本买不起。她手里没积蓄，工资都支援哥嫂了。留在埙城，嫁给有房的人，这就是喜鹊所有的梦想。为了实现这个梦想，她甚至悄悄为自己妥协，找个二婚头，或者，找个面容丑陋的……找到贺坤这样的正经城市人，她已经觉得是超出预期了。何况贺坤还是奶油小生，眉目都很俊俏，又乖。所以她情不自禁要藏起自己的保姆身份。她想，等到与贺坤的感情铁起来，她再说出实情。做保姆收入不比服务员低，她相信贺坤能够接纳她。

喜鹊进家脱了外套就干活，陈袖珍欢喜地跟在喜鹊身后，扎撒着两只手，反而不知所措。贺三革一直在装睡，喜鹊进来看了他一眼，贺三革没动静。于少宝过来串门，陈袖珍赶忙上床搬动贺三革，说我们快起来坐会儿。贺三革不耐烦地说，你没看我正睡觉么？陈袖珍说，有觉我们晚上再睡。少宝来了，我们说说话。

陈袖珍在他身后垫两只枕头，让他的头部稍稍高了些。贺三革更瘦了，脖颈上的皮似乎剥离了骨头，像绸缎一样堆出了细碎的褶皱。陈袖珍这才介绍喜鹊，喜鹊的大眼睛亮闪闪。她注意地看了眼于少宝，削了只梨递过去，说叔叔你吃。于少宝说吃不了，主张切一半给贺三革。喜鹊说，分梨吃不好。我再给叔叔削一个。于少宝对贺三革说，喜鹊真是懂事，这样懂事的闺女现在打着灯笼也难找。贺三革却一点反应也没有。他把脸扭向窗外，眉头皱起了一个大疙瘩。外面起风了，一只白色的塑料袋里灌满了风，在空中翩翩起舞。贺三革盯着看，塑料袋打了个旋儿，忽然不知去向。是风不见了。贺三革想，风只是从自己的窗前路过了一下，风都不愿意停留。

贺三革闭上了眼睛。

他不是讨厌于少宝，他是觉得自己无法面对别人，其实也是无法面对自己。

于少宝搓着手说，我也不知说点啥好。不来吧，想过来看看，来了又不知该说啥。

贺三革无动于衷。袖珍想说什么，看了看贺三革，又把话咽了回去。

于少宝用两只手捂住了脸，朝下一抹，眼圈都是红的。贺三革这个样子，他心里很不好受。虽说这件事他没责任，但总归有牵连。这种牵连让他觉得很尴尬。于少宝说，我整夜睡不好觉，耳朵里总有小热儿叫。

小热儿就是蝉。

袖珍说，是老贺连累你了。

这话又有点重。于少宝赶紧摆手。人家没说自己啥，于少宝心中的感觉都是自己生出来的。再也坐不住了，他拿着那个梨悄悄出来了。

喜鹊往外送于少宝，一直送到了楼下。楼口右转有个小超市，喜鹊假装去买东西，其实是想跟于少宝单独说说话。大雪天，望湖楼，一大笔饭费。她知道的都是零碎信息，串不成一条线。贺坤也说不仔细，自从父亲出事，他的心情就特别差。喜鹊主动给他打电话，说不过三言两语，贺坤就把电话挂了。父亲的伤就像一座山把贺坤压垮了。喜鹊就是为了安慰他，才经常往这里跑。喜鹊的时间跟贺坤的时间不能重叠，所以两人见不着面。喜鹊就是想过来帮些忙，好减轻陈袖珍的负担。陈袖珍总是显出坚毅的样子，嘴唇抿得紧紧的。但她拒绝对这件事多做解释，让喜鹊恍惚。好奇心害死人，喜鹊太想弄明白是怎么回事了。于少宝对贺三革的态度有些耿耿。他气哼哼地对喜鹊说："请客这件事，我从头到尾是帮忙，一点责任也没有，不信你去问你婆婆。"

喜鹊纳闷："谁请客，请谁的客需要去望湖楼？"

于少宝这才开始从头说，也加进了自己对这件事情的看法。说请陶大年吃饭我不反对，但我反对去望湖楼，那是死鸡拉活雁，没摸自己的兜兜！那是他贺三革能去的地方？喜鹊吃了一惊，瞪大眼睛说："等等，谁请陶大年，您是说……他为啥要请陶大年？"

于少宝说了这件事的前因后果。说他只拿了两千块钱，搭上我的三千还差许多。若不是回家取钱，他也不会走这么急，摔成这样。命，这都是命！于少宝跺了跺脚，不知怎样表达痛心疾首才好。喜鹊怔怔的，她一下想起那一天早上的大雪，陶大年用香茶洗嘴，刘会英用铲子铲雪。喜鹊出去倒垃圾，正好听见陶大年抒情："瑞雪兆丰年呐！"然后陶大年偷偷摸摸打电话，他光注意院子里的刘会英，并没想到喜鹊就在屋外抹桌子。他像老猫偷腥一样鬼祟，让喜鹊独自笑了半天。

于少宝挥了下手，想走，被喜鹊拉住了。

喜鹊问，那天您也参加了，记得都还有谁吧？

于少宝仰脸朝天想，一个也没想起来。

喜鹊提醒说，尚小彬。

于少宝说，对，那是个女的。

喜鹊说，左三东。

于少宝说，对，公安局的。

喜鹊说，路天齐。富连春。江春余……

于少宝吃惊地说，你这孩子，你咋啥都知道？

喜鹊脸上堆起笑，说他们都是陶大年的好朋友，总在一起吃吃喝喝。

于少宝更吃惊了，你认识陶大年？

喜鹊赶忙遮掩，说我们在宾馆工作的人，别的人见得少，就是领导见得多些。

于少宝叹气说："要说人家也没啥责任，可这事也很难说。我们都没想到陶大年带那么多人来吃饭。如果就来一两个……就不用回家取钱了，三革也就不会摔伤了。若是我们俩一起回来，我指定让他推着车子走，他也就不会慌了马势从那个大下坡摔下来。"

喜鹊痴痴地说："跟富人打交道，倒霉的总是穷人。"

于少宝愣了一下，随即竖起了大拇指，夸喜鹊这话说得好。又往楼上指了指，说贺三革虚荣心太强，这样的人早晚也得吃大亏！

喜鹊的心忽然像是被马蜂蜇了一下，好疼。

8

陶大年几乎每天都出去。小汽车来接，或者来送，他从那天去望湖楼起就不再赌气，大家在背后都拿这个事说笑话，但当他的面都装一本正经。不当着瘸子说短话，这是最起码的修养。何况大家都知道陶大年的脾气，他是个喜欢捂着耳朵偷铃铛的人。陶大年总是坐到门口才下车，就像当初用自己的司机一样。不同的是，过去是下车走人，现在得看着司机把车掉过去，再挥挥手，才抱着水杯进院子。他每天早饭以后都在院子里洗嘴，然后屋里外头走几圈，手机在肩膀上扛着，不是他给别人打电话，就是别人打给他。再不就戴老花镜翻电话本，找人。喜鹊知道，那多半是找他过去提拔的人，关心人家的工作。陶大年一般会这样说："最近挺好吧？我现在赋闲了，不能给你实质性的帮助了，但还会像过去一样支持你。你要多努力，往后就要靠自己了。"关心的口吻，说得推心置腹。但喜鹊听得出，都是为下面的话题埋伏笔。说完客套话，对方一般都会说请吃饭的事，陶大年不会马上答应，但会定到三天以后。"到时我找几个人坐一坐，还真是挺想你……地方你定，要不就去望湖楼？"

这些其实都是寻常话，喜鹊听得多了，从没当回事。陶大年喜欢去望湖楼，是觉得坐到那里有面子。今天这些话却显得刺耳，在喜鹊的心里激起了细微波澜。喜鹊嘟囔说，就知道去望湖楼，也不知自己惹了多大烂子。

冰箱冰柜里都塞得满满的。各种海鲜，各种肉类，各种熟食制品，不比过去送的人多了，但总还有人送。刘会英没事爱翻检，却没什么胃口。她总说，她小时候是饿大的，看着东西堆在那里心才踏实。大虾张开能有半尺长，纸盒子一摞一摞堆在冰柜的一角，周身冒着寒气，有的都快过保质期了。喜鹊灵机一动，拿起翻上来的一盒虾笑嘻嘻，说这还是去年剩下的，吃不了都糟蹋了。刘姨，不如我拿去送人吧。刘会英原本柔和的表情，登时被冰冻了一下。她把脖子拔高了一截，什么也没说，转身走了，把喜鹊晾那儿了。冰柜里的冷气扑到脸上，喜鹊觉得自己变成了一条鱼，从里到外硬邦邦。喜鹊想，刘姨肯定误会了。她本想让刘会英接过话茬，送谁？喜鹊好说出事情的原委。她想先让刘会英知情，毕竟她们两个是同盟军，很多时候在一个战壕。刘会英冷起面孔这样一走，倒好像喜鹊成心想占便宜。喜鹊心里很不是滋味。整个一下午，都骂自己蠢。拿别人的东西送人，亏你想得出。可刘姨为什么不听自己把话说完呢！喜鹊始终没有离开厨房，她有心事，爱用干活排遣。擦了锅灶又擦抽油烟机，把地板擦得光可鉴人。房门悄悄张开过，刘会英没进来，喜鹊也装作没发现。喜鹊想，贺坤的爸摔伤是大事，我得告诉他们。不告诉他们对贺坤的爸不公平。只有我能主持公道。我不告诉他们，就不会有人告诉他们。做晚饭时，喜鹊心不在焉，忘了征询谁的意见，顺手熬了满满一大盆海鲜粥。端到餐桌上，刘会英搭了一眼，说你这是做了几个人的饭，要开粥场？喜鹊当当当地切洋葱丁，说您尝尝，准比望湖楼做的好吃。陶大年已经坐到了桌子前，诧异地说，望湖楼的厨子都是从北京请来的，你是吃过还是见过？喜鹊不屑，说北京也没什么了不起，海鲜粥不一定比我做得好，比我做得好的人还没出生呢！陶大年呵呵了声，不像笑，更像是讥讽。他觉出了喜鹊今天有点反常。“你又不是不知道，我晚上爱吃白粥——这黑乎乎的东西是啥？”陶大年明知故问。喜鹊说是海参，还有鲍鱼，都是按照网上的办法比照着做的。“一口我也不想吃。”陶大年坐回到椅子上，“网上哪有啥可信的。”他拿起了一张报纸，喜鹊知道他是在装模作样，不戴老花镜他根本看不见这么小的字。刘会英用勺子舀起看了看，也说颜色不正，这样的粥会不会吃出毛病？她语调和缓平静，但明显是在配合陶大年。喜鹊在厨房忙碌的时候，他们一直在议论她，并达成了共识。喜鹊居然想从家里拿东西送人，这要养成习惯，还了得！

喜鹊为啥猫在厨房半天不出来？

也许是在赌气，我不能惯着她的毛病。

小小年纪气性还不小。陶大年想喊喜鹊泡茶，刘会英赶紧摆了摆手。

喜鹊今天确实有些刀枪不入，自顾自地说：“海鲜粥养人，寻常人家都吃不起呢。”声音饶有意味，别人哪会听不出来。刘会英说："谁家吃不起？现在生活好了，没有吃不起的人家。"她用一罐牛奶自己煮麦片，牛奶是德国的，麦片是韩国的。她的一儿一女在美国指挥他们吃什么不吃什么。她问陶大年吃不吃，陶大年赌气说，不吃。刘会英还是多熬了一罐牛奶给陶大年端了过去。喜鹊一动不动，面对着一盆粥，她心里非常难受。她知道今天自己的心被风吹歪了，她不该熬海鲜粥，尤其不该熬这么一大盆，这都是打破规矩的事。更尤其，她不该说把那盒要过期的虾送人，让刘姨误会。归根结底还是那座望湖楼，让喜鹊的心里不太平。她心里反复想的是，陶大年让贺三革在望湖楼请客，可真搞笑。天底下都没有比这更搞笑的事情了！

心里有情绪，脸上就挂幌子。喜鹊做什么都重手重脚，盘碗哗啦一响，吓了刘会英一跳。刘会英高喊了一声："喜鹊！"陶大年拿着报纸走到了厨房门口，说喜鹊，盘碗没碍着你，你拿它们砸什么筏子？

喜鹊立刻轻了手脚。说陶叔，我心里难受。

陶大年说，你小小年纪，知道什么是难受。

喜鹊委屈的眼泪在眼圈里转。陶大年却没再说什么，回到了沙发上。

"陶叔，您还记得贺三革么？"从厨房出来，喜鹊用毛巾反复擦手，把指头拧成了麻花。

陶大年斜靠在沙发上，眼睛盯着电视，说不认识。

“请您去望湖楼吃饭的那个。”

“哦，你说的是贺小三？”陶大年这回看喜鹊。“你认识他？”

喜鹊咬了咬嘴唇，说他是我男朋友的爸爸。

刘会英脑子快，马上插嘴说，他不是摔残废了么？

喜鹊说，对，就是他摔残废了。那天在望湖楼吃饭，他带的钱不够，回家取钱的路上，在乌鸦山底下的那个大下坡栽了跟头。谁想这一跤就伤到了脊柱，从此再站不起来了。

陶大年的眉毛耸了一下，愣了几秒钟，说：“栽个跟头能伤成这样？”

刘会英说：“他们是不是在骗你？”

喜鹊说：“医生说他严重营养不良，骨头就像豆腐渣一样受不得磕破。”

刘会英想了下这其中的关系，嘟囔了句：“没钱去啥望湖楼啊。”

陶大年这回坐直了身子：“你说的是真的？”

喜鹊点了点头。

刘会英赶忙说：“跟你没相关。他也是倒霉，怎么栽了那么一个跟头。”

陶大年简单地“哦”了声，又靠到了沙发上。那天的场景一幕一幕闪现，应该说，刚开始他想到过贺三革买单的问题，担心他带的钱不够。后来喝起酒来，就把什么都抛脑后了。酒过三巡，他一直在琢磨另个事。他必要喝醉，才能从望湖楼堂皇地走出去，坐尚小彬的车。这一步很重要，结束他过去不坐小车的历史，得有一个名正言顺的理由。上了车陶大年的酒就醒了，他一个劲儿说慢点开，慢点开。尚小彬以为他酒喝得不舒服，可陶大年说，你慢点开，我们可以多待一会儿。尚小彬一下不说话了，心中涌动着一股难言的情绪，有温馨，也有温馨后的苦涩。这个影响了她一生的男人，曾让她付出了所有，她心甘情愿待在他的身边，就像两根并行的铁轨，彼此牵扯从头到尾，但永远不能合二为一。他们各有各的生活轨迹，曾让尚小彬百般不甘……不甘又如何，多少年过去了，他还是他，她还是她。如今人都老了，那些复杂和微妙的情感都逶迤进了岁月，空留下一些惆怅在风中摇曳……尚小彬把车开得像蜗牛爬，惹得后面的车辆鸣喇叭……此刻许多复杂的感觉一并涌上来，陶大年采取了最轻便最简省的方法处理。他长长打了个哈欠，闭上了眼睛。

他想，贺三革居然摔得瘫痪，神仙也拿这件事没办法。

《新闻联播》的片头曲响起，那蓝色的半个地球从里面往外面滚，越滚离人越近。陶大年想了下那天望湖楼的前因后果，确定自己没有什么责任。

他把两条腿往前伸了下，舒服了自己。

刘会英看了喜鹊一眼，小心地说，听说他家境不错，有房有车么。

喜鹊的眼泪一下流了出来，说刘姨，那是我说谎了。

9

连续几天，吃了晚饭他们就一起出去遛弯，回来进卧室看电视。偌大的客厅空荡荡，总是喜鹊一个人。喜鹊问，刘姨，你们怎么不在客厅看电视？

刘会英支吾说，在床上看好，卧室的电视清楚。

客厅的电视像小电影屏幕一样，人形看上去都是扁的。喜鹊和刘会英都认为大尺寸的电视不好看，但也只是认为而已。看什么不重要，除了《新闻联播》，看电视就是为了添个响动。

很多时候，刘会英和陶大年还看不到一起。刘会英爱看戏曲，陶大年一听咿咿呀呀就脑仁疼。

一周，两周。家里的氛围越来越冷清。过去刘会英总愿意追在喜鹊屁股后头问这问那，哪怕出去买个菜，也要问问有没有遇见熟人。

从那个晚上，从知道贺三革是喜鹊未来的公公那个晚上，他们中间似乎就隔了什么。这不是喜鹊想要的结果。喜鹊从不拿他们当外人，他们也不拿喜鹊当外人。那么喜鹊未来的公公呢？是陶大年的老乡兼同学，也应该不是外人才对。喜鹊觉得，他们应该能够随便谈起他，而不像现在这样，贺三革就像一个巨大的隐秘，变得讳莫如深。

陶大年的沉默与刘会英没完没了的抱怨有关。只不过，这些抱怨不会当着喜鹊的面。他们都感觉无法面对喜鹊。假如贺三革摔得腿折胳膊烂，也是他们能够面对的事。而现在，说什么做什么都显得太清浅。这种无力感，让生活一下变得无从把握。

喜鹊在陶家变得度日如年，心中的愤懑却与日俱增。贺坤一家都太孱弱了，喜鹊想为他们做点什么。喜鹊一直等待陶大年主动跟她谈一谈贺三革，问问情况。说和那些朋友沟通了，他们要去看看他。至于买什么东西，或者怎样表达心意，那是他们自己的事。但他们要有个态度，这是必须的。不过喜鹊想，若是征求她的意见，她会建议他们买个好一点的轮椅。春天很快就要来了，贺三革不能永远窝在床上。轮椅最好能带升降，能折叠，展开能变成一张床。这些功能都特别重要。喜鹊觉得自己这样期待不过分，不管他们有没有责任，这是最起码的人之常情。喜鹊已经把自己同贺家人捆绑到了一起。她觉得，她受轻视，他们就受轻视。他们受重视，她也受重视。陶大年总是早出晚归，拿着杯子匆匆来匆匆走。刘会英一向不喜欢动静大的地方，可她居然跟人去扭秧歌！喜鹊在门口碰见了邻居郭姨，郭姨是个胖女人，走路掰不开镊子。她冲喜鹊笑嘻嘻，说丫头着急嫁人了？喜鹊说，郭姨，早着呢。郭姨说，老陶他们让我张罗找新保姆，不嫁人你着急走啥？

喜鹊的脑袋“轰”地一下。本来她还想说嫁人我也不走，刘姨还想帮我带孩子呢。但一转念，这话说出来好像不合适。

喜鹊说，郭姨，您家用保姆么？我去您家。

郭姨慌忙摆手，说我们家可没钱雇保姆，我们家比不上陶家，人家的儿女都挣美元。

喜鹊进了门，坐在院里的茶桌旁发呆。她想，他们要赶她走了。我说的话把他们吓着了。他们怎么那么不经吓？

吃了午饭，喜鹊收拾停当走出了院子，轻轻掩上了大门。抄近路顺着一条胡同走到了联通手机专卖店的后身。那里是一个空置的院子，属于城中村的一处庙址，在等待开发。喜鹊走到这里才给贺坤打电话，贺坤穿着衬衫匆匆跑了过来，在寒风中卷着肩膀。贺坤说，啥事这么着急，我正上班呢。喜鹊说，我不多耽搁你。递上来一张纸，上面是人名和电话号码。贺坤看了下，一个都不认识。喜鹊说，这些都是那天跟你爸一起吃饭的人，叔叔就是因为他们摔伤的。贺坤问哪来的。喜鹊说，在一个小本上抄来的。看贺坤一脸困惑，喜鹊鼓了鼓勇气，实话实说："我不是大地宾馆服务员，我在陶大年家当保姆。这些电话号码就是从陶大年的电话号码本上抄来的。"

贺坤张口结舌，他有点不敢相信。可喜鹊一脸严肃，风把她的头发撂起来糊到了脸上，喜鹊让风任意。她有一种女孩子少有的镇定和从容。喜鹊重复说："我不是服务员，我是保姆。我对你说谎了，贺坤，你会不要我么？"

贺坤半晌才叹出一口气，说你干啥骗我。

喜鹊说，我自卑。

贺坤说，都是凭劳动吃饭，自卑啥？

鼻子一抽，喜鹊忽然呜呜哭了。贺坤慌得不知怎样对她才好。贺坤说："你对我好，对我父母好，我怎么会不要你呢。"

喜鹊仍是哭。贺坤一拉她，喜鹊的额头抵住了贺坤的肩膀。那肩膀都是骨头，单薄而又瘦弱。可喜鹊还是觉得很安慰。她就是想这样靠一靠。这样靠上去，心里就踏实了。

然后，她又说，我连保姆都没得做了。

贺坤蜡着脸，等喜鹊平静，抖着那张纸问她想干啥。喜鹊说，不想干啥。我估计，他们都还不知道你爸摔伤的事。贺坤说，知道又能怎样？喜鹊说，不怎样，但他们应该知道。贺坤说，我爸请的是陶大年，又没有请他们。喜鹊说，就是因为没有请他们，他们吃掉那么多的钱才不应该，他们吃掉了那么多的钱才让你爸摔伤的，他们有责任。贺坤皱起了眉头，这件事让他很烦，他不愿提及。喜鹊说，我把这件事告诉陶大年了，陶大年没反应。我想知道这些人是不是像陶大年一样没反应，我特别好奇！喜鹊越说越悲愤，说级别那么高的领导，平常满嘴都是大道理，却对别人的灾祸一点都不在乎，真让人看不惯！贺坤却不以为然，说在乎怎样，不在乎又怎样，事情反正也就这样了。喜鹊急得嚷："这样，这样，你就会说这样！我告诉你，该怎么样就得怎么样！最起码他们缺我们一个道歉！"

话一出口，喜鹊自己都愣住了。她小心地看贺坤，看他会不会对“我们”这个词敏感。

“你让他们给我爸道歉？”贺坤伸长脖子表示不理解，“亏你想得出，他们怎么可能给我们道歉？人家又没做错什么。再说，道歉能解决什么问题？”

喜鹊气得都想蹦高了。是啊，什么问题都解决不了，可他们都是体面人，他们不能欺负我们！

贺坤困惑地看着喜鹊，不明白事情怎么又跟“欺负”扯上了边儿。他们的思维不在一条轨道上，这让贺坤觉得这种对话很费劲。日影稀薄，空气清冷，这里是巨大的楼房阴影，连点日光都不透。贺坤冻出了清鼻涕。他用纸巾擤了把，鼻头拧得像萝卜一样红。他过来拉喜鹊，说你就别拧了，这件事就让它过去吧。喜鹊一甩手躲开了。喜鹊说过不去，只要有我在，这件事就过不去。他们必须道歉，这是最起码的！

贺坤可怜巴巴地看着喜鹊。

喜鹊说，你干不干？

贺坤舔了舔嘴唇，问干什么。

喜鹊长出一口气，说把事情告诉他们，就说你是贺三革的儿子，父亲因为请他们吃饭摔坏了身体。如果有可能，也请他们伸出援助之手。

贺坤的脸一下变得很难看。

喜鹊说，这不犯法。

贺坤说，丢人。

喜鹊激烈地嚷："这不丢人！不是我们欠他们的，是他们欠我们的！他们有的是能量和办法，他们应该帮助我们！"

贺坤心里盛不住事儿，把事情原原本本告诉了母亲陈袖珍。喜鹊的保姆身份，以及喜鹊的计谋，他觉得这都是大事，他不该瞒天过海。陈袖珍吓坏了，她没想到喜鹊会这样，偷抄电话号码，还让贺坤去要挟人家。这都不是寻常人家女孩能做的事。娘俩权衡了半天，还是觉得事情重大，应该把这件事告诉贺三革，让他拿主意。贺三革听闻却炸了，说我干脆死了算了！我丢不起这个人，我没有你们这样的家人！陈袖珍赶紧安抚，说事情还没做，这不是跟你商量么！贺三革挣巴着想起身，可腰部以下像死了一样沉重。他大声说，我知道你们嫌我了，我不挣钱还花钱，你们早就嫌弃我了！我活着干啥！陈袖珍登时哭出了声，所有的委屈和心酸都涌上心头，她用一只手捂住嘴，奔了出去。

屋里像死一样安静，只有贺三革喷出的愤怒在空中像音符一样震颤，甚至能听到回响。贺坤竹竿一样长在地上，似乎已经过去了一千年，才移动了一下脚步。贺坤把棋盘拿到了床上，碰了一下贺三革的手，说爸，您知道我们不是那个意思。您消消气，我们下盘棋，我好久没跟爸下棋了。

贺三革望着窗外。前面楼房的窗口映出灯光，一片橘黄。那片橘黄让贺三革心中的刺痛舒缓了些。他想，袖珍没做错什么，他不该出口伤人。坏事都坏在那个喜鹊身上，贺三革原本就不喜欢她，眼下不是不喜欢，是非常厌恶。他觉得这不是个好女孩，不善良。她正教唆他们的儿子走歪门邪道，儿子跟了她，变坏是迟早的事。

他侧过来身体，看着儿子。这个老来子，他从小到大没动过一个手指头。他们总是满足他的愿望，因为他们知道，他的愿望总是他们能够满足的，他从小就是个好孩子，夏天吃刨冰，不吃奶油冰棍。因为奶油冰棍要多花一块钱，他的懂事在全小区都出名。

贺坤摆好了棋盘，说您先走。

贺三革叹了口气，说你听我的话？

贺坤头也不抬说，听。

贺三革说，那个喜鹊……不是你盘里的菜，拉倒吧。

贺坤惊讶地看着父亲，说喜鹊一直都在为咱家付出，您和我妈都看见了。她哪不好？

贺三革摇了摇头，说既没订婚也没结婚，喜鹊却主动往男方家里跑，这不合常理。更何况她在陶家当保姆，却冒充宾馆的服务员。她分明就是个骗子。

贺坤说，爸，不是你说的那样。

贺三革突然落了泪。他用手背抹了下，说不是那样能是哪样？你若还管我叫爸，就别让她进门。我不愿意看见她，看见她我心里不好受。

贺坤心一沉，站起了身，他小心地看了父亲一眼，心底忽然涌起一股难言的情绪。说："爸，是不是看见她您就会想起陶大年？她不做保姆了，她与陶家没关系了。"

这话却像点了穴道。贺三革愣了片刻，突然一挥手，棋盘连同棋子都滚落到了地上。

石板胡同与城中心的主马路相连，路旁往纵深里的建筑依次是联通手机专卖店、庙址和一户人家的二层小楼。喜鹊租住了其中一间，在靠近胡同的位置，探头朝外看，能看见横向路过胡同口人的半边身子。喜鹊在外面的一个餐厅找到了活干。餐厅在马路对面的另一条胡同里，是一家民居的房子掉转了方向，变成了门面房。喜鹊每天穿越往返，心中总有结结在那里。手机专卖店门口站着两个小姐，穿蓝裙子，身上披着红绶带，裙子与贺坤的衬衣是同种面料。她们能看见喜鹊，喜鹊也能看见她们，但彼此从没打过招呼。她一次也没有看见贺坤。除非她走到玻璃窗前往里看，但她没有勇气。贺坤已经明确提出分手，说他的父亲不接受喜鹊。感觉得出，贺坤有些为难，他说对不起喜鹊，他让喜鹊提条件，不管是什么条件，他能满足的都满足。喜鹊没有回贺坤的短信，她觉得，回与不回都那样。喜鹊丝丝拉拉难受了两天，就不难受了。与贺家的这段交往，她觉得，能合拍的只有陈袖珍，她像个透明人，在喜鹊面前总是巴心巴肝。贺三革从一开始就隔阂。贺坤的热情从始至终没能到沸点，他只是在大地宾馆的紫藤花架下吻过喜鹊一次，还像蜻蜓点水。也许是自己太强势了，喜鹊想，做事情有点不管不顾。就像贺三革往北京转院，决定得又仓促又草率。白白花了许多钱，却没有取得理想的结果。失望摆在了每个人的脸上，让喜鹊的心里很不好受。喜鹊已经有了预感，他们走不下去了。即使她不假装大地宾馆的服务员，他们也走不下去了。贺家之于喜鹊，更像是服务对象。离开陶家，有恋恋不舍。一切都因为习惯，熟悉。但也只是习惯，熟悉，而已。人，物，甚至一把锅铲，都与自己有关联，离开了都有切肤之痛。刘会英送她出房门时说了一句话。刘会英说，有空过来串门。就像对随便什么人，一点温度也没有。喜鹊没有回应，只是摆了下手，委屈的眼泪就下来了。奇怪的是，离开了贺坤她的感觉还轻松些，只是有一种丝丝缕缕的牵绊，那种抻扯却源于内疚。她特别想对贺坤说，不是贺坤对不起她，是她对不起贺家。

她到石板胡同来租房子，就与这些抻扯有关。

一个午后，喜鹊走进了手机专卖店。喜鹊甫一出现，贺坤就慌忙跑了过来。说你是来找我么？然后两个人一起往外走，来到了房后身的那块空场，站定，谁也不瞅谁。过去也没有怎样亲密，现在也不觉得有多隔阂。贺坤只是有点紧张地看着喜鹊，等着她开口。喜鹊说，我想用一下你的工资卡。贺坤本能地问干什么。喜鹊仰脸看天，说不干什么。贺坤说，现在办卡很容易的……喜鹊突然炸了："你以为我不知道？我比你傻多少？"贺坤窘得手足无措，喜鹊却不依不饶，说也就用一下你的卡，还求过你什么！不放心你就把钱都支出去，一分也不要剩！贺坤张口结舌，他从没见过喜鹊如此激烈。印象中的喜鹊就像只温和的母鸡，总是想把所有的事情都扑在自己的翅膀下。再三踌躇，还是把卡拿了出来，里面大概只有一两千块钱。喜鹊说，我过一段时间准还你。贺坤说，不着急。喜鹊说，是嘴里不着急吧？

贺坤说，里面的钱你可以随便用。

喜鹊牵起嘴角说，你以为我缺钱？

10

天气说暖就暖了，阳历刚交四月，杨花飘了起来，柳树就萌动了。湖岸的风景像幅画一样扮靓了整个望湖楼。大家都说，今年的几场雪逼来了倒春寒，春寒料峭。都以为早春会难过，可节气不等人，冰河该开化开化，燕子该回来回来。左三东在市里买了房，近期要搬家。他给陶大年打电话，说请老哥几个聚一聚。陶大年说，你要走，该我们给你饯行，哪能让你请。左三东也不多言，只是跟陶大年定了时间地点，还去望湖楼。放下电话，陶大年就找富连春，说现在就你还在任上，给左三东饯行的事只有你能张罗。富连春叫苦不迭，说我的陶老爷，您不读书不看报吧？现在单位都没有吃喝这项开支了，哪还敢报饭费啊！陶大年说，我就不相信你没办法。富连春说，庙小妖精多，不知有多少双眼睛在盯着我。何况，巡视组就在我这儿住着呢。有办法我还让您张嘴？陶大年很气闷，他没想到富连春连这点问题都解决不了，也太夸张了。他一屁股坐在沙发上，眉头皱成了蒜疙瘩。新来的保姆是个机灵人，四十几岁。才来一个多月，就把陶家的底细摸差不多了。保姆说，您说话就是太软和。您是当领导的，眼睛瞪起来，口气厉害些，他敢不依？保姆翻着白眼做了个造型，陶大年却没看她。隔着玻璃窗，他看见院子花墙上落了只喜鹊在觅食，那上面是老伴撒的小米。陶大年看了许久，自己跟自己叹了口气。新来的保姆手脚跟嘴一样麻利，但做饭总不对胃口。老伴说她千好万好，可这一项不好，是要命的事。

还有啥可说的。

还是那间瑞雪。左三东从单位要来两部车，把大家都接了来。说好了，回头再去送。这样大家既可以放开量喝酒，又可以放心说私房话。他们聚在一起，其实喝酒是次要的，说话才是主要的。左三东问陶大年，富连春咋没来？陶大年有点心烦意乱，明显带着情绪说，他总有事。有他也过年，没他也吃肉。以后再不找他了。江春余说，他又惹您生气了？他忘了当年您是怎么提拔他的，没有您，他还在山旮旯里养貂呢……我这就给他打电话。路天齐却把江春余的手摁住了。说他最近的日子不好过，一直有人实名举报他，估计早就像热锅上的蚂蚁了。江春余说，他比蝈蝈胆都小，也会违法乱纪？左三东说，老江，你小瞧人哪。

尚小彬捧着玻璃杯倚窗站着，一杯龙井氤氲地冒着热气。杯口顶着下巴，却一口一口喝得清浅。路天齐说，小彬有心事？尚小彬说，三东这一走，再聚就难了。左三东说，这话说的怎么有点像跟遗体告别？江春余说，你们都庆幸吧，平安着陆，现在风声多紧……陶大年敲了一下桌子，说江春余，你嘴里有没有象牙？

左三东带来一只大坛子，是种原浆酒，在他家地窖里已经放十年了，美其名曰窖藏。启开封盖，香气扑鼻。酒都满上了，连尚小彬都跃跃欲试。左三东说，喝酒之前我跟大家交流个事。有次没出正月，是个大雪天，也在这屋，大家还记得是谁请客么？都不言声，左三东有些奇怪，说你们难道都忘了？江春余说，哪会忘，老陶的同学么……怀念上次那顿酒，都喝出了水平。尚小彬在座位上坐了下来，陶大年下首的那把椅子，永远是她的。尚小彬说，是不是有人用短信骚扰你？左三东说，岂止是骚扰，简直是……轰炸。骗子居然利用那顿饭做文章，你说可气不可气。我给大家念念短信。左三东从手机里把短信翻了出来，念："左局长，您好。（瞧，还知道我是局长）我是贺三革的儿子贺坤，斗胆给您发短信，是想告诉您，我父亲贺三革在望湖楼请陶大年叔叔（瞧，还知道管老陶叫叔叔）吃饭那天，回来的路上摔坏了脊柱，现在瘫痪在床。家里实在困难，还请左局长在可能的情况下给予帮助。下面是银行账户……这样的短信我接到了十几个。骗子太可恶了，居然骗到我头上来。"

江春余说，我从来不看手机短信。

路天齐说，好像是有这么回事，但我当时就删了。

陶大年认真剥一只虾，没有言语。

路天齐问，老陶有没有收到？

江春余说，老陶哪会看短信……骗子也知道有些人不能骗，骗了会有麻烦。

左三东叠一张纸巾挡着鼻子，捂住了一个惊天动地的喷嚏。左三东说："诈骗犯无孔不入，不给他点厉害，他不知道马王爷三只眼！"

江春余说，别逗闷子，快说结果。

左三东说，我上午给局里打了个电话，他们下午就把案子破了。

江春余问，骗子是谁？多大年纪？诈骗金额多少？

左三东说，你的问题太多了……事儿让他们干去了，我只管抓人，不管其他。

路天齐说，难道对准的就是那天我们吃饭的几个人？那消息是怎么走漏出去的？骗子又是怎么知道我们电话号码的？

左三东说，老路你的问题都不值得回答，我们的信息是公开的，又不保密。

路天齐骂了句娘。

左三东又说，石板胡同的民居你们知道吧，人是在二楼一个出租屋里抓到的。原以为犯罪分子是男的，没想到是个小保姆，伺候人伺候够了，改行做起了这档无本生意。

陶大年问她在谁家当保姆。

左三东嘴里含糊一下，说我没问。

两人对了一下眼，问的和答的都心照不宣。

过了片刻，左三东继续说，还真有人给她的账户汇款。一笔汇了三万。这个人现在就在这里，谁干的自己说吧。

大家面面相觑。尚小彬把手举了起来，她戴了副茶色眼镜，整张脸都是阴影。左三东用手指点着她说，尚主任是精明人，居然小河沟里翻船，上这种小骗子的当。不过你给这个案子帮了忙，没有这三万块钱，案子还不好定性。

尚小彬说，你真以为这件事是诈骗？

左三东说，公安办事你放心，下网就有鱼。

尚小彬说，这事我原本不想说，说出来自己都觉得有点……那个。我为什么打三万块钱，是因为那晚我把电话拨了过去。

大家都好奇，一起看她。

尚小彬说："短信说得很诚恳，所以我想弄清楚是怎么回事。接电话的是个女孩，张口就叫我尚阿姨。我问她是谁，她说是贺三革儿子的前女友。我问她说的事是不是真的，她说阿姨不信可以去看看……我问，你为什么是前女友？她说他们已经分手了。我说分手了你还管他家的事？她说尚阿姨，是他们那一家人……太窝囊啊！"

江春余不相信地问，你真去看了？

尚小彬点了点头。说我转天就去了那户人家，是早年的老电线杆厂家属院，当年多蓬勃啊，你不去那里，就不知道现在有多破败。那家的女人对我很热情，可贺三革正在睡觉，当然，也许是装睡……我谎称是对面人家的客人，走错了门。贺三革的样子真是太可怜……你们是没看见，一个久卧病床的人，脸跟纸灰一个色儿，人瘦得就剩下了一把骨头……

一场酒喝得有滋没味，大家甚至忘了给左三东饯行这回事。尚小彬拎着包出去过一次，陶大年知道，她去买单了。这个女人，总能把事情做到他的心坎上。喜鹊的事一直是他的心病，老伴经常叨咕，也不知这丫头结婚了没有。没了心情，再好的酒在嘴里也不是味道。他起身来到了窗前，一片白色的大鸟在天上飞，远处水天一色，黛色的青山扮靓了整个湖面。望湖楼在这山光水色中，该像神仙府邸。大鸟俯冲着朝这边飞来，尚小彬悄悄来到了他的身边。“老陶，你知道那些是什么鸟么？”

陶大年说，是海鸥。

尚小彬说，不对，是天鹅。

初稿成于 2015 年 9 月

定稿于 2018 年 3 月

苹果树

1

作为一个平原洼区的孩子，如果七岁之前还没吃过苹果你千万别见笑。事实是，大树十四岁才第一次看到橘子，那是去省城的医院去瞧心脏病，同室的病友摆弄两个圆圆的黄溜溜的东西。他问那是什么，人家告诉他，这是南方产的水果，叫橘子。说完，扔过来一个。他伸手接住，刚想咬，人家告诉他，得剥皮。

"我的左心室有个洞，既然能活过来，就证明问题不大。这是省城的医生说的。"回来之后，他兴冲冲地去邻家，把橘子拿给刘苹看。大树的脸色绯红，但与过去的淤青比，已经好看很多。刘苹正在绣花，纤细的手指捏住绣花针，黄色的丝线用小手指挑起来，绣的鸭子已经会凫水了，可刘苹说，那是鸳鸯。

"鸳鸯是什么？"

“也是一种鸟。”

“你见过？”

刘苹摇了摇头。大树没见过的东西她也很少见，他们的活动半径差不多。反而是，大树去了一趟省城，比刘苹多了见识。

绣花样子都装在一只纸盒里，外面包着粉连纸，粉连纸上写着“鸳鸯”两个字。这是一个知青的遗物。知青因为返城不成上吊了，她的东西都就被大家瓜分了。有人抢衣服鞋子，有人抢袜子帽子。一个纸盒子没人要，被刘苹妈妈悄悄捡了来，里面装满了花样子。这已经是几年前的事了，那时刘苹还小。几年后刘苹翻腾杂物时找出来，爱死了那些纸上花。开始是学着画，后来是学着绣。干枝梅，红牡丹，绿荷花上站一只蜻蜓，也不知那个知青脑子里有多少古怪想法。刘苹觉得那两只鸟小巧又俊逸，便比照着花样子画了下来。她急于知道绣出来的鸳鸯什么样，已经忙活好几天了。三天前，大树去省城了。是他老姑父临死留下话，让他去省城的大医院看看。大树生下来心脏就跟别人不一样，就像长在了胸脯外边，跳起来地动山摇，连炕都跟着扑腾。他打会吃饭起就开始吃药，走起路来鸟悄鸟悄，像条百足虫。他老姑父是乡医，经常背着药箱出入他们家，断定他活不过八岁。大树的事，这一条街的人都知道。偶尔看见大树挪蹭着走出来，人们的眼神里都装满了悲悯。八岁那年，大树果然一病不起，心脏忽然不跳了。他直挺挺躺在炕上，家里人都以为他再不会醒了，赶紧找木匠打棺材。里外三新铺的盖的都装进棺材里，大树突然从屋里走了出来，到水缸边，喝了一瓢凉水。

打那儿以后，大树就像吃了仙丹，竟一日好似一日。

他看着刘苹的手，那指头纤细得像个孩童。刘苹原本也是个细胳膊细腿的人，只有眼睛又大又黑。因为缺少光照，皮肤细白得像砂纸打磨过的一样透亮。歇了手里的活计，刘苹拿起橘子看了看，发现跟手里的丝线颜色差不多，就在鸳鸯的前方绣了一个。刘苹左比量右比量，她穿针引线的样子相当迷人。一个圆溜溜的橘子很快就诞生了，旁边用绿线绣了水草，橘子就像从水里生出来的一样。

“橘子是长在树上么？”

“估计跟苹果树差不多。”

“苹果树会不会是公的？”

“树有公母么？”

窗子支了起来，一方天空豁亮亮地映入窗框，一群燕子不紧不慢地飞。他们稍微侧下身子，就看到了两个院子中间的那棵苹果树，已经有大擀面杖粗了。六年前它还只是棵树苗，像根小手指，被高景阔从山里挖了来，栽在了两家院子中间。那里原先栽着篱笆墙，爬着的绿秧开着黄花和白花。黄花是倭瓜，白花是瓠子，成群的蜜蜂围着它们笑。篱笆墙不延年，每年新的玉米秸秆收回来，都要重栽一遍。今年你栽，明年我栽。后来两家都懒得弄了，发现不栽篱笆墙院子反而显得阔大，两家有点像一家。大树妈抿着嘴笑，说以后说不定就是一家人呢。高景阔栽那棵苹果树时也这样说，将来结了果子，你们那边的你们吃，我们这边的我们吃。

“它啥时长苹果？”

刘苹比大树更关心这棵苹果树，她想知道这棵苹果树结的果子什么样。是红的，还是绿的。是大的，还是小的。是酸的，还是甜的。刘苹不是嘴馋，她就是有些好奇。

“我爸说，只要四五年……可它今年已经六岁了。”

大树一点也不关心苹果树，他什么也不关心。他经常习惯性地用只手捂着胸腔，怕那颗心脏跳出来。他只关心这个。明明知道它跳不出来，可还是要下意识地捂。万一跳出来落在地上呢，那会摔碎的。这话打小就听费淑兰说，当妈的可不会吓唬他。苹果树三岁的时候开花了，只有寥寥几朵。五岁就开得热闹了，在光秃秃的院子里，像云霞一样耀人眼目。刘苹像只蝴蝶围着苹果树转，一天不知要出来多少次。大树隔窗望着刘苹，刘苹穿一件粉色的罩衫，一根辫子从脑顶编下来，光溜溜的都是细碎的花。她就是那么手巧，罩衫是她自己做的，领子缝成了荷叶边，袖子收了紧口，但袖筒像灌了风一样鼓胀。要过很多年，这种款式才会流行起来。如果光看上身，她就像一个花仙子，一张脸粉白，像苹果花一样明艳。只是，她走路晃得厉害，因为小儿麻痹症的缘故，右腿的肌肉早早萎缩了，走一步，歪斜一下。刘苹看不到大树在观察自己，她眼里只有苹果花。可惜那些苹果花只是谎花，一个果子都没有结下，让人一年一年的指望落空。

“这个鸳鸯真好看，送给我吧。”

“送给你做什么用？”

“我收着。”

刘苹搬动自己的一条腿，够窗台上的针线板，把针插了上去。这个橘子她是第一次没比照花样子绣，只是个大概齐，她自己并不满意。“圆不圆、扁不扁的……以后绣了好的再送你。”刘苹说。

一个没注意，高大树把鸳鸯抢跑了。“我就要这个。”他边跑边说，“那只鸟像你！”

2

高景阔去山里拉沙子时认识了一个半仙。半仙一只眼，戴一副小圆眼镜。别人装车热火朝天，半仙凑过来，点着高景阔的鼻子说：“你家有个病孩子，活不过八岁。”

连这也知道！高景阔很吃惊，连忙把半仙拉到背风处，给他卷了一支烟。半仙却摆手拒绝。他说烟是不洁之物，不能入他的口。“你也少抽，会把肠子熏黑的。”

“你咋知道我有病孩子？”

“你面相带出来了。”

“知道他活不过八岁？”

“有法破。你想不想破？”

那还用说！高景阔翻遍衣兜，摸出来两张五块钱，塞到了半仙的衣兜里，让他买瓶酒喝。半仙佯装不见，脸朝向天空，掐着指头算。说你栽棵苹果树吧，我给你画个符，你在树下烧了。只要树活着，你儿子就不会死。“记住，逢孩子‘八’岁那年烧，八岁、十八、二十八连烧三年，符能保佑他一辈子。”

苹果树长在半山坡上生产队的果树园子里。队里人都知道来拉沙子的山外人家有病孩子，高景阔赶车，还有个跟车的，是个碎嘴子，瞅准机会专爱跟人显摆。车还没装完，罕村的稀罕事早被他传遍了。队长领高景阔在果树园子里转，让他随便挖，需要哪棵挖哪棵。高景阔摸摸这个摸摸那个，平原没有苹果树，这样的园子他也是第一次见，看哪棵果树都稀罕。正是早春的季节，苹果树都还在冬眠。他不敢挖大树，怕栽不活。他有三个儿子，患先天性心脏病的大树是老小，也是个宝，他不敢掉以轻心。最后挖了一棵手指头粗的，带了好大一坨土。他反复问队长能不能活，队长说，除非你故意让它死，它都死不了。送走高景阔，队长给自己卷了根烟，朝半仙招了招手，半仙乖乖掏出了五块钱，双手捧着给了队长。“这山外人也傻，居然让你糊弄。”

“我是给他家孩子免灾呢。”

“屁。”队长说，“你那点本事我不知道？”

过了十八岁生日，高大树变成了一个壮实的小伙子。那颗心脏似乎也长进了胸腔里，高大树甩开膀子走路时，想起来才摸一摸。姑家的表姐卫校毕业也做了医生，正月来给舅舅拜年，说父亲当年那些利多卡因、普鲁卡因胺救了表弟的命。“他吃了有一笆拉筐吧？”表姐的言外之意是，表弟吃药从没花过钱，都是父亲接济的，这值得一表。表弟的病好转有父亲一份功劳。可费淑兰不这样看。她是高大树的妈。“是那棵苹果树显灵了。八岁人差点死了，烧了一回符，人就缓上来了。今年又烧了一回，病都好差不多了。”费淑兰越来越觉得高大树的病可能是让姑父误诊了，否则他为啥临死才让大树去省城的大医院？大医院的大夫一看，原来左心室有个洞，但问题不大。若是有事情，人应该早就不在了。“不过，高大树能活着是个奇迹。”大夫说。

早知道是这样，那些药也许根本就不用吃。费淑兰这样理解。

表姐要看符长什么样，费淑兰从柜子的抽匣里小心地取出一个报纸包。报纸已经泛黄，那些铅字都有些灰头土脸。费淑兰说，已经烧了两个，还剩最后一个，要等大树二十八岁的生日再烧。其实就是几个叠加的半圆球体，两端各有缝隙。按照当年半仙的说法，这是让仙界给大树留条路走，那些仙家都听这张符的，其实也就是听半仙的。纸是粉红的，又脆又薄。上面的墨迹却很黑。费淑兰小心翼翼地展开，表姐勾了一眼，不屑地说：“这明显是骗子的勾当，都啥年月了，你们还信这些。”

“不信这些信啥？”

“这都能治病，还要医生干什么。”

“我就没见医生把啥治好过。”费淑兰突然有些没好气。

表姐半天没吭声。费淑兰觉得奇怪，一抬头，见这丫头横眉立目，样子像是要吃人。费淑兰赶紧说：“他又没骗啥，还送了棵苹果树。让你说，天底下哪有这样的骗子？”费淑兰往窗外指，寒冬腊月，苹果树只有光秃秃的枝条，与别的树木无异。表姐却没往那里看，她不接受指引。费淑兰的话伤害了她，甚至伤害了她的父亲，这让她尤其不能容忍。这个年轻的护校中专生，一瞬间想起了许多往事。她的乡医父亲年复一年往这里奔，就是为了大树这颗小心脏，一年要搭进来很多钱。没想到人家是这样的想法。你没把啥治好过。大树能活过八岁，都是符的功劳。委屈越聚越多，眼泪像珠子一样往下落。终于觉得忍无可忍，表姐抡起书包背在肩上，哭着跑了。高景阔在厨房打理猪下水，闻声用胳膊肘挑开了门帘，问咋回事。费淑兰坐炕沿上叹气说：“我说这符能治病，人家不爱听。”高景阔说：“赶快收起来，没事儿你倒腾它干啥，小心弄坏了。”费淑兰嘟囔：“那丫头非要看。”她小心地把符包好，伸着脖子往院子里看。大树搬了一块煤走进了院子。东边的国道上有拉煤车，会有煤块掉下来。大树经常去踅摸，每每有收获。大树问，我表姐咋走了？她咋不吃饭？费淑兰说，她嫌咱家的饭不好吃。

医生表姐不知道，符能治病的事，不单舅舅一家相信，罕村许多人都相信。大树的生日是农历八月二十四，高景阔八月十五没在家里过，他在山里看沙坑。那个地方叫白板，不仅长果树，还有很多沙子。城里正建高楼大厦，沙子供不应求。高景阔受早年拉沙子的影响，找到了当年的队长，把白板村的沙坑包了下来，每年交一万二。眼下队长已经是书记了，曹书记。那个半仙早得道成仙。用曹书记的话说，半仙给高景阔画了符不久就升天了。他一只眼，又是光棍一根，在这个世界无福可享。有天他对家里人说，快给我准备行头，明早有车来接我。家里人没当回事，可转天早晨扒拉脑袋脚动弹，最后一口活气已经游走了。

高景阔在这山里待了三年多，各种大大小小拉沙子的车辆都奔他来。他跟书记关系处得好，经常去他家吃吃喝喝。当然，高景阔从来不空手。两条烟，一包茶，都是他从大城市买的稀罕货。有时他也跟拉沙子的车进城，到工地看看都缺啥，顺便会会关系户。他进城也不空手，沙子里埋了果筐，苹果、安梨、山里红，都是书记家的山货，高景阔都不上秤称，总是随手给几张钞票。这些山货给城里的包工头，包工头再辗转运回家。城里人都叫他高老板，山里人也学着这样叫。三年时间把一座山都要掏空了，山里人突然醒过盹来。曹书记有天晚上请他喝酒，刻意把自己灌多了，也把他灌多了。曹书记结巴着说，山是白板的山，车是人家的车，你咋能从中赚到钱。这三年你赚了不老少吧？他把眼睛眯成一条缝，眼仁斜到眼角。他怎么可能喝多，两人喝多都是装的。高景阔说我在这不是为了赚钱，是为了白板村发家致富。白板村对我有恩，我家苹果树枝繁叶茂，那是我儿子的一条命呢。曹书记看着他，险些让他说服。高景阔又说，村里人装车卸车，每天都能挣几十，这三年，家家都富裕了，别村哪有这好事？曹书记脑袋摇得像拨浪鼓，说别的村没沙子，只有白板这山窝里有沙子。那沙子黄灿灿像金子，是沙子中的极品，运到城市肯定能卖大价钱。高景阔扯起脖筋说，这大山连成片，想找沙子哪没有？好多地方请我我都不去。曹书记还是摇头，说这山毁了要遭子孙骂，那些松树都是爷爷辈，这山掏空了它们就没了根基。高景阔终于不耐烦了，伸手去摸衣兜，掏出来一把绿票子。说这些都给你，我明天撤摊子，行了吧？

高景阔八月十五没回家，就是在找新沙源。人家都笑话他，说真以为山里人都像白板村人那样好糊弄，把沙坑白白送给你？跑了几个地方一无所获，他回家一心一意给儿子过生日。他跟费淑兰商量，大树今年的生日不同以往，满了十八岁，今年该烧符。过了十八就是大人了，这病要好了，就得想着成家立业的事了，盖房，娶媳妇。费淑兰也为这个事着急，说这病要好了，就得让全村人都知道，否则，谁给你当媒人？高景阔指了指邻家。费淑兰一撇嘴，说这病要好了，还能要个瘸腿的？高景阔不说话了。两人合计这生日要大办，烧符要当着村里人的面烧，要让大树给苹果树磕头，搞得郑重其事。高景阔总是比别人办法多，早早在苹果树上拴了红布条，做广告。买了几头猪的上下水。高景阔爱吃这口，就觉得别人也爱吃。左右邻家的盘碗饭桌都被借了来，摆了一院子。刘亭玉从山西回来了，坐了六个小时的火车。他在那里的电力厂工作，穿一身劳动布的工作服。过年都没回家，却让高景阔的一个电话叫了回来。邻居办大事，他也看得重。魏春芳则早早戴了围裙套袖过来帮忙。她的围裙是长身，一直拖到脚面，上面一个油星也没有。她用碱面打理那些上下水，高景阔总叮嘱，少放碱，不能洗太净。洗太净了就差了味道。那种荤腥气熏得魏春芳干呕，费淑兰用膝盖拱了她一下，说不吃才是本事。

刘苹隔着窗看他们办席面。她不吃猪大肠，也拒绝参与场面和热闹。费淑兰喊了她好几次，她也没出来。她倚靠窗台坐着，看着高大树可笑地穿件黄马褂对着苹果树磕头，屁股几乎撅到了天上。太阳明媚地照耀着围观的人群，人们无一例外地两手搂着臂膀，脸上都是木然。费淑兰回了一次屋，拿来一个报纸包。刘苹就知道这是要烧符了。她换了一下角度，在病腿底下塞了个枕头。就见费淑兰打开了报纸包，拿出了一张红粉纸，在苹果树下点着了。火光蹿起的一刹那，费淑兰虔诚地跪下了，高景阔也跪下了。他是大个子，就像在半空中落下了膝盖，“扑通”一声，震得尘土飞扬。有几个人受了感染，跟着跪，外围的人便有些不知所措，埋着头跪。刘苹有些吃惊。一片黑压压跪着的人群，有点超出刘苹的想象。她寻找母亲魏春芳，她的长围裙很打眼，她躲在一个人的身后悄悄跪下了，有点害羞的样子。然后，就剩下了父亲刘亭玉，他身上的工作服与众不同。刘苹以为他不会跪。他惶惑的样子像一只离散了羊群的羊，前后左右看，仍是不能确定。他先跪下了一条腿，然后又跪下了另一条腿。刘苹气鼓鼓地想如果自己在现场会不会跪。我不跪。我为什么跪。这些把戏跟我没关系。她心底总觉得大树蠢，是个蠢小孩。她比他只大九个月，却能哄着他玩，她说啥他信啥。她说外面有鬼，他就连门也不敢出。夏天下大雨，大人们都去抢场了。雷电滚过来，刘苹说妖怪来了，大树就往她的怀里钻，让她的衣襟堵住耳朵，似乎妖怪就不存在了。私下里她就叫他蠢大树，让你跪你就跪？她气着气着又笑了。就当看戏吧，她对自己说。人们都陆续站起了身。刘亭玉站得比谁都快。刘苹眨眼的工夫，他已经若无其事了。高景阔的脸上都是喜气，就听他说，好了，好了，喝酒，喝酒。场面有些乱，人们都在抢凳子，尘土飞了起来。麻雀似乎都被呛到了，边飞边打喷嚏。有个小孩子因为没有抢到凳子哇哇地哭，被他妈抱起来放到了自己的腿上。猪大肠的气味在空气中氤氲，混着尘土的颗粒，像冰雹一样往下掉。刘苹没开窗子，这是她想出来的。一眨眼的工夫，高大树不见了。又一眨眼，高大树钻进了屋，端着的盘子里有一只冒着热气的鸡趴着，脑袋别到了胸腔里。大树说，你趁热吃。刘苹说，快端回去，这鸡都是有数的，一桌一只。大树腆着胸脯说："有数怕啥？又不是别人家的。"搁下便匆匆走了。刘苹抿嘴笑了半天，蹭下炕去洗手，早起没吃饭，她喜欢吃鸡翅膀。

连续几天，罕村人都来参观苹果树。他们觉得，苹果树叶片厚实硕大，绿得不可思议。平原上轻易看不到这么丰茂的树种。平时他们并不在意，这时候看，便觉得威武得难以言说。难怪高大树的身体越来越好，这是有连带的。关键是，它还不长苹果。高大树是男的，可不就不会结果子！关于树有没有男女的问题，罕村人进行了热烈讨论。有人说没有，就像榆树都生榆钱，从没听说过要分男女。可有人说，玉米、高粱都分男女，有的不长粮食就长黑稔头，被人撅了甜棒，那分明就是男的。乡村的许多问题都很哲学，答案都似是而非。热闹劲儿慢慢过去了，有人带了香火来请苹果树保平安，那人叫杨八姐，五十几岁，脑后还编根小辫子。她的儿子开飞机，她呈的供品居然是外国产的酒心巧克力。大树拿来给刘苹吃，刘苹正色说，这不是我们吃的，快放回去。大树乖乖放回了树底下，那里有两块砖头搭一块木板组成的香案。后来，这些巧克力让费淑兰吃了。费淑兰说，神吃过了人吃，供品对人身体好。就是太甜了，有一股酒糟味。

3

高大树的身体确实是好了。他给砌砖师傅打下手，锄泥一点不累。后来他也学会了砌砖。村里人发现，高大树手很巧，眼还有准头。砌砖不用吊线，比人家吊线砌得还直。只是他越来越像闷葫芦，不爱讲话。人家问三句，他好歹能搭一声，就知道埋头干活。他大哥二哥都随爹，是鬼机灵。一个是猪经纪，一个会测量，整天跟县里的测绘队东跑西颠。所以人们都说，大树吃了这些年的药，把自己吃傻了。

高家的富裕在罕村无人能比。高景阔接连起了三座大房，在村里呈三足鼎立状。这也是请了风水先生给把的脉。老大属虎在东南角，老二属龙在西南角。这里面的讲究，高景阔讳莫如深。风水先生是邻县人，是个精瘦精瘦的小老头，长一张倒三角脸，胡子只长了几根，又稀又长。他在街巷穿梭的时候谁都不看，灯笼裤像灌满了风，被两只脚带动着左右摇晃。村里也有人想请风水先生看看阴阳宅，先生理都不理。据说，除了高景阔，连村长都请不来他。高家三个儿子各一所大宅院，大树的房子尤其高，一下就把西街坊压下去了。西街坊就是刘苹家。起房子时，明知道刘亭玉没想法，高景阔还是找了他，问要不要一起翻修新房。刘亭玉一梗脖子，说住金銮殿也该干啥干啥，有钱不搁房子上。

你搁哪儿？高景阔略带嘲讽地问。

吃了穿了抽了，搁哪也比搁房子上强。刘亭玉振振有词。

高景阔知道，刘亭玉其实是翻修不起。他外出做工是沾姨夫的光，他姨夫在电力厂当副厂长，有些活计需要临时工，就把他招了去。刘亭玉本质上也是个孱弱的人，肩不能担，手不能提，嘴里却是能拽文嚼字，脑子里尽是稀奇想法。他做工挣有数的几个死工资，爱给老婆孩子买花哨。魏春芳总能穿得时尚，时兴涤卡时买涤卡，时兴的确良时买的确良。刘苹爱绣花，使的用的都是刘亭玉从山西邮过来，各色丝线一邮就是一大包。每次回来都大包小包带吃的，自己留一份，送高景阔家一份。刘苹绣了很多年的花，门帘子上上边是干枝梅，下边是鲤鱼跳龙门，中间还绣了一大片黄麦穗。连毯子上、褥子上都被她绣了芍药和牡丹。用乡亲们的话说，纯属糟蹋东西。

刘家就生了刘苹一个女儿，把刘苹当朵花似的养着。罕村人提起这一家人就犯愁，说他们的日子过得就像有今儿个没明儿个的，看他们将来咋办。

魏春芳跟村里的女人不一样，她是高中毕业，爱读书看报和写信。村里人经常看她拿着装得圆鼓鼓的信封去邮局，脸上有一抹羞涩的笑。鞋底都是白的，走起路来像翻蹄亮掌一样。她多少有些神经质，看人时眼球总往眼角方向挑。

“又有啥想告诉刘亭玉了？”村里人爱打听。

“家里的母猪下小猪了。”魏春芳话说得细碎，更像在自言自语，风一刮那些言语就没了形状。

“啥，你说啥？”

问话的人闪着耳朵听，魏春芳早走远了。

她家的母猪是一只黑底白花的小短脸，这样的猪一般长不大。村里人都说，猪也像它家主人一样各色。换了别人家，早劁成克朗猪卖给采购股了，魏春芳却舍不得。她养了一年多，总算下了三只小猪。村里人想不明白，就这，有啥好告诉刘亭玉的。

杨八姐自认为是一个办事靠谱的人，所以她先来刘苹家串门。

她把魏春芳拉到院子里说话，刘苹就知道，这话不宜自己听。她把支起的窗子放下，杨八姐看了她一眼，率先朝院外走。小辫子一颠一颠的，像猫尾巴一样。

“真不想给刘苹找对象？你养不了她一辈子，她得生儿育女。”

魏春芳皱了皱鼻子，遇到困难她就愿意皱鼻子。这样大的事，她做不了主。他们很少想刘苹将来的问题，日子就是这样过，过到哪算到哪，她和刘亭玉都是这样想。

刘苹的麻痹症比一般的孩子要重，那条右腿一直都没怎么发育。他们不敢想什么样的人家能接受这样的女孩。如果嫁得不好，就不如不嫁。总之，她听刘亭玉的，刘亭玉听闺女的。

“有现成的人家你们就不考虑一下？”

魏春芳一下把指头竖了起来，又疑惑地放下了。她问是谁家，杨八姐朝东指了指，说大树的病好了，都能挣钱了。家境好，知根知底，这样的人家哪儿找去？

“他们同意？”魏春芳有些吃惊。她以为杨八姐是受人之托。

“这不先问你么。按说你们关系比我近……我这是怕你们把自己忘了。”

杨八姐吱吱地笑。她是个爽快女人，小眼眯起来，像两弯小月牙。她儿子读高中时被挑走当了飞行员，全县就只这一个，县里敲锣打鼓来接人。她在村里说话占位置，能生飞行员的人，大家都高看她一眼。

魏春芳想往屋里走，被杨八姐一把拉住了。她说你先别跟刘苹说，我到高家探探口风。

可魏春芳怎么可能不让刘苹知道呢，这么大的事。她有些慌急地往屋里跑，像猫被踩了尾巴。“你八姐婶……”

刘苹“哼”了一声。“是来做媒？”

“你咋知道？”

“说的是大树？”

魏春芳先不好意思了，含混说，“也不知他是咋想的。”

“谁咋想？”刘苹突然扎了手。血骨朵立时冒了出来。她用手挤了挤，绿豆大变成了黄豆大，但再挤已经挤不出了。可见凡事都有限度，强求不来。她把血骨朵揩去了，指肚就剩下一个红针眼，一点血津儿也不冒。她和大树就像一根藤上的瓜，他们之间没有什么好说的。小时候他出不去她也出不去，就两个人是玩伴。那个时候还有生产队，父母一天不上工就没有工分，秋后就分不来粮食。大树曾被拴在窗棱上哭嚎，脚后跟被炕席蹭掉了一层皮，长大了那里还有块疤。他们四岁的时候就整天在一铺炕上混，刘苹大了九个月，就已经是小大人了。

“你的鼻涕又出来了。你的鼻子是造鼻涕的机器么？”

大树也不明白，他的鼻子里为什么那么多鼻涕，人中那个地方总是团着一堆秽物。冬天棉袄袖子让他抹得锃光瓦亮，像铁打的一样。“瞧人家刘苹的鼻子底下总是干净的，你咋这么埋汰！”费淑兰用一张草纸给大树使劲一拧，那鼻头像煮熟了一样红。

“她的鼻子眼太小！”大树终于发现了玄机，用手指着刘苹的鼻子说。他把两家人都逗得哈哈大笑。

高家也把这事当个事，高景阔召集全家人开会，结果大家都反对跟刘家结亲家。只有费淑兰模棱两可，说如果实在没有合适的人选，刘苹其实也不赖，除了残一条腿，也没别的毛病。

老大说妈糊涂。残一条腿就算不是毛病，这一家人会过日子么？大树只能受连累，将来吃不上喝不上，还不得拖累大家。

老二的看法跟老大极其一致，但看得更深刻长远。刘家的房子还是合作社的时候盖的，土坯墙，顶上勉强盖了层瓦，瓦垄上长满了景天科，遇到大风大雨可能就趴架。刘苹残疾倒还在其次，将来两人结了婚，人家一家万一搬进来，这房子是姓高还是姓刘？

这可真是症结所在。高景阔起先并没想到这一层。他抽烟的手抖了一下，烟袋里的烟灰泼洒了出来。这层房他盖得最用心，因为很显然，名义上是给大树盖的，他和费淑兰也得在这里养老。大树这一辈子，离不开他的照拂。所以特意多盖了一间，做书房。他没有几本书，但他爱想事。城里人买房子总把书房挂嘴边，他理解，书房就是想事的房子。他的烟袋是酸梨根的根雕，是看沙坑时曹书记送的，摩挲得油光水亮。烟叶他自己种，自己晾晒，在簸箕里自己搓成烟丝。费淑兰搓他都不放心，怕搓得太碎。他是罕村最讲究的人，在城里吃过八百块钱的馆子，那是最低消费。乡下人都不知道啥叫最低消费。他不让儿子们抽旱烟，说要与时代“接轨”。

费淑兰说，刘家不是那样的人……他们家又不是没房子。

老大马上说，谁不愿意住好房子？

开会的事高大树并不知情，他去小卖店买烟了。高景阔嘱咐说，要带过滤嘴的石林。但村里的小卖店没有，他骑车去了镇上。村里离镇上六里地，他骑车单手扶把打了个来回。正是午后时分，路上人车稀少。路两边白杨树的叶子沙沙响，大树敞着怀，让小风吹得心旷神怡。给他事情他都能做好，不管费什么周折。他回家时会已经散了。费淑兰对他诡秘地笑，他有些心虚，拿出烟来看，是带着过滤嘴。

“是不是想媳妇了？”

费淑兰把他的褥子拿出来晒，那上边是一个西瓜样的圆地图，明显是被费淑兰扩大的战果。她洗刷时，只清洗了中间一小块。高大树羞红了脸，把褥子卷起来抱回了屋里。他做梦的时候是个奇怪的场景，总有纱一样的东西遮挡，让他看不清楚。关键是，他特别想看清楚纱后面遮着的是什么。一着急，醒了。

“八姐婶子惦记着你，她出马，没有办不成的事。”费淑兰避重就轻，“前庄有个闺女跟你属相合，八字也合。明天你俩就去桥头见面。”

“见面说啥。”大树说得瓮声瓮气。他不是不知道说啥，是多少有点抵触。他也不习惯对事情发表看法。有衣就穿，有饭就吃，有活就干，困了掉头就睡，谁也喊不醒。

杨八姐私下问过大树，如果让刘苹给你当媳妇，你乐意么？

大树的脸腾地像着了火。他没想过这个。感觉中，刘苹有点像家人，动家人的念头很可耻。他就是这样想的。他红头涨脸说，是个女的就行，但刘苹不行。

杨八姐不解其意，骂他蠢。“不是谁都行，要找自己喜欢的。”

“啥喜欢不喜欢的。”他有些心灰。

“还是喜欢的好。”杨八姐叹了口气，说前庄的女孩没有刘苹俊俏，但是个健康人。“早知这样我就先不跟刘家说了。”杨八姐很后悔。

4

房子盖得像金銮殿，也没能让高大树晃来媳妇。人们私下说的话，高家人听不到。魏春芳有时给刘亭玉打电话会说起这类闲话。杨八姐看到她躲着走，她就知道人家嫌弃刘苹。两家从来不硌生，可也从来不融和。本质上，他们不属于同一物种，刘家人相对高家，基本等同于人畜无害。就像那株苹果树，树冠各落半边，若是外人看，就是高家占刘家的便宜，把树险一险栽到人家的院子里。但刘家人不这样看。就只当我们栽的。刘亭玉说，春天看花，秋天看叶。我们比谁都不少看，谁栽还不一样？高家也习惯了刘家的种种理念和思维定式，很多时候，对他们的感觉弱到近乎无。家里安了电话，魏春芳就不再写信。其实那时候高景阔已经有了大哥大，高家的电话已经安了两年，可高景阔还是一通数落：“人家安电话都是为了谈生意，你说，你们为了啥？”魏春芳细声细气说：“联系方便。”有个人在远方，这是说得出去的理由，却让高景阔不屑。电话给刘家带来了私密、愉悦和便捷。魏春芳在电话里说得没完没了。“前庄的姑娘原本对大树有意思，但人家担心一样，心脏病会犯么？炕上的活计能忙活么？人家是怕他出不了新婚洞房！”魏春芳说这话脸都红了，不时朝窗外看，刘苹在院子里坐着绣花。她这次是给人家绣结婚用的枕头，一对鸳鸯，一对并蒂莲。那对鸳鸯快要完工了，她越绣越好，那鸳鸯都似活的。他们太知道大树犯病时的样儿，左心室有洞，那洞居然是先天的，永远也长不上。据说能缝补，但高景阔不让。医生让他们签字，说有可能下不了手术台。这还了得！好好的一个大小伙子，一下就让他们说没了。他们让医生的话吓住了，说啥也不做缝补手术。“只要苹果树不死，高大树就没事儿！”费淑兰跟人家信誓旦旦。苹果树枝繁叶茂，叶子油亮深绿，看上去能活一百年。但人家信苹果树却不信费淑兰。魏春芳拉拉杂杂地说，刘亭玉拉拉杂杂地听。很多情况下他们就是这样两相依偎，一根电话线联结了彼此，他们就像呢喃的两只老燕子。刘亭玉安慰说，人各有命吧。高景阔这些年又挣了不少钱，他们家总是运气好。魏春芳说，你说大树的病是不是真的好了？

有一段时间，高家人总是在开会。他们有一根灯线拉到了屋外，全家人在院子里坐着，十几口人，看上去很有规模。他们的话题不避人，院子的门也四敞大开，过往的人会听一耳朵或往里看一眼。他们在商谈投资的事。原来高景阔的朋友有一条生财之道，那条道可以让钱生钱，让纸钱生出大洋钱。据说那些大洋钱就在山洞里藏着，只要打开那个山洞，就如同芝麻开门，大洋钱要多少有多少。关键是，朋友是个可靠的人，开皇冠，抽德国烟，在城里有大买卖，手上戴了四个金镏子，一颗金牙就值乡下的半层房。这个人来高家吃过饭，是个见多识广的人。高家的男人都热血沸腾，觉得这样的朋友可以信赖。女人虽然有疑惑，但她们的疑惑更像抠门儿的娘们不愿意往外拿钱，话说出来像风，连影子都落不下。那人姓黄，用金镏子敲着桌子说："在家靠父母，出门靠朋友。啥都不如交情重要，买卖成了赚钱大家分，赔了我一个人顶着，你们既不用操心又不用费力。"如果高家能出五十万，就是控股百分之五十，如果挖到一万块现大洋，就有高家一半。街上经常有喝老瓷的，"有老瓷器的卖！""要现大洋么？""哪有？"有人拿出来一串大铜子儿，买卖人戴上小圆眼镜看，说若是现大洋有多少我要多少，这铜子儿不值钱。说完，摇着拨浪鼓走了。这还是半年前的事。黄金牙说，那洞里可不仅有现大洋，还有瓷器、玉器、金银器，这事不敢朝外说，怕国家给没收了。

五十万是个大数目，高家调动了所有的亲戚凑，还差一些。有一晚，高景阔走进了刘家，他很少过到这边来，这边的房子太矮，他一进来，就情不自禁窝着腰。魏春芳和刘苹刚吃完饭，饭桌还在炕上放着。魏春芳慌忙收拾了碗筷，刘苹则用抹布抹桌子，抹得特别用力。细长的手臂伸出来，就像清涟的竹骨节一样泛着幽凉的光，这是种病态的瘦。高景阔看了一眼，心里顿时生了怜惜。他直截了当问，你家有多少钱？娘俩互相看一眼，都有些窘。她们没想到高景阔问这样一个问题，让她们不好回答。高景阔却不管她们的反应，滔滔不绝讲起了故事。说袁世凯的年月叫洪宪，曾经拉了一车皮的宝物进长白山，喂到一座大山的肚子里。黄金牙的爷爷有个朋友是护卫队队长，临死把这件秘密说了出来。如今护卫队队长的孙子就住在山脚下，他家祖祖辈辈不搬走，就是想等到有朝一日袁家人来取宝物。袁世凯当了八十三天皇帝死了，袁家人觉得这些宝物不吉利，所以公开表示不要了。他们甚至出了一纸文书，上面写明这些宝物归护卫队队长的孙子所有，也不枉他们家看了上百年。“那时候调动工程兵的一个旅往深山运东西，究竟运了多少，只有袁世凯一个人知道，他把北京城的国库都掏空了。”

娘俩一左一右看着高景阔，眼神里有一模一样的困惑。

事实上，黄金牙讲这些的时候，高景阔也疑惑。既然宝物给了护卫队队长的孙子，他们为什么要分给别人？就是为了打消他的顾虑，黄金牙陪高景阔特意走了一趟长白山，见了运送宝物的那条路和那座山，当然，它们都被杂草和灌木掩映着，可一想到杂草和灌木掩映的巨大秘密，高景阔就很激动。更重要的是，他见到了看管宝物的人以及他们保管的各种凭证和藏宝图，高景阔对此深信不疑。那是他第一次坐飞机，第一次走进大东北的白山黑水间，高粱大豆一眼望不到边，空气里都是神秘和富足。他们受到了盛情款待，喝鹿茸酒，抽蛟河烟，见识了百年老人参，这加深了他跟黄金牙走的信心和决心。这一路，黄金牙的手机总响，十有八九都是想来投资和入股的人，都被黄金牙委婉而友好地拒绝了。大山莽莽苍苍，喂进大山肚子里一车皮的宝物就像几粒瓜子，没有先期投资休想找得到。

“有好事我第一个就想到你们，谁让咱们两家好得像一家呢。几个钱投进去，以后就能分到大钱。这样，刘苹一辈子吃穿就不愁了。”他特意看了眼刘苹的腿，题外话都在他的眼神里。“你家到底有多少钱？”

魏春芳不情愿地说：“也就三万多。”

高景阔说：“都给我。再过半年，我返给你至少三十万。”

魏春芳却摇了摇头。说这些钱都是刘亭玉的辛苦钱，我们合计好了，一分都不能动。他们私下的打算是要留给刘苹，不管是当生活费还是做嫁妆。

高景阔说，没人白要你的钱，是让你的钱去生钱，小钱变大钱。

魏春芳说，我们不要大钱。

高景阔说，我借，我借总可以了吧？

没想到魏春芳斩钉截铁说，那也不行。

高景阔愣住了。在罕村，他向来吐个唾沫是个钉儿，村长也要看他的脸色行事。这是不信任他了。他的脸瞬间就黑了。他过到这边来，是给了刘家好大的面子，人不能不识抬举。

“你给亭玉打电话，我跟他说！”

电话趴在躺柜上，上面盖了一块手绢，手绢上绣了两只绿蜻蜓，振翅欲飞的样儿。他对刘苹说，你打。

刘苹说，白打，我爸不会同意。

高景阔说，你说什么？

刘苹走过去理了理电话线，又把电话机往里推了推，人靠在躺柜上，就把电话挡住了。刘苹一字一顿说：“我爸不会同意拿钱去做这种事，大爷，你就不用费心了。”

“这种事是哪种事？”

刘苹跟魏春芳一样搞不清楚。两人躺在炕上合计半天，也想不出个子午卯酉。潜意识里，她们都不相信有天上掉馅饼的事。外面的世界什么样，她们不知道。小小的罕村被一条河围着，她们的天地就这么大，东西两洼里有自留地，顶多到镇上赶个集。但有一样，不管天上会不会掉馅饼，她们都不会把钱拿出去，这是前提。刘亭玉是架子工，在野外作业。跟其他行业的合同工比，工资待遇还算不错，但那张脸晒得像黑煤炭，他原本是个白皮肤的人。每月一发工资，他就通过邮局寄了来，魏春芳把钱放到活期存折上，够一千了，就转成定期的。原本，他们还没有三万块，春节刘亭玉发了一笔奖金，足足给了五千。他在施工现场救了一个人，野外架线时一根杆子倒了，照直了朝那个人拍。关键时刻刘亭玉跃起了身，把那人推开了，他的腿骨被砸断了，养了三个月，骨头长好了他才告诉家里。

这样凑起来的钱，她们怎么能拿去干别的呢？

刘家母女三天没有出门。她们做贼一样窥视东街坊的动静。刘苹说，他们拉砖了。他们拉石头了。他们这是要砌墙了？魏春芳爬上炕朝那边看，忧心忡忡地说，那棵苹果树怎么办呢？这是要砌到墙里了？刘苹眼里则是一堵无形的墙，高高矗立，得罪了高景阔，她比魏春芳更忧心忡忡。大树在压水机旁压水，刘苹把他喊了过来，说大爷生我的气了吧？大树却不知情，说我爸一早就去东北了，哪有工夫生你的气。刘苹说，你们家要砌墙了？大树回身望了一眼，说砌起来院子才完整，才能兜住钱财，这是风水先生说的。“你信？”刘苹问。“反正我不信。”刘苹说。大树又回望她一眼，瓮声瓮气地说：“我说话不算数。若依我，这墙就不砌，怪麻烦的。”顿了顿又说：“我会让他们留个小门，让你们进出方便。”刘苹毫无缘由地叹了口气，靠在门框上。不管留不留小门，有墙没墙到底不一样。她们家是习惯了没墙的。抛开个人感情不谈，他们往东面走的机会多，高家的门外是主路。而刘家的门外是条小街，只几户人家。水桶里装满了水，大树用手一拎，那水桶就像飞起来一样，在他的胸前一晃一荡，大树真的是有一把好力气，一点也不像左心室有洞的人。

那墙到底没有砌起来，归根结底还是因为那棵树，它栽得实在太靠外了。如果想把墙砌完整，最好往院子里移一米。砌墙师傅在那里比画，否则墙基没法挖，就是把苹果树砌到墙里，同样涉及挖墙基的问题，砖石总不能垒到地表外吧？关键是，只要挖墙基，就能碍到苹果树的根部，这样大的一棵树，方圆一米都是它的须根，挖断了哪里，也许都会有意外发生。

为什么砌这堵墙，高景阔走得匆忙，并没有交代清楚。或者，他也不愿意交代清楚。在刘家遭抢白的事让他窝了一肚子火，从他们家出来，他就踢飞了一块砖头，打墙的想法就是在那一瞬间产生的，可说出来却需要拐弯抹角，谎称是风水先生的主意。费淑兰凭自己的意气办事。说苹果树就在那儿，谁都别给我动。万一移栽栽不活，你有几个脑袋？

大家都知道活着的苹果树对高家意味着什么，工匠中的有些人，曾经在这里磕过头。费淑兰在院子里一通嚷，一条街的人都听见了。出来干活都为了挣几个钱，谁愿意把脑袋搭进去。

高景阔从东北回来已经是深秋了，村南的自留地里长出了麦苗，一垄一垄的，匀称密实。秋收庄稼的秸茬顺在垄背上，若在过去，早被人拾到家里烧火了。自从村里有了第一个煤气罐，柴火就不大被人看得上了。烟熏火燎做一顿饭，哪有用煤气轻省。高景阔裹着薄暮朝家里走，像穿了隐身衣一样，沿路没看见一个人。家里靠西墙基的地方砌起了一排猪圈，屁股滚圆的长白猪争相在槽子里拱食。他看了看，没说什么。

他又从家里拿了几千块钱，一早就又走了。他说工程到了关键处，不过，很快就会见到收成了。

刘亭玉腊月二十九那天回来了，天上飘着小雪，他背着一个大挎包，拉链没拉严实，露出的花格子呢衣料的边角上，站着几朵雪花。初一到高家来拜年，魏春芳和刘苹穿了同一款的呢子上衣，不像母女，倒有些像姐妹。娘俩挽着手在后面走，刘亭玉倒背着手走在前边。他也穿了一件新衣服，是件姜黄色的羽绒服，胸前印有红体字："山西电力公司"。那个蓬松的样子，一看就不是罕村人常见到的蓬胶棉。这件衣服是公司发的福利。他先到猪圈看了看。那些猪圈盖着草帘子，长白猪都有小驴子高了。这些猪原本应该节前卖，买家也上门了，可费淑兰心情不好，几句话不投，就把人轰走了。高家老大就是猪经纪，却管不了他妈的事。老二整天不着家，两个媳妇也不怎么到婆婆这里来。过去他们经常一起吃伙饭，大锅里炖吊子，锅边粘卷子，那种混浊的香气从堂屋里窜出来飘到街上，灌了一街筒子。男人喝酒，女人打牌，小孩子在院子里玩游戏，这阔大的院落特别适合他们奔跑。如今高家却冷锅冷灶，一点过年的气氛也没有。费淑兰灰黄的一张脸上挂了晦气，眉梢眼角都掉了下来。刘亭玉很吃惊，说我大哥呢？

费淑兰这样解释：“他那个工地离不开人，再过些日子就要完工了。”

“东北冰天雪地，他不回来过年，工人难道也不回家？”刘亭玉有点纳闷。

费淑兰突然就变得没好气，说谁知道他在外边干啥，兴许人家正过得热闹呢！“男人有钱就变坏，女人变坏就有钱。我做梦都梦见了。”费淑兰咬牙切齿。

大树给刘家人倒水，不满地说：“我爸哪是那种人，你都瞎说什么呀。”

费淑兰用手指点着大树，撇着嘴说：“我瞎说。哼，我瞎说。”她的脑袋不由自主地晃，像患了帕金森一样。

刘亭玉还要问工程上的事，刚提起话头，魏春芳悄悄扯了他一下，他又把话咽回去了。刘亭玉转移了话题。“你家的猪也该卖了，肥得就像小驴子。咋，你没用瘦肉精？”

费淑兰说：“哪买的起。家里连油盐钱都让高景阔拿走了。他倒好，活不见人，死不见尸。”

刘苹说：“我大爷有手机，快给他打个电话。”

大树说，他的手机早就停机了，真不知道他现在在哪里。

魏春芳说：“中午你们娘俩去我家吃饭吧，咱们蒸饺子。”

大树说：“那敢情好，过年都没摸着肉味。”

刘苹扯了他一下，又装成若无其事的样子朝外走。高大树跟了出来。“啥事？”高大树问。

刘苹白了他一眼，说：“没肉吃你咋不言声？我还以为你家吃山珍海味呢！”

5

村里有个磨刀的三先生，经常住在北京酒仙桥附近的城中村里。他们家一群光棍，他行三，大家就都这么叫他，因为他上衣口袋里总插着支钢笔，冒充文化人。据他回来说，有一天看到一个人面熟，原来是高景阔，也住在这个城中村。高景阔胡子拉碴，邋里邋遢，他们打了个照面，高景阔就不见了。但听别人说，高景阔在找一个叫黄金牙的人，东北、北京来回跑，有时就趴在拉货的车上。人瘦得像根面条一样，稀软儿。

三先生是个麻子，平时口炮连天，他的话并没有多少人信。但魏春芳把这话告诉了刘亭玉，刘亭玉觉得三先生编不出这样的谎言来，高景阔八成是遇到了骗子。这样的骗子，不独黄金牙一个。刘亭玉有个工友爱淘换古董，发了工资捂不热就交给古董贩子。有一天，路边有人卖瓷画小碗，碗底有印章，据说是刚从古墓里挖出来，还没来得及清洗。工友觉得，这碗即便不是唐朝的，也是元明清的。不管是哪个朝代的碗，只要是地里挖出来的，碗底有印，就值得收藏。再没想到，洗干净了才发现那印章原来是画上去的，只是有泥土遮掩，不容易被发现。“现在啥样的骗子都有。”刘亭玉谆谆告诫，“咱就老实过日子，别想吃那大饽饽。”

魏春芳没借钱的事，刘亭玉并不赞同。如果他在家，也许就借了。是借，不是入股。他不愿意得罪高景阔，尤其是因为借钱的事，会让人记死仇。邻里住了这么多年，高家人丁兴旺，自己这边总像青黄不接，魏春芳原本就孱弱，又拉扯一个病孩子，那种势单力薄，他在外总担心。所以，借着过年的机会，他一心想请高景阔喝顿酒，他从山西带了瓶老白汾，都没舍得送老丈人。

可直到他正月初八回山西，也没等来高景阔。

高家很快就没了太平日子，因为高景阔答应的半年还款的时间早过去了。风言风语越传越多，几倍的收益成了虚妄，他们只想要回本金。那几家都是至近的亲戚，每回上门，费淑兰都气得浑身哆嗦，她意识到高景阔在外边出事了。募集钱去挖宝的事，她原本也有不同意见，可她的不同意见不会有人听。这些年，高景阔就是家里的大拿，看沙坑的年月，一天游手好闲就能挣几千，这样的人儿子媳妇都恨不得把他供起来。亲戚们不给面子，两个儿媳妇也来凑热闹。她们说：“钱若是自己的也就罢了，为了凑齐那五十万，我们都搭上了自己的娘家亲戚。如今说好的事情不兑现，哪还有脸回娘家。”费淑兰跟她们大嚷大叫：“你以为我就能回娘家么？不能回就不回，有啥了不起！你娘家的钱是钱，我娘家的钱难道就不是钱？有钱一起赚，没钱一起赔。冤有头、债有主，你找我也没用，要找去找你们死爹去！”费淑兰说话越来越语无伦次，她的嘴唇一层一层地起水泡，赤红的面颊长了很多紫斑。高大树去给瓦匠打下手，回来都吃不到一口现成的饭。费淑兰总像死蛇一样在炕上躺着，嘴里哼哼着喊胸口疼。要不，就把高景阔的妈挂在嘴边上，出来进去叫着号地骂。她还是有私心，觉得高景阔也许是被哪个东北娘们缠住了。

她的两个儿子结伴去了一趟东北，按地址也找到了应该找的人，可人家说，不认识高景阔，也不认识黄金牙，也没听说过山里有宝贝的事。他们又到北京找黄金牙开的买卖，按他的说法，就开在中南海的边上。可到了北京才知道，买卖铺子无数，就是没有黄金牙的。至于中南海的边上，似乎也没有开买卖的地方。哥俩回来一路走一路哭，被人骗的感觉坐实，那些债如万箭穿心。他们一直自诩是村里的聪明人，出了这样的事，顿觉没脸见人。

老大说："我们干脆跳河算了。那样多的债，得还到猴年马月。"

两人下了公共汽车，一直都没有说话。引滦入津的水泥桥毛毛糙糙，围栏足有一米高。因为这座桥，罕村人结束了渡河靠船的历史。那是条名叫周河的河流，九曲十八弯。老大的一只脚冷不丁就跨到了栏杆外边，吓了老二一跳。老二伸手把他抓住了，吼："钱是死的人是活的，你咋这没出息！"

老二比老大有心眼，他拿出的钱几乎都是跟亲戚借来的。他心里想，大不了那些亲戚不来往，活人还能叫尿憋死？

这种乱糟糟的局面持续了三年多，被一个偶然事件结束了，高景阔回来了。只不过，他是被三先生和一个陌生人架回来的。高家的大门开合时会发出异样的响声，那个响声有点像老猫叫，那叫声还会拐弯。在岑寂的夜里，格外刺耳，就好像跟谁赌气一样。对屋大树传来了鼾声，费淑兰披了件衣服出门，她从后街转到前街，又从前街转到后街，她睡不着，就一宿一宿在外转。她什么时候出去，刘苹知道。她什么时候回来，刘苹也知道。她帮不了他们，但心里总似有牵挂。有一天夜里，刘苹突然喊醒了魏春芳："妈，东院好像有事了，咱们快过去看看。"魏春芳睡眼蒙眬，趴到窗台往外看了一眼，东院灯火通明，人声嘈杂。娘俩赶紧过去看，高家的屋子里挤满了人，高景阔顺着炕沿躺着，身子像门板一样薄。他已经是个脱了相的人，嘴唇紫黑，形容枯槁，肚子却高得吓人，像怀了身孕一样。据三先生说，这两年他一直也没见到高景阔，这回是高景阔托人把他喊了去，原来，他就住在另一个村子里，平时靠捡垃圾为生。他说让三先生送他回家，他有事要跟家人交代。三先生赶紧找了辆车，把他拉了回来。陌生人原来是司机。现在，车就停在外面，还没给车钱。

"车钱是多少？"大树问。

三先生说："车钱是三百，这都是给司机的。我一分也不要。"

大树翻开柜子找钱，可怎么也找不到。费淑兰闭着眼坐在前门槛子上，长一声短一声地哭，鼻涕都流到了嘴里，她也不知道擦一擦。高大树问："妈，钱呢？"费淑兰不应。高大树又问了句，费淑兰还是不应。她沉浸在自己的悲苦里，对外界置若罔闻。高景阔不回来，她对生活还有念想。眼下的样子，超出了她的心理预期。三先生咣当咣当凿门时，她就意识到是高景阔回来了，她一边喊大树，一边拉亮了所有的灯，趿拉着鞋子就往外跑。她对高景阔有很多设想。领回一个人，抱个吃奶的娃，或者黑着一张脸看也不看她。这是最坏的结局。他既是黑夜回来，那就是白天没脸见人。无论如何，那应该是一个光鲜的高景阔，走时什么样，回来还应该什么样。也许比过去老，但绝对比过去胖。他不会过得比她更差。平静的生活被打碎，娘家六个兄弟姐妹个个反目成仇。过去他们可都愿意与她来往，她是他们所有人的中心，谁家里有大事小情需要摘摘借借第一个想到的就是她。可三先生先闪进半个身子，使劲往里一拖，拖进来黑木炭似的半截身躯，两条腿自膝盖以下折成九十度，这是个连一丝力气也没有的人了，就像长条果子挂在两边树干的身上。待看清了眉眼，费淑兰险些晕倒，她一下子转过身去，再不想看见他。刘苹悄悄扯了下高大树的衣袖，一颠一颠地回了自己的家，拿来了私房钱，把三先生和司机打发走了。高景阔仰躺着，他的眼皮许久都不动一下，一点瘦小的泪珠溢出了眼角，很快就被干燥的皮肤吸附了。他直视着屋顶，眼里都是云翳和空茫。他对这个世界已经没有什么好说的了，还能说什么呢！喘了口气，扭过脸来问大树："你妈呢？"大树连拉带扯地把费淑兰架了过来。高景阔定定地看着她，用的是地老天荒的眼神。忽然一阵喘息让高景阔的身体蜷缩了，好一会儿才稍加平静。高景阔断断续续说："我不想回来，就想死在外边……我这次回家，是想提醒你，大树的生日快到了，别忘了给他烧符。"说完，眨了一下眼，环视着所有的人："我怕她把这事儿忘了。"话没说完，长长地打了个哈欠。牙床黑洞洞的，只剩几颗又老又尖的牙齿。他困乏地把眼睛闭上了。大家都以为他睡着了，过了会儿，又觉得情形不对。他的肢体越伸越长，脚跟一蹬，似乎把所有的骨关节都扯开了。他倒憋了一口气，便开始紧咬牙关。有一阵风掀动了门帘，后来人们才知道，那是他的魂魄离开了肉体。他的身子越来越凉了。

他在外面经历了怎样的事，到现在罕村人也觉得是个谜。但大家都佩服他，很多年以后，若说罕村人谁最有本事，还能有人提起他的名字。"别忘了给大树烧符。"他居然是因为这个才回家的！罕村人感动了，很多人来给他烧纸钱。那些女人进了院子就开始啼哭，说他盖了那么好的房，挣了那么多的钱，却无福消受。那些亲戚一个也没来吊唁，他们觉得他用自己的钱盖了大房子，却把他们的钱骗走了。

高大树二十八岁生日是刘苹操办的。酒、肉、各种蔬菜和水果，她往代销点跑了好几趟。村街那条主路晃动着她瘦弱的身影，可一瘸一拐的脚步笃定而从容。她很少出现在人们的视线中，清白色的皮肤在日光下闪着玉一样的光泽。但大家都认识她，谁能不认识呢？抛开残疾不说，家家待嫁的姑娘可都用过她的绣品呢。门帘，枕套，手绢，盖茶壶、茶碗、茶盘用的盖帘，她从来也没明码标价，但最后成了约定俗成。“咋买这么多东西？”有人跟她打招呼。“大树要过生日了。”她笑吟吟的样子含了羞怯。“过去喝杯酒吧。”她吸了吸鼻子，空气中有一股荤腥的猪大肠味，那是大树十八岁生日那天空气里的味道。十年过去了，她还能闻得到。她也想把大树二十八岁生日过得像那天一样隆重而热烈，高大树穿黄马褂给苹果树磕头，只不过，旁边跪着自己。这个场景她一直都在想。

他们在八月十五那天订了婚。就在费淑兰的疯言疯语中，两家人吃了顿团圆饭。

费淑兰的眼神越来越飘忽，那天送走高景阔从墓地回来，她竟自顾自地走过了家门，一个人叨叨咕咕，谁也听不清她说些什么。晚上，她甚至没有回家，大树找到她时，她在河岸边的树丛旁坐着。大树问她为啥来这里，她说等你爸，一会儿他开着大船来接我。“那个船上插着小红旗，在风中来回飘。有个小房子，窗帘都是绸子的。”她说得喜气洋洋。大树在暗中抹了一把眼泪。说我爸不会来了，他顺着烟囱飞走了。

有一天，费淑兰钻到了魏春芳的屋里，鬼眉鬼眼让她看一样东西。魏春芳一眼就看出那是件绣品，早期的，白绸布已经有些泛黄了。魏春芳惊异地问："哪来的？"费淑兰说，是在柜子里发现的，裹在一块手绢里，藏在了柜子的旮旯。"我早两年就发现了，我就是不说。"她有些得意。"现在为啥又说呢？"魏春芳纳闷地看着她，不知她的脑袋瓜里在转悠什么。费淑兰趴在她的肩头附耳说："我做梦都梦见了，大树要跟刘苹做夫妻。"费淑兰眉飞色舞，仿佛她梦见了就是件天大的事。魏春芳叹出一口气。当年杨八姐保过媒，可人家拒绝了。这件事只有刘亭玉不知道。她和刘苹从没谈过这个话，她怕刘苹难堪。现在费淑兰拿出这么个东西说事儿，魏春芳心里很不舒服。可她又没法抱怨，眼下的费淑兰分明不是个正常人。她咕哝道："你说这个黄黄的圆圆的东西是什么？"她指给魏春芳看，神情就像个求知欲强的小孩子。魏春芳摇了摇头。费淑兰一惊一乍说："这是太阳啊，你连这都看不出！鸭子在水里，太阳在天上！"她朝屋顶上指，那个浊黄的灯泡眨了下眼睛。她们当然不知道，这是大树十四岁那年从省城带来的一只橘子，被刘苹绣在了水草上边，然后，把它吃掉了。就是现在，刘苹也爱吃橘子，还能想起第一次吃橘子时的那个味道。"他们俩那个时候就有意思。"费淑兰越说越过分，她指着那两只鸳鸯说："这个鸭子是高大树，这个鸭子就是你们家刘苹。这个是他们俩生的蛋！"她嘎嘎地笑，像占了天大的便宜。魏春芳耐着性子说，那时孩子小，是闹着玩的。费淑兰说，啥闹着玩？叫我说就是俩孩子废物，有一个伶俐的，咱们俩早当奶奶、姥姥了。

这话是疯话还是不疯的话，魏春芳很费猜疑。费淑兰平时不是个心直口快的人，她今天口不择言，是因为脑神经错乱了。魏春芳就是这么想的。她想给费淑兰倒杯水，可一转身，费淑兰莽撞地闯进了刘苹的屋里。靠东房山的地方有盘缝纫机，刘苹背对着门口，正在给一个待嫁的姑娘绣红门帘。上边的出水芙蓉是粉白色，已经绣好了，她正在用缝纫机走边。她一只脚蹬在踏板上，一点也不影响缝纫机的轮子飞转。费淑兰咋呼说："你看看，你现在的手艺都能挣钱了。今年挣了不少吧？当初你绣的鸳鸯活像鸭子，也就大树当个宝贝藏到现在。你害羞，他害羞，我不害羞。刘苹，嫁给大树吧！"刘苹手一抖，僵着身子半天没动弹。她慢慢转过身，见费淑兰坐炕沿上，双手夹在两腿间，细眯着眼，脸上是一副古怪的表情。"大树呢？"刘苹问。费淑兰突然从炕沿上跳了下来："我去找他。"说完，风风火火就走了。

刘苹慢慢把额头抵在缝纫机板上，那里光滑、沁凉。她心里缓缓流过一淙泉水，也是凉的。但那种凉有一些滋味，似乎能用心尖品尝。她和大树之间有秘密，这个秘密只有他们两个人知道。大树从小就想看她那只病脚，那只没有发育好的脚，小得就像只粽子。刘苹把这只脚藏得好好的，从没让大树得逞过。"你什么时候才让我看呢？"大树曾眼巴巴地问。"我想，会有那一天吧。"刘苹说话的样子煞有介事。她小时候一直穿连脚裤，即便夏天也如此。魏春芳这个当妈的，从没让女儿的丑处亮到别人的眼皮子底下，即便一起在炕上爬的大树也不例外。大树却并没有往下问。如果问下去，刘苹也许会脸红。她比大树成熟，她说的话，大树听不出弦外之音。大概过了十八岁，大树就再没了好奇心。小时过家家的那种感觉荡然无存，彼此之间的亲昵也戛然而止。为此，刘苹心里颇有看法，她觉得，大树的病好了，心也变了。她眼见得他作为一个健康的人越走越远，偶尔见了面，连句话也懒得说。

这十年，刘苹眼见得高家起大房，买硬木家具。沙发过时了，要坐老板椅。电视屏幕像小电影那么大，薄薄的，挂在后山墙上，电视若开着，便像一幅流动的画。高景阔的玻璃杯里沏着冬虫夏草，据说，几千块钱才能买一斤。他出来进去仰着脸走，出气时鼻孔朝天。夏天在院子里宴宾朋，村长跟他说话都毕恭毕敬。刘苹倚在窗台上看着东院，经常想以苹果树为界，院子就像两艘船，东院是艘大船，高家一撑杆，两艘船渐行渐远。过去费淑兰说两家并一家的话，根本就是笑谈。谁也没想到高家那么快就从高处跌落，就像早春的苹果花，从繁华到衰败似乎只需要一场霜雪。

魏春芳端着水杯进来，那杯水她是倒给费淑兰的。她抱怨说："她最近怎么这么着三不着两，净说让人生气的话。"刘苹猛地踏了两脚缝纫机，又戛然停住了。刘苹扭过身子说："妈，我愿意嫁给大树。"

魏春芳看着刘苹的两只眼睛，那青色的眼白有丝丝的红线，她这几天一直在熬夜。但那种执拗的眼神闪着灼热的光，魏春芳心想，过去倒不知她有这心思。

6

这年秋天，苹果树又开花了。虽然只有零星几朵，与春天的花满枝头相比，简直不值一提，但大家还是觉出了不寻常。高家和刘家的事，像个传奇活在罕村人的嘴巴上。人们蓦然发现，高大树的名字，以及刘苹的名字，合起来刚好是苹果树的名字，这可不是后起的，他们比苹果树早几年来到了世上。这里如果没有先天或命定的成分，人们打死也不相信。所以，高大树和刘苹订婚人们并不惊讶，怎样订婚，人们才感兴趣。据费淑兰说，是她亲自去刘家求亲了。“我不求怎么办呢，大树快三十了，总不能打一辈子光棍。”费淑兰说话时的状态更像是自言自语。人们问费淑兰咋等到现在才求亲，高大树已经虚岁二十九了，他成为瓦匠师傅也好几年了。费淑兰的眼泪哗地落了下来，她像个孩子似的抽噎说：“若是他爸活着，我们哪能娶个残废，就是大树依，他爸也不依啊。”费淑兰就像受了天大委屈，嘴唇哆嗦着，涎水顺着嘴角淌了下来。很多话从她嘴里说出来，都是心里话，唯其是心里话，才不当说出的。人们“哄”地散了。再听下去，良心都感觉不安了。

月亮闲适地挂在天上，几缕银辉从苹果树的枝杈间洒了下来，大树站在这边，刘苹站在那边。草虫在唧唧鸣叫，身边不时掠过一只萤火虫，屁股后头点着一盏灯。大树曾经逮过萤火虫装到小药瓶里，当作礼物送给刘苹。那时是几岁？刘苹想不出。她问大树，大树也忘了。“反正是八岁以后的事。”刘苹说。刘苹的意思，大树八岁以前根本不可能捉萤火虫，那个时候他很少有机会站起来行走。这层意思大树听得出，他的神情暗了暗，很不愿意回首往事。他情愿那些在炕上匍匐的日子像草席一样腐烂掉。往事如云烟，一幕一幕地在刘苹脑海里浮现。他们在一起，没有多少性别意识。大树有尿了，就用胳膊肘顶着炕站立到炕沿上，对着地下放着的脸盆撒，那个脸盆放的位置，是根据他的尿线测量好的。他从不顾忌她是个女孩。刘苹端出去给他倒尿时，他也从不知道说声谢谢。就如眼下，他们彼此硌生生的并没有多少吸引。他是个蠢小孩，刘苹一直这么以为，叫他妹妹他也应。那纯粹是被病磨的，世界在他眼里是种单一的颜色。他除了小心翼翼守护自己的心脏，什么都顾不得。眼下他站在对面，身形伟岸得如一株树。眉毛很粗，眼睛很大，厚嘟嘟的嘴唇紧抿着，像严守什么秘密一样。刘苹心里一动，走两步过去，把自己的手放到了他的手心里。大树的手干燥温暖，他紧握了下，随后就把她往怀里牵，刘苹娇小的身子一下贴到了他的胸上。刘苹贴上去的是一只耳朵，正好在他的心脏部位。刘苹听得很清楚，那心脏擂鼓似的跳，但，是跳在胸腔里。刘苹想，是老天给她留下了他，现在，又成全了他们。这有多么好！他无疑是健康的，而且，会永远健康下去。就像这株苹果树一样，眼下像柄巨伞荫蔽了他们，就是星光月光也照不进来。没有比这更重要的了。自己健康，继而找个健康的人，在别人是轻而易举，于他们却难若登天。只是，大树怎样想呢？她仰起脸看着他，大树像尊塔一样站得稳固，但脸朝向虚空。刘苹只隐约看见他喉结凸起的部分，偶尔骨碌一下。刘苹犹疑着抽出了身子，推了他一把，说明天还要干活，你去歇着吧。大树有些黏稠地松开她，说你也早点歇吧。然后便返身走了。刘苹希冀地看着他的背影，月华如水，在他身上徜徉。大树穿行在寂静里，脚步悄无声息。感觉中，大树应该回过头来跟她说点什么。今天跟往日不同，八月十五，是他们订婚的日子。费淑兰把两人拉到一起，谁都没有讲话，这亲就算定了。事情简单到让人无话可说。刘苹紧盯着他的背影，眼睛一眨不眨。可大树没有回头。水波荡漾的院落很快被他抛到了身后，他被黑洞样的门口吸了进去，连片影子也没留下。“真是个蠢小孩。”刘苹自顾自说了句。两只手交错去摸腕上，那里有两只白金手镯，是费淑兰母亲的陪嫁，所以，很值几个钱。白天，费淑兰说要送给刘苹，刘苹推说不要，可费淑兰说：“现在高家也没有啥好东西送给你，这要是你爸活着……”话没说完就啜泣起来。她自觉为刘苹改了口，指认高景阔是爸爸，让刘苹很别扭。因为刘苹很容易就想到高景阔如果活着，是不会容许这门亲事的。她看了大树一眼。大树羞臊地低着头，甚至不敢看刘苹的眼睛。“真是个蠢小孩。”刘苹胜利者的心情无法掩饰，任费淑兰把镯子套在了手腕上。有些空旷，但温凉怡人。眼下，这种感觉依然在胸腔蔓延，就像这如水的夜色，沁人心脾，能化解一切隔膜和不舒坦。刘苹情不自禁又说了句："真是个蠢小孩。"

刘苹操刀做了条松鼠鱼，又做了小炖肉，是在高压锅里蒸出来的。这些她都是在电视里学的。她脑子好，看一遍就能记住要领。几个家常菜做得色香味俱全，让见多识广的杨八姐赞叹不已。两人订婚仍请杨八姐做媒，这没什么好说的，杨八姐很乐意。往事随风，谁都不愿再提。大树的生日却没来几个人，这让刘苹的打算落了空。她准备了十多个塑料凳，请了家里的所有成员。可老大老二两个伯子家，没说不来，可到了大人孩子都没露面。刘苹把电话打过去，他们像商量好了似的都没接。刘苹自作主张，又去请三先生和杨八姐。可三先生过了八月十五就回北京了。杨八姐有点感冒，本不想来，被刘苹死说活说拖了来。比照大树十八岁过生日的样子，饭前先在苹果树下烧符。费淑兰想自己烧，可刘苹挡在门口，伸出手说："给我。"费淑兰迟疑了一下，给了刘苹。"黄马褂呢？"刘苹问。刘苹记得很清楚，上一个生日高大树屁股朝天时，身上是有件黄马褂的。可看费淑兰一副懵懂的神情，刘苹便没再问。供桌上的供品都是刘苹准备的。鲜蔬水果、点心、烟酒，从没有过的齐全和郑重。在苹果树下划着了火。那张粉红色的符愈发薄脆，似乎粘了火就化成无形。火星在银白色的纸灰堆里眨着眼睛，里面像藏着个精灵。大树扭捏着不想跪。刘苹先跪下，继而扯大树的手，大树无奈也跪下了。刘苹双膝着地往大树身边蹭了蹭，好与他并肩。刘苹说："我没有别的愿望，树老爷，我知道你灵验，求你保佑大树长命百岁。"刘苹说这些时，脑里闪过大树十八岁生日时烧符的情景，院子里都是炖猪大肠的荤腥气。她倚靠窗台坐着，看着大树可笑地撅起屁股。今天的刘苹是虔诚的，不是因为那棵苹果树，而是因为她的角色跟随时空有了转换，过生日和烧符都成了她的心愿，她心里很渴望这种分内的角色。她很有仪式感地磕了三个头。两手抄着抖了抖，额头着地时手心朝上，也不知跟谁学的。杨八姐连声说好。

杨八姐不知道，刘苹曾专门研究过电视剧里的磕头模式，就像做菜一样上心。

杨八姐大声说："苹果树你听到了吧……咦，它又开花了，这是为你们俩开的啊！"

其余的人都没有跪，这是刘苹提前交代下的。刘苹说，这是她和大树两个人的事，别人不用行礼。就是不交代，现在也没有大家都跪的那种氛围了。刘亭玉和魏春芳一直都没有说话，他们转着眼珠吃惊地看刘苹，不明白她何以如此快地进入角色。不看刘苹的时候他们就彼此交换眼色。他们从不知道刘苹是一个这么能干的人，厨房的各种盘碗一次端出来四五个，里面装着烧好的各种菜肴，连黄瓜都能切出一朵花的形状。她上下台阶努力平衡着身子，最多用胳膊肘顶一下外窗台。还没有嫁到高家，她似乎就成了高家的人。

看得出，她也在努力尽高家人的责任和义务。桌子上的盘碗摞起来三层，看上去够三十人吃，可今天只有六个人。刘苹的努力让父母有点高兴，可更多的是心酸。刘亭玉私下说，女儿的婚事让一个神经不太正常的人做梦给梦走了，这听起来咋这不妥靠呢？魏春芳宽慰说，没啥不妥靠，两家知根知底，两人青梅竹马，是天造地设的一对。刘亭玉摇摇头，他说高大树左心室的那个洞，即便不发病也似少个心眼，他配不上刘苹。魏春芳抿了抿嘴唇，心里想的话嘴里却不能说。“只要刘苹乐意就好。”魏春芳斟酌着发表看法。自从费淑兰把婚事提出来，刘苹连个“不”字都没有，看她奔忙的样子，做父母的还能说些什么呢！大树就像根棍子一样戳着，一副不明就里的样子，仿佛对眼前的一切都懵懂，更像个门闩，刘苹拨拉他才动。费淑兰则笑得没心没肺，像个腐蚀的茄子，有一种烂叽叽的感觉。她今天画了眉，一条眉线超出了界外，与耳朵连到了一起。她的化妆品还是早些年高景阔买的高档货，偶一化妆，就用胭脂把脸染成了猴屁股。她知道今天是办喜事，觉得有一张染成猴屁股的脸，已经是最大的成全了，丝毫不管脚下的鞋子已经踩塌了鞋帮子。杨八姐从一开始就在餐桌旁坐着，跷着二郎腿。她除了夸赞刘苹也没有别的话好说。她看出了这里的气氛诡异，除了刘苹，似乎没有谁进入角色。可刘苹还没过门儿，这样的身份不应该里出外进做这样多的事。

这要是我闺女……杨八姐这样想，脸上便现出了不屑。她捏了一粒花生米丢进嘴里，又嘟囔了句："这要是我闺女……"

魏春芳舔了下干燥的嘴唇，她似乎听见了杨八姐说的话。她很想知道杨八姐下面说些什么，闪起耳朵，杨八姐却又把头勾到了怀里。魏春芳今天穿了一件酱紫色的外套，早晨原本想换件新衣服，刘亭玉又给她买了件带暗花的金丝绒外套，可又觉得索然。她一直在关注费淑兰穿些什么，见她没换衣服，魏春芳便也没好意思换。

一阵风掠过树梢，树叶子发出了哗啦啦的响声。费淑兰这几天高兴，脑子一直很清楚。她竖起耳朵谛听，突然站起身来高声说："是高景阔回来了！"

刘苹把她摁下去，给她的碗里夹了一块肉，和缓地说："不是。是树老爷显灵了，他在跟我们打招呼。"

夏天的大雨一场接一场，把刘家的房子给浇漏了。刘亭玉从山西赶回来，见堂屋地上摆着好几个小盆。这天也是个雨天，外面的雨已经停了，屋里的雨还在下。滴落到盆子里，发出叮咚叮咚的响声。他家漏雨的事，大树并不知情。村里组织防汛，大树一连几天上河堤。1958 年罕村曾经决口，河水顺着街道蜿蜒南下，水流过的地方，遗落了很多小螃蟹。鸡飞到了树上，猪掉进了坑塘里，几天以后爬上来，肚子鼓得像气蛤蟆一样。当然，这是只成精的猪，别的猪都在水里淹死了。大水漫过的地方，连青草都奄奄一息。大树回家吃晚饭，刘苹让他去压水机压水，他刚好看见魏春芳正用一只瓢往外舀水。大树走过去看，才发现她家堂屋地下摆满了盆盆罐罐。他二话不说，先上房查看。然后把大号手电筒别到腰里，用一只水桶拎着水泥和砂灰上了房。刘亭玉胆战心惊地扶着木梯，他是恐高的人，一个劲地说明天再干。大树说："我先好歹抹一抹，防着夜里再下雨。您甭扶梯子，给我找块塑料布。"转天，大树又从外面找来了几十块小瓦，把房彻底修好了。魏春芳悄悄说，这才有个姑爷的样儿。

同在一片屋檐底下，他们也不知道刘苹的日子是怎么过的。刘苹清白的面色愈发清白，从没听她响声大气说过一句话。有一段时间，大嫂二嫂总来家里找麻烦，她们从门外就开始嚷，说这大房子姓高不姓刘，高景阔活着的时候有话，房子只有一半属于高大树。那么另一半理应属于高景阔和费淑兰。既然属于他们，作为遗产另外两个儿子就都应该有一份。她们让刘苹和高大树签协议，被刘苹严词拒绝了。刘苹凛然说，这件事你们跟我说不上，让老的来跟我说。老的是谁呢？高景阔去了另一个世界。费淑兰看见儿媳妇进来就往外面躲，谁都休想跟她说句正经话。刘苹的方法倒简单，她不与她们纠缠，说了该说的，就任她们吵闹。吵闹够了，她们自然就回家做饭去了。她们没有办法把房子掰下来一块搬走，这点刘苹很笃定。开始，那对妯娌隔三岔五地来，看刘苹实在不接招，她们就没辙了。

生活的滋味是一点一点过出来的。刘苹自打嫁过去，就很少回到娘家这边来。魏春芳有时伸着脖子朝她家看，想知道女儿在做什么。当然，她看不见。但刘苹有时出来会撞见她，魏春芳赶紧装成手里有活计，是偶然碰到的样子。刘苹总是很忙，她不做绣品了，姑娘们结婚都买机器绣的枕套门帘，刘苹的手艺再好，也没机器绣得平展。但家里总有她做不完的活。自从刘苹嫁过来，大树的衣服干净了，费淑兰的身上整齐了。门窗玻璃都锃光瓦亮，水磨石地板都似能照镜子，灶台上的锅碗瓢盆都像新买的，连烧煤的节煤炉都冒着亮光。一条街的女人都称赞刘苹，说她勤快得就像个仙女。可魏春芳心里总不舒坦，她觉得，刘苹怎么就像变了个人呢，倒好像，她生来就是高家人，一颗心都扑在那边，心里根本没有装娘家的地方。有时候，魏春芳与费淑兰在街上一起跟别人聊天，刘苹喊婆婆回家吃饭，从没连娘家妈一起喊。这一点，连村里的女人都看出来了，说刘苹看起来就像费淑兰生的，瞧她们走到一起，还牵着手呢。“你回家也是一个人，咋不去跟刘苹吃口现成的？”村里女人的话，让魏春芳蒙羞。她低着头回家，眼泪淌了一路。她想不明白刘苹这是怎么了，她可是自己手心里捧大的啊。

“这样也好。”魏春芳嘀咕着给刘亭玉打电话，“嫁出的女，泼出的水。现如今她不用我们照顾了，不如我跟你去山西吧。”

去山西的事，在这个夏天成了话题。公司集资建房，人事处长找到刘亭玉，说你原本没有参与集资建房的资格，可看在老领导的面子上，还有你的资历和贡献，班子研究决定为你破格——但自己得先交三万块购房款，然后跟公司的职工一起参与最后一批福利分房。在众多合同工里，刘亭玉是唯一的代表。班子研究这个决定的时候，是想在公司树立起平等的形象。没有人想到刘亭玉会来山西安家。他的姨夫早就退休了，回汾阳老家安度晚年。他在太原无亲无友。再过几年，他也可以拿笔养老金还乡了。

刘亭玉跟魏春芳商量的时候，魏春芳很雀跃。她很想到山西去，她骨子里是个浪漫的人，甚至想念山西的醋。那些年，往山西写了很多信，可自己一次也没去过。吃过很多山西的醋，都是刘亭玉带过来的。想到在山西能有个家，她的心里就像有头小鹿在撞。“这在罕村，可是蝎子拉屎独一份。”魏春芳有些骄傲，就像蛰伏了太久的种子，终于有了冒头的机会，她可不想错过阳光雨露。“就当那三万块钱当初借给高景阔了，他的钱还不都打了水漂？”魏春芳的语气听上去很热烈。可刘亭玉有些含糊，怕女儿刘苹舍不得他们走。将来有了孩子，还需要他们照料。魏春芳这才把目前的窘况说了，刘苹不是要依靠他们，而是唯恐他们让自己依靠。刘亭玉一听就明白，两家离得太近，那是刘苹怕高家以及村里人说闲话。换个角度看，刘苹在人家立足未稳。知女莫若父，也说明她和大树的关系不牢固。“房是死的人是活的，将来刘苹啥时需要咱啥时回来。再说，咱还可以把外孙带到山西玩。”几句话，打消了刘亭玉的顾虑。老实说，终于有了次和正式员工平起平坐的机会，刘亭玉也舍不得放弃。魏春芳连夜在内衣上缝口袋，把钱支出来，一叠一叠缝进去，贴在肉上才踏实。魏春芳转天就出发了。她原本想把钱送过去就回来，可她爱上了太原那座城市，她跟刘苹在电话里说，厂里给了间宿舍，煤气可以随便使。广场上每天晚上都有很多人在跳舞，她都学会跳“三步”了。

7

“那件绣品你一直保存着。怎么保存了那么久？”

“哪件？”

刘苹拿出来给高大树看，泛黄的绸布上那两只鸳鸯还很打眼。只是那橘子的颜色有些淡，上面像是落了黑色的老灰尘，是木材发霉蹭上去的。高大树跷着脚丫子看电视，他爱看港台的武打片，乒乒乓乓觉得特别过瘾。他朝那绸布看了一眼，摇了摇头。他不记得那块绸布，连橘子也忘了。

“橘子是你从省城拿回来的，一路都没舍得吃。”

刘苹端详着那橘子，跪着爬到炕沿边上，“噗噗”往地下吹灰尘。“那年你十四岁，第一次去省城去瞧病。你一点都不记得了？”

“好像有点印象。”高大树眼睛盯着电视，眼珠都没转一下。费淑兰把绸布拿给他看时，他也是这态度。他不明白女人们为什么都让他看这个，在他心里，过去的一切都不足挂齿，所有的往事在他十八岁那年就结束了。他不喜欢人们用往事打搅他。他有些不高兴。

“你又不是不知道我记性差。”他歪着身子倒在炕上，用一只手搬着脚脖子，身体摆出一个奇怪的造型，但眼睛仍没离开电视。

“十八岁生日那天你曾给我端过一只鸡……”刘苹继续唠叨，她总想用回忆来帮大树找回点什么。

高大树没了声响。刘苹探过头去看，他的眼皮一上一下抻扯，鼻孔也跟着一张一合。几根抬头纹像是要攀到发际上。他的头发又硬又厚，鬓角连着眉毛。刘苹轻轻叹了口气，用手捻了捻他后脖颈上的头发，他无动于衷。

刘苹抻开了被子给他搭到身上，又把枕头塞到了他的肩胛处。用手一搬，大树顺势仰面躺下。他没醒，呼噜却像口哨一样一嘟噜一串地从嘴里吐了出来。刘苹端详了他好一刻，越看越觉得他陌生。她试着回想他十四岁时的样子，拿了她绣的鸳鸯转身就跑。刘苹问他做什么用，他说收着。“那只鸟像你！”

刘苹吃惊地发现，十四岁的高大树在她的脑海里只是一个轮廓，除了对他拿来的那只橘子有种明艳的印象，其他都不得要领。他的面目和衣衫都模糊。这样想，她便觉得大树忘些什么不稀奇。他吃了那么多年的药，能有记忆已经算烧高香了。

那只曾经粉白的鸳鸯还是褪色了。嘴尖尖的，脑顶是平的，颈项后是一条并不柔和的曲线。但每一个针码都细致和匀称，整体看上去，并不难看，虽然费淑兰说绣得像鸭子。“他从哪里看出像我？”刘苹自己嘟囔。

起风了。秋风打着旋儿吹动着苹果树的叶子。刘苹能听见树叶脱离枝干飘舞时的声音，与空气摩擦时产生一种奇异声响。是的，她真能听见。不是一片两片，而是瞬间有很多片，像被惊动的鸟群齐刷刷扑棱着翅膀。刘苹竖起耳朵听，听着听着耳边就剩下了大树的呼噜声，像旱天滚过的雷。

“又吵你了吧？”大树醒来后总是问。

“我早习惯了。”刘苹说。

她是指做姑娘时的卧房，与大树住的屋子只隔两道薄山墙，她能听见大树磨牙的声音，在寂静的夜里，像砂轮在戗磨菜刀。“你能听见我这边的动静么？”刘苹问。大树说，他一闭眼就睡死了，外面就是唱大戏，也扰不了他。

他们新婚的那晚，也许就决定了生活的规则和基调。两个铺盖搬到一起，这婚就算结了。还别说要彩礼，他们甚至没有一顿像样的婚宴。因为高家的亲戚都不来往，刘苹也没通知自己这边的亲戚。凡事她按照高家的节奏走。魏春芳气得嘟囔，说这嫁人怎么还似偷偷摸摸？刘亭玉站在女儿这边，说大树家的情况明摆着，两个哥哥都不上前，连个操持事儿的人也没有，不这样还能咋样。

吃完了子孙饽饽，大树把盘碗端出去了。刘苹坐在椅子上洗脚。大树一挑门帘，又倏然转身走了。她无意让大树看见什么，但大树分明也不想看见。她的脚早先年间是个隐秘，但现在不是了。那只脚小得像粽子，让大树打小就惦记。她敞开的不是时候，唯一的观众也失去了。她不知道，大树对残疾的恐惧远远超过了残疾本身。这种感受不是先天的，而是成年以后逐渐叠加的，对健康的渴望他比她更甚，因为他一直游走在死亡的边缘。所以大树对她始终提不起热情。他娶她实在是迫不得已。而她依然活在以往的念想里，为那只橘子和一只鸡含着脉脉温情。刘苹苍白着一张脸，扶着炕沿站起了身，端起脸盆想去倒水。大树原来就在堂屋抽烟，刘苹挑起门帘的那一刻，大树赶忙把脸盆接了过去。大树说："你咋不喊我。"

刘苹靠在门框上，徐徐吐出一口气。她想，自己其实也需要一个端脸盆的人。

大树的牙齿越来越白，一同干活的人都知道，这是刘苹监督的结果。指甲也再没有黑垢，下巴连同鬓角总是青茬，就像换了个人。如果午餐要带饭，大树的饭总是装在两个饭盒里。即便是水饺，也会带些小菜，腌蒜或咸菜豆皮菜梗，用香油和醋调好了。那些饺子包成各种小动物模样，小猪、小鸡、小兔子，饭盒就像个动物园，每吃一个，都有人抽鼻子，说香。大树的手艺也越来越精湛，木匠、瓦匠、房上房下的活都能搁上手。每个活完工，东家都会额外给他几个钱。他一分也不留，全部交给刘苹。刘苹每次拿到钱，都会在苹果树下的供桌上上一炷香，把五块、十块的零钱呈到供桌上。转眼，也许就让高雷拿走了。高雷四岁的时候就知道钱的好处。他曾把卖冰棍的领到家里来，用供桌上的钱换了两根冰棍，一根给了刘苹，一根自己吃。刘苹当笑话讲给魏春芳听，口气里颇有几分炫耀。村里人都说这孩子随他爷高景阔，将来也会是个人物。大树爱孩子的方式就是夹起儿子朝上一抡，把儿子扛到肩膀上。冬天去河里溜冰，夏天到河里洗澡。有一次，他们在河里捡到十几斤重的一条鲤鱼，是炸伤以后转天浮上来的。鲤鱼立起来跟高雷一样高，让刘苹显足了手艺。一条街的女人都来观摩刘苹如何炸鱼丸、包饺子、炖鱼头汤。而她们对付鱼就一个办法：侉炖。

女儿出生的时候是个冬天，刘苹给她起了个名字叫高雪。整个冬天其实都没落雪，但高雪出生那天飘了几朵雪花。高大树有自己的施工队，二十几个人，几乎承包了周围村庄所有的建筑活计。天寒地冻的日子没法施工，哥几个整日打牌、喝酒——最起码，高大树是这样跟刘苹解释的，有时候打牌甚至要打一宿，高大树回家眼圈都是黑的，躺在炕上连句话也来不及说，就鼾声如雷。刘苹从不要求他怎样。他这一年辛苦，享受几天也是应该的。刘苹总是把饭给他温到锅里，灶里续上柴，好保证饭随时是热的。费淑兰上了年纪，但脑筋越来越清醒。她说你太惯着大树了，男人该管得管。刘苹抿着嘴笑，眉毛月牙似的弯。她从不跟婆婆高声慢言，在罕村是出了名的孝顺。魏春芳在山西也吃醋，说她是婆婆生的。刘苹知道魏春芳的心结，便起劲准备两家过年的用项。刘苹的打算是，只要父母从山西回来，就让他们顿顿吃现成的，两家并作一家，不管别人说三道四。这天是腊月二十三，刘苹一再叮嘱大树早些回来祭灶，他们准备了糖瓜、面人、点心和芝麻秸。一切准备就绪，大树却迟迟不见人影。费淑兰假装去茅房，偷偷出去找了两次，却没找见大树。高雷实在熬不住，央告刘苹早些踏芝麻秸。芝麻秸就是给高雷准备的。铺在灶王像前，让高雷双脚上去踏，那一声声脆响传到灶王爷耳朵里，就把高雷的心愿也带了去。这年高雷八岁，他的心愿是，每次考试都能得一百分，回回拿第一名。他是个心气高的孩子，一直在盼着踩芝麻秸这一天，也好让成绩节节高。

夜里两点，冻得硬邦邦的街道传来了杂沓的脚步声。有人砰砰来敲门，说前街有人在街上躺着，看情形像是喝多了。敲门的是杨八姐，她呼呼喘着粗气，镇定的样子一看就是装出来的。“是大树么？”刘苹问得怆然，很响地打了个喷嚏，赶紧回去穿了件外套，出来时见费淑兰在院子里站着。“高景阔回来了。”费淑兰抖抖索索，惶恐得像枪管下的兔子，两只眼球使劲往鼻梁方向挤，一张脸扭曲得厉害。“他来接人了！”话没说完，咣当一声摔倒了。刘苹定了定心神，吩咐杨八姐把婆婆弄到屋里，帮忙照看一下孩子，自己反身跪在苹果树下，“砰砰砰”磕了三个响头。

8

过了很多年，罕村人提起大树的死还心有余悸。三个偷猪贼把农用车停在了村庄外，往村里摸索时齐刷刷被什么东西绊倒了。他们以为是柴火捆子，一个人伸手一摸，正好抓到一张脸，鼻头顶在手心的位置，冰凉，但肉嘟嘟的。就像撞见了鬼，他呜哇呜哇乱叫，把半条街的人都喊醒了。他们把偷猪的事忘了，齐齐打开了手电，见一张壮实的男人脸是青紫的颜色，嘴咧得老大，牙呲了出来。好像是呼吸道被堵塞，一口气没上来，把自己憋死了。

若不是碰见死了的大树，半个村庄的猪都会给他们偷走。说这话的人不是幽默，是真心后怕。

“他三十八岁啊过生日，我忘了给他烧符，这都怨我啊！”

出殡时，高雷戴着孝帽，手举着哭丧棒，青灰色的小脸上牙关紧咬。他一直没哭，而是看着刘苹哭。刘苹的头发披散下来，眼泪和鼻涕混合到了一起，粘到了头发上。她坐在棺材前，谁也劝不动她给棺材让路。杨八姐附在她的耳边说：“这不怨你。大树就三个符，八岁、十八、二十八，已经烧完了。”

刘苹愣怔了一下，陡然不哭了。

但逢人她还是这样说。她忘了烧符，大树便有了灾祸。但没人像杨八姐那样拆穿她。看着她瘦弱孤单的模样，谁也不忍心说她什么。可她自己不知趣，离老远就跟人家说大树的事，如果不是生日那天忘了烧符，大树就死不了，前些年他一直都活得好好的，算命的都说他会长命百岁。大唱的媳妇多少有点缺心眼，抢白道：“大树是累死的好不好？农村四大累……你又不是不知道……长点心眼吧，出了事，萧家寡妇就锁门跑了。他们俩天天腻在一起，好得分不开，不累死人才怪……”

刘苹愣愣的，傻子一样张大了嘴巴。

大唱媳妇又说：“你想他，他不想你。他都想跟人家结婚了。邻居夜里听墙根，听得真真的。高大树问，如果萧三郎不死，你会不会跟我好？小寡妇说，就是那个死鬼不死，我也要跟他离婚。你跟刘小脚离婚，我们俩一起过舒服日子。”

一个冷不防，一口唾沫喷到了对方的脸上。紧跟着，刘苹用一只脚支撑着蹿了起来，抽了大唱媳妇一嘴巴。

大唱媳妇捂着脸转了两圈磨，说刘小脚你真歹毒，我好心好意劝你，你咋又啐我又打我？

刘苹不依不饶，嘴里唾沫飞溅，像只炸毛的鸡一样从街的这头直骂到街的那头。说大唱媳妇就是个傻 ×，还想埋汰大树。大树行得端走得正，七尺男儿顶天立地，岂是你能埋汰的！再叫一句刘小脚，信不信我把你家房子点着了！

大唱媳妇灰溜溜地回家了，从此再不敢跟刘苹碰面。街上瞧热闹的也一个一个回去了，掩上房门，说这瘸子八成也疯了。

没有人见过刘苹这一面。

大树的徒弟叫三宝，刘苹喊他过来在苹果树下垒供桌，四面都用人造黑理石包起来，长和宽各有一米。三宝比画说，这样的活计开春干才好。眼下还上冻，和的灰不好用。刘苹轻蔑地看他一眼，三宝就不比画了。

和好的灰用炉子烤着，三宝一铣一铣往外端，那些灰都冒着热气，忽而就被冷空气收编了。刘苹用柔软的抹布擦那几块黑理石，擦了不知多少遍。抹布边缘皱皱的，里面是一节松紧带，这是大树的一件深藕色裤衩，上面绣了两朵粉白色的小花。这是结婚那晚刘苹给他预备的。大树对着镜子左照右照，他说他从没穿过带花的裤衩。

因为颜色浅，大树并不喜欢穿。所以多年过去了，这条裤衩还似新的。

刘苹大声说："……黑夜两点，那样多的手电一起照大树，你当我看不出来究竟？大树浑身上下都是土，脸也滚成了土坷垃……我一摸，摸到一块玻璃碴子，拔下来，腮帮子扯开了一道三角口子……棉袄棉裤都没穿齐整，秋衣秋裤都不见了……那是早晨新穿的，大红色，本命年那年买的……袜子就剩一只。裤衩只穿一条腿……这些只有我知道！我傻我不明白是咋回事？我也是过来人，大树的事没有谁比我清楚。他跟我在一起我从不成心逗弄他，我怕他心脏的窟窿受不了！大树躺着的地方离萧家有十米，那里正好是一个十字胡同。'百字胡同'大树也不会从别人家出来，他是个死脑筋……只是他做梦也不会想到人家会把他扔出来……像扔块破抹布一样……他死在人家身上算咋回事，他就是蠢，打小就是蠢小孩！"

耐火砖在三宝手里灵活地运转，很快砌出了一方城池。他知道刘苹在情绪激动地说话，可她背对着他，三宝偶尔能看到她喷溅的唾沫星子，像行星一样蓝瓦瓦地穿行在冬日的阳光里。三宝打小就又聋又哑，眼神却出奇地灵活，他很会读唇语，从没领会错师傅的话。

“三宝我也就是对你说，他跟萧家寡妇的勾当我不是没察觉。当年如果他们家不被人骗，他横竖不会娶我，我心里明镜儿似的……他不喜欢我的残疾。可如果我不残疾，能跟他？跟人上床都能丢条命，女人嫁给他，永远提着半条心……这回他是活值了……省得他一辈子跟我在一起，亏……”

刘苹突然住了嘴。三宝长长的影子投过来，头部与苹果树的影子重叠。但他分明就在面前站着，歪着头，一张清秀的小脸满是困惑。大树每次喝酒都说有三宝，刘苹从没觉出三宝有什么意味。此刻她努力垂着头，甚至不敢看三宝的眼。她滔滔不绝说这些话，其实不知道自己在说什么。但有一样她明白，这些都不当说，都当烂在肚子里。她只想发泄一下，最好连老天都没听到。自打大树死，费淑兰就在家里待不住，每天游魂一样到处走。刘苹都快让自己憋疯了。

她让三宝来砌祭台，也是存了那样的想法，只不过瞬间把他没嘴巴的事忘了。三宝的影子吓了刘苹一跳，然后又释然。她把那条裤衩团成一团丢到地上，说咱们歇会儿，三宝，进屋喝口水。

三宝先于她朝屋里走去。

她把母亲魏春芳已然回来的事忘了。眼下魏春芳就站在窗前抹眼泪，高雷胆怯地拽着她的衣襟。在高雷幼小的心灵里，妈妈和奶奶都不正常，姥姥才是个正常人，他唯恐失去她。魏春芳在山西待得神清气爽，可就是惦记刘苹，坐了一天的火车提早回来，正好赶上高大树的葬礼。

她给刘亭玉打电话："快回来吧，天都塌了！"

9

这一年，高雷考上了清华。全县一共六个人考上了清华和北大，是历史上最好成绩。但高雷是状元，除了语文，几乎科科都是满分。老师说，教了半辈子学生，像高雷这样聪明而又用功的少，不论大考小考，只要不能得第一，觉也睡不着。学校把喜报敲锣打鼓送到家里，刘苹不接喜报，而是先到苹果树下烧香。黑漆似的供桌自有一番郑重，除了香炉里燃着的香，还有瓜果、点心各有盘碗装着。那些盘碗都是细瓷器，怕风吹来灰尘，少见地盖着绣花手绢。刘苹跪在蒲团上，消薄的背影拱起来，花白的头发从两个肩膀往下溜。那条残腿显然不能支撑全部躯体，重心往左偏移。学校的人都很诧异，高雷同学的家庭情况他们都一无所知，他们肃穆地等她磕完头歪扭着身子过来接喜报。她似乎有些激动，苍白的面色隐隐沁出了汗珠。但她不抬眉眼，你看不出她的心情。她不像别的家长千恩万谢，喜悦溢于言表。她等来的这一切，仿佛都是应该来到的，丝毫不值得大惊小怪。单调的几个掌声响过，学校来的人迫不及待地双手合十也拜了拜苹果树。其实他们早有耳闻，罕村有棵苹果树很灵验，有人不远百里来许愿还愿。没想到就是高雷家的。那棵苹果树像是修剪的一柄巨伞，有一种说不出的威仪。再看十八岁的高雷，眉心紧皱，眉眼似乎从没舒展过，同学甚至很少看他笑——他长着两只扇风耳，模样与众不同。看看高雷再看看苹果树，看看苹果树再看看高雷，这里总像有什么玄机让人琢磨不透。刘苹从屋里拿出来几条红缎带，上面各绣一朵粉白的苹果花。刘苹让他们系在树上。说这是太平花，能保佑自己和家人平安。

苹果树上已经系了许多条这样的缎带，在微风中缓缓飘动。红绿相间，煞是惹人眼目。那些人虔诚地接过来，各自在枝杈上系好，自觉掏出了几张钞票，放到了供桌上。那上面已经有几张花花绿绿的钞票随意摆放着，还有两张是美钞。

刘苹说，村里来了个美国人，是跟一个飞行员来串门的。美国人也知道这棵苹果树。

刘苹隐藏了一个秘密。美国人走过来时，她正坐在院子里绣花，那只小脚从鞋壳里无意识地钻了出来，她刚洗了脚，还没穿袜子。看到了她的粽子脚，美国人以为她是裹脚裹的，用手比画，说裹脚的行为惨无人道。飞行员是杨八姐的儿子，一再解释刘苹只是残疾，与裹脚没关系。

那些人仰着头看苹果树，心里充满了景仰之情。夕阳的光辉从苹果树的枝杈间穿过来打在脸上，温嘟嘟的。连阳光都显得与别处不同。

其实，刘苹自己也未必知道苹果树是什么时候有了身价。大树死了以后，祭台砌了起来，香火就从未断过。也有人问刘苹这样做是为了什么，大树已经死了，再这样做还有意义么？刘苹缓缓转过身，盯住问话人的眼睛，声音很重地说：“苹果树还没死。你不也还活着？”这话让人费解，似乎是在说，“你”活着也有苹果树一份功劳。这明显不是好话，说出来让人腻歪。刘苹越来越让人难以捉摸，两个嫂子来她家，屁股还没落座，就让刘苹吓跑了。刘苹抱着大铡刀片进来，“咣当”丢在了地上，两只眼睛里都是凌厉。她说你们或是砍了我，或是砍了房，两样随你挑。没有任何商量和探讨的余地。关键是，过去的刘苹不是这样。她的改变似乎就是因为大树的死，她对所有的人都有了提防。雨雪天刘苹会用一顶小帐篷把供桌遮起来，感觉中，就像大树睡在里面，院子里都是他的鼾声。那帐篷是她手工缝的，四个边角镶了假珍珠，黄色的流苏缝到防水布缝里，感觉就像洋娃娃住的地方。那些供果早几年都是刘苹买，香蕉、苹果、梨子，家里缺什么买什么。后来都是那些前来祭拜的人买，而且经常买来珍稀水果，顶多摆一天，高雪放学回来吃得毫无顾忌。高雪长得就像画中的女孩，一根发辫编得高高的，穿一条瘦腿裤，走路一跳一跳的。这小女孩就像花仙子，是不是苹果花变的？初次见面的人都会这样想。他们还想从小女孩嘴里掏出更多的情况，高雪的小嘴巴就像爆豆子，一说就是一串。

苹果树是怎么来的?

苹果树是飞来的种子，我爷爷在梦里梦见了一个老神仙，他一伸手，种子就从天外飞来了，落到了我家的院子里。那一年，正好是我爸我妈出生，那时他们还是两家人。所以我妈叫刘苹，我爸叫大树。

你爸是咋死的?

他有先天性心脏病，医生说他活不过八岁。可因为有这棵苹果树保佑，他一直活到三十八岁。老神仙画的符我妈妈忘了在树底下烧，结果他就死了。他死的那天，正好是他的生日。

村里人很有疑义，大树不是死在冬天么？土地冻得硬邦邦。他的生日好像是在秋天，第一次烧符的时候很多人都参加了，苹果树的叶子是绿的，穿的都是单衣裳。还有，刘苹和大树是同年生，但似乎比苹果树出生得早。当年苹果树种到高家，是要保佑大树的心脏病……

高雪不管这个那个，继续述说传奇。她的故事都是听刘苹说的，自打她出生，刘苹每晚睡觉都用这些哄，哄孩子，也哄自己，哄着哄着自己也深信不疑。高家的历史刘苹说得随心所欲，但没想到有一天会派上用场。

“我爸就埋在苹果树下……他们小时候青梅竹马，一个非她不娶，一个非他不嫁……我妈对我爸的感情非常深，所以才把他埋在家里——其实是当年她送他的一件绣品……你问我们害不害怕，怎么可能呢，你会害怕你爸爸么？”

“我妈每天都给我爸烧香，他们用这种方法相会。”

那样乖巧漂亮的一张小嘴巴，说出的任何话都让人无法怀疑。

那些曾经有过的细小温存曾经是刘苹的整个精神世界。很难说那个世界曾经建立过，后来曾经垮塌过。刘苹越来越孤独的内心深处有一种祈愿。她想用什么方式把过去、现在、未来织成一张网，网住所有所有能够网住的，过滤掉所有应该过滤的。这在她，更像一种信念，就像捍卫高家的这所大房子，谁都休想动一砖一瓦。两个嫂子被铡刀片吓退了，说以后再不会来。她给高雪讲故事，说你爷爷如果活着，我们家早就发了大财。而不会告诉她如果高景阔活着她根本不可能嫁到高家。说起大树，她也是这样的口吻，臂力过人，能工巧匠，如果不是忘了烧符，他现在都还活着，能挣很多钱。“你为啥要忘呢？”高雪的两个小拳头捣她的胸脯，一副痛心疾首的样子，仿佛大树真有机会活着，背着、抱着或把她举到头顶上，而不是她刚睁开眉眼就是个没爹的孩子。刘苹总有想法，虽然那些想法不甚明晰，但自有一股力量推着她往前走。这股力量，她觉得就是苹果树给的。她把日子过得一点也不败气。孩子吃的穿的用的，都够村里的顶级水平。

高雷的金榜题名无疑是支助推器。整个暑假刘苹都没闲着。房门四敞大开，刘苹坐在苹果树下绣太平花，绣得心宁气静。她的周围经常围很多人，那些慕名而来的祭拜者，看着那双枯瘦的手一针一针把花朵绣出雏形。那可真是双仙人的手，那么灵巧而又准确无误，用粉白相间的丝线把花朵绣出模样，没人想到那是她的童子功，而是觉得她有如神助。刘苹绣花的灵感也是偶然来的，高雪捡回来一条缎带，是人家捆绑生日蛋糕的。纯粹是出于技痒，刘苹在上面绣了朵苹果花。后来这条绣花的缎带送给了那个美国人，美国人大受感动，拿出两张百元美钞放到了祭台上。美国人觉得，这个中国女人很了不起。后来，这两张美钞总摆在祭台的显眼位置。只是，晚上收起来，早晨再摆上。那天来的是个语文老师，带着班里的二十几个学生。他们排着队伍等在太阳底下，听老师讲解苹果花："花白带晕，属蔷薇科，呈喇叭状。唐代孙思邈曾说花有'益心气'；元代壶思慧认为能'生津止渴'；清代名医王士雄称'润肺悦心'……"

后边的同学踮着脚崇敬地看着她绣花，也是看着她。

大树的忌日和生日终于固定了下来，是秋后的某个星期天。天气不凉不热，很适合到乡下行走。只是，这一天变成了苹果树的生日。微博、微信都在刷屏，很多人在呼朋唤友。苹果树已经不堪重负，有人甚至登着梯子将缎带往高处系。刘苹住在后街，沿路两旁的人家不堪其扰，鸡不生蛋，羊不长肉，连生态和环境都受了影响。关键是，那些远道而来的人不分时晌，他们鸣喇叭的时候也许正是午休时间。村里在主路上建了水泥墩，只能过小三码车，村里的轿车可以左右绕行。给外边的车辆建了停车场，派人专门收费，就像吃流水席，有时一天能停几百辆。村里的几家小超市生意兴隆，他们专门供应开水和桶装方便面。但这些受益者毕竟是少数，也有越来越多的人家销售农产品，一根黄瓜要卖十元。可大家都说，罕村的黄瓜与别处不一样，香气古老而馥郁。又一个苹果树的生日到来时，甚至惊动了县公安局，几条马路车满为患，都奔向罕村。罕村的桥头成了停车场，车辆进不去，出不来。为防有意外发生，110 指挥中心临时调配交警过去执勤，周围几个乡镇的派出所也赶来支援。

刘苹安静地坐在树下绣花，似乎对外面的世界充耳不闻。祭台上的瓜果都换了新的，有几张钞票在那里随风而动，当然，也包括那两张美元。

远在美国留学的高雷突然梦见了苹果树。它开口说："我很累。儿子，帮帮我。"

初稿成于 2019 年 5 月

定稿于 2019 年 11 月

喂　鬼

1

下午四点在大理下飞机，小程来接我。阿祥在微信中说，小程是我朋友，你放心坐他的车。大理机场比想象的要小，我坐摆渡车去取行李。出口外面的屋子类似一间办公室大，还没容我左右寻找，一个高身量的人走过来，用浓重的鼻音说：“是王老师吧？”

一辆丰田越野停在外面，小程把我的行李箱放在后备厢里，我坐副驾驶。小程坐在左后边，我这才发现，右面还有一个人，在不停地划拉手机。司机是一个四十岁左右的男人，脸有一点阴鸷。平安到达大理我已经很高兴了，再与接机的人顺利会面，我已经顾不上别的了。我说，这里的温度与我的家乡埙城差不多，我还以为会暖和些。小程说，地处高原，两千多米的海拔呢。

出了机场，小程先打电话。“杜总，我们接到王老师了。一家红烧鳟鱼做得好，我们先去吃饭了。”

听不到阿祥说什么，就听小程不停地嗯嗯嗯。挂了手机，小程指着右边说，王老师，这就是洱海。我打开车窗，拿出手机拍坐标。司机自觉降低了车速，我说，行了，我好歹留个资料就成。车子拐了无数个 S 弯，终于停到了一家饭店门前。风很大，柔软的不知名的树木枝条飘啊飘，洱海似乎都要被风吹歪了些，那一池水，可真碧绿啊。我在水边站了片刻，感觉风把腹腔的零件都吹得哗泠泠响。我犹豫着要不要发个朋友圈，冷不丁想起福成哥，就像要打摆子，我手一抖，就把微信发了出去。

“这就是洱海啊！”我夸张的表情旁边，配发了一张图片。真是好歹照的一张图片，只在角落里拍了一小片水域，几根树枝，一只水鸟，巴掌大的一片灰色天空，真是好小的一个斜角。如果我没转向的话，这该是洱海的东南方向。

比风的速度还要快。福成哥第一个问：“你出门了？”

“出来开会。”

“跟谁？”

我说跟谁跟谁跟谁。都是单位里的领导和同事的名字，既有局长又有科长，这样显得逼真。

“啥时回来？”

我说会后还有一些项目要谈，看工作进展。

“你娘好几天水米没进了，她前几天还在念叨你。医生说，就是这几天了，你办完事赶紧回来，再晚怕是赶不上了。”福成哥换成了私聊语音，他粗粝的声音听起来像大风在刮沙砾。

他总把干娘叫成“你娘”，其实我特别希望他说“你干娘”。可他不这样说，我也没法儿。我能有啥办法呢，福成哥朴拙的样子，总是显得过于朴拙。

我的手指已经冻得冰凉，可我仍舍不得进饭店。我知道小程他们在窗子里看着我，那三张脸，一张一张映在玻璃上。我知道我的样子有些古怪，我抓紧说想说的话，我想在进饭店之前把问题解决掉。

“领导喊我了。”我这样告诉福成哥，“山里手机可能没信号，我大概得有几天失联。”

“你这是什么意思？”福成哥陡然提高了声音，带着轰鸣，“也就是说，你娘如果真的有事我们谁都找不到你？那，谁喂鬼？”

我寒噤了一下，有些冷。继续打字道：“领导喊我了，我不能跟你说话了。”

福成哥用乞求的口气说：“办完事赶紧回来啊，你娘就这几天了。”

我果断把手机又调回了飞行模式。

人死为大。我叨叨。可也得分死的是谁。我又叨咕了句。马路很窄，车很多，都是中高档车。这是一座相对富庶的城市。我想，这里跟埙城不一样。我既然出来了，就由不得家人家事了。我躲闪着穿过马路，赶紧跑进了饭店。红烧鳟鱼已经上桌了，那三个人乖乖地守在鱼边，像三只老猫。“不好意思，你们可以先吃啊。”我边挪动椅子边给他们倒茶，“吃吧，吃吧。”我反客为主。

2

吃饭的间隙，我又打了一个电话。这个电话有些长，其实完全不需要那么长的时间。我是故意在拖延。他们抽烟，喝茶，懒散地靠在椅子上，享受得不得了。他们说什么我听不懂，关键是，我也不愿意做个旁听者。阿祥没有告诉我他们是什么人，眼下，我也不好意思问。小程下了一次楼，我猜他是去结账了。其实我也想过结账的问题，可我怕在阿祥那里不好交代。司机去了次洗手间，他回来我也去了下。然后象征性地吃了块饼，那饼是发面做的，厚得有点像陕西的锅盔。我问，这里离响泉还有多远？小程说，一百多公里吧。我松了一口气。想这点路对一辆丰田越野来说不算什么。小程大概见不得我松弛，紧跟着说：“都是盘山路，难走得很。”

说话带一股柔和的醋味，我就知道了他是山西人。

阿祥是不是在后悔邀请我？我在想另一个问题。

真的上了路，我才知道刚才的故意拖延简直是罪过。天很快就黑了，两山之间夹着一条深谷，深谷中一条黑黝黝的路，像一条细长的带子，没有尽头。我瞪大眼睛望着前方，每一次错车都要下意识地抓下安全带。司机没扎安全带，看得出他们是跑习惯了的。过了一座桥，出现了岔路口。司机笃定地往左扎，却是一条石子路，高低不平。修路的材料堆在两侧，把路挤得像根鸡肠子。我的心一阵一阵发凉，想若是这样的路走百公里，还不走到天光大亮。好在小程审时度势，果断判断路走错了。于是一点一点挪蹭着掉头，司机足足打了三把方向，才拐上另一条路。车子终于风驰电掣，这条路好走多了。

我给阿祥发了个微信：你若现在后悔还来得及。

什么？

我可以让司机掉头回大理。

呵呵，你回不去的。小程的任务就是把你带到响泉来。

外面的车灯明亮，更衬得驾驶室里黑森森的。我不由思忖一下这车里的人，不知名姓，不知何方神圣。人生也就疯狂这么一回，不会不平安吧？我短暂地消沉了一下，有许多想象浮上心头。我必须跟阿祥保持联系。

你觉得这个世界上有鬼么？

黑天不谈这个。

你说。

我是无神论者。

我怕喂鬼。

鬼不吃人。

你没懂我的意思。

我还在工地上呢，回头再跟你讨论鬼的事。

我没再说话。想这个时候阿祥的工地，该是灯火通明，人头攒动，热闹非凡。

小程发出了鼾声，另一个人还在划拉手机。我稍稍侧脸，看到的是一团黑影。即便是在吃饭的时候，我也没听他说一句话。清冷的空气中，我脑里不时浮出一些网络上见过的画面。一把榔头，或一把刀。三人为众，是好事还是坏事？路边不时闪过一个路牌，每一个我都用力记。涧水、上谷、哀牢。都是好名字啊！我必须记住我走过的路，不定什么时候也许就能用得上。好在我一直心绪平静，我骨子里是个天不怕地不怕的人。当然，干娘一家除外。我只怕他们。

“我今晚能见到你么？”

“不能。”

“哦。”

“我赶不回去。”

“我不见你也是可以的。”

这话发完我自己都想笑，有点像给别人上眼药。

“我说过，我只能提供影子服务，工地实在离不开。”过了好半天，阿祥发来这么一句。

这样的问题来之前的那个晚上一直在探讨，所以我只有淡淡的惆怅。我来的目的不是见阿祥，阿祥只是目的的一部分。我想，如果今天见到阿祥，我们可能彻夜长谈，见不到，我大概能睡个好觉。睡个好觉其实也很重要。自从决定来云南，我就开始了亢奋与不安。我甚至不敢看镜子里的自己，人憔悴得都有些走形。我跟阿祥认识八年了，我们是网友。彼此的境况都差不多，有共同的兴趣爱好，在一个私家网络论坛，是无话不谈的朋友。但，我们没有见过面，甚至从不私聊。那晚我在网上说，想就一个问题到异地做些调研，阿祥大概想也没想，顺口就说："来我这里吧。"

"当真？"

"但我没空陪你。这段重点工程正在攻坚阶段，我是救火队长，经常吃住都在工地。你怕受冷落就不要来。"

我说："你不知道我想调研什么。"

其实我真实的想法是，我就是想到外面走走。调研仍然只是副产品。

可阿祥说："你愿意调研什么就调研什么，随便任性！"

与其说这话让我心动，毋宁说感动。于是趁热打铁，定行程，查机票，忙得不亦乐乎。我没有告诉他在此之前我接到了大嫂打来的电话。是我家的嫂子，与干娘家并无关联。大嫂说，她刚从干娘家回来，干娘瘦得像捆干木柴一样，只有出的气，没有进的气，似乎随时都可能断掉。"最多她只能熬两到三天。"大嫂转述别人的话，"油燃尽了，就烧芯子了。芯子烧没了，就灰飞烟灭了。"大嫂没有文化，但喜欢用成语。他们在商量丧葬事宜，因为干娘和福成哥都信点什么，所以与普通丧事的程序还不一样。具体细节都谋划好了，干娘原本一直在昏睡，清醒过来突然说了句："让云丫喂鬼。"

福成哥没听明白，把耳朵贴了过去："你说什么？"

干娘疲惫地闭上眼，一字一顿地说："让云丫喂鬼，我才放心。"

福成哥火急火燎追出来，对嫂子说："你快去转告云丫，让她最近千万别出门。"

大嫂知道我的态度，说云丫忙着呢！她要是有工作，我能拦得住她？

"是工作打紧，还是死人打紧？"福成哥简直气急了，说话有些口不择言。

大嫂跟我转述这些时，还说了许多抱怨的话，说福成哥忒不把自己当外人，差遣我们就像差遣手下一样。"慢说是干娘，就是亲娘有事，也得先紧着工作，对吧？"我知道这不是大嫂的心里话，她是个喜欢花说柳说的人，这样的人在乡村，基本属于不靠谱。于是我一边活动腰身一边听她絮叨，一个电话打了足有二十分钟，末了她问了句："你不会真不回来吧？"

他们不知道我是一个多么厌恶程序和规则的人。当然这些程序和规则都是属于民间的，属于罕村，我在那个村庄长大，实在是领教了他们的厉害。那是在父亲的葬礼上，我被折磨得苦不堪言。要磕一百零八个头，谓之大孝。要买齐所有的纸人纸动物，共计一百零八件，是浩浩荡荡的一支队伍。去墓地的路上，几十次他们佯装罢工，讨烟讨喜，让你的耐心与悲伤土崩瓦解。讨喜就是讨钱，纸币要红色的，你只能从兜里一张一张往外摸。这一路，不知要摸多少次，要给多少人。这也是风俗，比我小时候参加过的葬礼不知繁复了多少倍！还有其他多如牛毛的细节：要围着墓坑左转三圈右转三圈；要把备好的馒头掰碎扔进墓坑里；回来的路上要像百米冲刺一样往家里赶，否则就有许多咒念等着你，让你不寒而栗；三更半夜要去给坟墓开门，还谓之早开的是瓦门楼，晚开的是草门楼……所以大嫂转述干娘的话时我的汗毛根根直立，干娘没有女儿，她是想让我当亲生女儿的。可关键是，我不想当她的亲生女儿啊！大嫂看不见，我竖起的汗毛变成了个刺猬。我甚至不敢问“喂鬼”都有什么程序，无论有什么程序，我都想躲避，逃离，最好能上天入地，哪怕变成土行孙，也在所不惜。塤城离罕村虽然有几十公里路程，可我还是觉得不妥靠，就像做贼心虚，似乎出门就能被人抓到。我必须逃离，现在，马上，越远越好。

订了票，从网上调取阿祥的资料。经过许多去伪存真的筛选，我断定阿祥叫杜以祥。叫杜以祥的还有另外一个人，是一座地级市的市委书记。我断定他不是我要投奔的阿祥，我要投奔的阿祥是一个大型工程项目的总指挥，工作在响泉。

我分析得不错。

于是连夜开始收拾行囊。心底的话却不方便对任何人说。既不能说怕“喂鬼”，也不能说见网友。这些相信你都能理解。行囊收拾好了，理由也编出来了。把登机信息发给阿祥，天都要亮了。

小心揣测阿祥派来接机的人，小程我是知道的，阿祥告诉了我。另一个我却不知道，他隐在黑暗里，路上没有说过一句话。我想，小程为啥不一个人来？多了一个人，是更安全了，还是……更不安全呢？

3

干娘不是一个人。干娘是一尊神。或者，干娘是一个符号。

我三岁的时候赖在干娘家不走，因为她家总有各种好吃的。我妈晚上把我放在炕上自己走了，说你就给云丫当干娘吧。

我记事以后，母亲对我说的最多的一句话，就是干娘救过我的命。五岁的时候，我高烧昏厥，干娘就用针条扎我的人中，放出紫黑的血。后来，我看见过干娘给别人放血。那是在北京读书的一个大学生，邻村人。不知因为什么病来找干娘。干娘就用针条刺她的太阳穴。大学生脸色惨白，但神情宁静，眼球半天也不动一动。我那时有七八岁，刚上一年级。边看边打冷战，想干娘大概给我刺时也用的这根针，是一号针条，上面还挂着不知谁的血丝，她只用手绢好歹擦一擦。

但干娘确实医好了很多人的病。你不知道那些人是谁，也不知道他们得的是什么病，但提起干娘，大家都尊她一声老菩萨。过去，干娘跟我们住一条街，母亲经常差我给干娘端碗饺子，或送碗粉蒸肉。我稍一懈怠，母亲就说，你的命是干娘给的，你要像孝顺亲爹亲妈一样孝顺她。

我读初中之前，跟干娘一直很亲。放学丢下书包就去她家找吃的。干娘喜欢做高粱饭，里面放许多红爬豆。高粱饭的吃头就在红爬豆上，焖得面面的，有丝丝的甜。干娘总会给我预留出一碗。她有两个儿子，老大福成，老二福满。福满看见我就横眉立目，就像我抢了他的饭碗一样。我吃高粱米饭的时候，干娘会站在屋檐下，跟树上的鸟儿说话。时隔很多年我才醒悟，她是在望风。还有那么几回，干娘急急往回走，她的脚小得像粽子，迈门槛时歪歪斜斜。她进来就抢我的碗，放到碗柜里。福满来了又走了，她加些咸菜或再添些高粱饭端给我。我从来也没想过她是怕二儿子的，这个怕，一直到老。

我是什么时候跟干娘不亲的呢？大概就是小棉花死的那年。我十三岁，她也十三岁。小棉花长得细皮嫩肉，一张小狐狸脸，眉毛淡淡地高挑。一看就是短命鬼，村里人都这样说。她总是半夜时分肚子疼，她妈就让她去找老菩萨，大约找了十来回，小棉花就一命呜呼了。

小棉花的妈买了二斤点心孝敬老菩萨，说这个讨债的，要死不早死，麻烦了老菩萨那么多回，真是个害人精。小棉花有五个姐姐，没人拿老六当回事。

干娘盘腿坐着，脚心朝上，吧嗒吧嗒抽长杆烟袋。干娘垂着眼皮说，小棉花赶去投胎了，她下辈子是娘娘命。

我不知深浅，插了句嘴："皇帝都没有了，去哪当娘娘？"

挨了我妈一巴掌。我嘴里的一颗枣子颠了下，滚到了喉咙口，噎得我翻了半天白眼，被干娘一掌拍了出来。妈并不解释为什么打我。我追着问她我哪说错了。我妈说，你那个时候就不应该说话。你是人，老菩萨是神。在神面前哪有你说话的份儿！

小小的白茬棺材毛毛糙糙，小棉花的妈可真不是仔细人。小棉花就躺在那种毛糙里，身下铺着薄薄的一层垫子，连我都觉得浑身扎得慌。大家都说，小棉花的妈除了偷人没啥长处，她也不把孩子的生死当回事。小棉花埋到了河套地里，小小的坟头像碱大了的馒头。因为是孤女坟，也没人太当回事。后来村里大兴土木，都去河套地里取土，碱大的馒头就给挖没了。

没人说干娘什么。大家都觉得，小棉花的妈如果不让小棉花来找干娘，会死得更早。

可是，我怎么就想不通呢！

干娘家的老宅给了二儿子福满。福满从小就是混世魔王，杀打不怕。老宅按说应该给长子福成，但干娘和大儿子福成的力量加在一起，也干不过福满。我们住在一条街上，这些都看得真真的。福满公开说干娘："你不是有道行么？把神、鬼、长虫精、耗子精、黄鼠狼都聚来给我瞅瞅，看我怕不怕它们！”福满眼是红的，梗着脖子说话，杀气腾腾。神鬼都不怕的人，还能怕个娘么！他拿着大铡刀片挥舞，呼呼生出风来。嘴里说：“神鬼都来吧，试试我福满的厉害！”福满威风凛凛，像在拍电影一样。干娘就在屋里枯坐着，叼着长杆烟袋，塌着眼皮，脸像蜡一样黄。村里人都说，福满若不是老菩萨的儿子，看看下场有多惨。但福满的生活确实过得很好。他在河里跟人联手挖河沙，经常捞来王八和螃蟹。那时这俩东西还不是好物件，没人看着眼馋。福满最先翻盖了新屋。后来又在城里买了楼房，把家里的房门锁好，老婆孩子一起搬走了。也有人跟干娘开玩笑，说不去儿子的楼房住几天？干娘认真地说，不去。住在漫天云里，脚不沾地，折寿命。

干娘随福成哥去了前街，不知妈怎么想，我是舒了一口长气。在我的感觉里，干娘像一只大鸟，遮了这一条街，我有时会觉得透不过气。星期六回家，甚至不敢去茅房解手，就怕见着她。其实见着她也没什么，她就喜欢拉着我的手没完没了地说话。她的手干燥粗糙。她不干农活，粗糙是因为干燥，指肚都长着毛刺。再不就把我拽到她家，从柜子里拿出油纸包，让我吃点心。那点心不知放多久了，都是柜子里的陈年旧味，为防虫子和耗子，干娘不知撒了多少六六粉。干娘料事如神，但不知道即使没有六六粉味，我也不稀罕吃她的东西了。学校对面就是供销社，里面卖各式点心。虽然不能吃得随心所欲，也能隔三岔五解个馋。关键是，新买点心的那股香气哪里是她的六六粉味的点心可比。她还爱显摆辉煌经历，某人做了对不起她的事，她就在那家办喜事的时候使法术，把席面都给搬走了。饭桌上空空如也，连个米粒儿也不剩。待人家找来告饶，她又给搬了回来。我问那么多的盘碗搬去了哪里，她说那家住村东，她给搬到了村西一家人的木头垛上。我那时还有好奇心，问那户人家姓甚名谁，哪个村的。后来就懒得问了。反正不是前庄的老张家就是后庄的老李家，总没有一个实实落落的名字让我刨根问底。她咬着长杆烟袋吧唧嘴，述说那些往事的时候，像是在梦游。

我从读初中就不喜欢叫她干娘了，甚至羞于承认有干娘这回事。也有同学或老师打听：听说罕村有个老神仙会过阴？在别人眼里，干娘无所不能。我有意无意说些消解的话，说那不过是个普通老太太，梳纂儿，小脚，有口臭，爱吃百家饭。有一晚在我家住，盖我的被子，转天我捉了十三个虱子，那虱子肥得都跟马蜂犊子一样……我从不提她是我干娘这回事。偶尔，妈让我去送东西，我再不肯去她家。妈骂我没良心，忘了干娘曾是我的救命恩人。有次把我骂急了，我说，她哪是救命，分明是害命。我没被她一针扎死是我命大！时过境迁以后，妈大概也有点悔悟，有次我们说起同年的小棉花，妈说："肚子疼按说也不是啥大事，怎么就死了人了——那丫头若活到现在，说不定也成人了。"妈的意思是，也许都有出息了。小棉花是个伶俐孩子。

我不愿意再去干娘家，妈就自己颠颠儿地把东西送过去，几个豆馅包子，或两个粘火烧。也没啥好东西。但在干娘那里，都紧俏。她一辈子也做不好饭。后来干娘搬走了，妈还想去送，哥嫂都说，拉倒吧，多老远。妈才慢慢打消了念头。

几年前，我给妈买了件红罩衫。紫红色毛呢的，没领子，双排扣。这是春节前的事。过了八十大寿，妈就是老人了。她也越来越像老小孩，口袋里的钱，总是随手给这个几百那个几百。吓得我们再不敢给她钱。那件毛呢衣服在妈的身上打一晃，就不知去向。关键是，春节前后，正是穿的时候啊！当时也没怎么想，后来嫂子告诉我，妈给干娘送过去了。妈对干娘说："这是云丫给你买的，她在外工作忙，一直也没忘记你！"

干娘用红果核给我装枕头，说是治颈椎。那枕头硬邦邦，像装满了石头子。或是用大红布给我缝围腰，说不仅暖腰还可以辟邪。我一次也没往城里带，都在妈的柜子里放着。

妈到干娘家去，一去一天。干娘到我家来，一来一天。嫂子偷偷对我说，你买的东西，吃的穿的用的，妈大都送给了干娘，你到前街打听就知道，干娘说这是云丫买的，那也是云丫买的，云丫比亲闺女都孝顺！

我翻妈的柜子。一件羊绒的小开领衫不见了，一件蚕丝棉袄不见了。我工资不高，买那些东西也是要咬牙的。我问妈为啥把新衣服都送人。妈说，你干娘也不是外人。再说，她又没闺女。

我说，再也不给您买了。

妈得意地说，我有啥送啥。

4

路上出了几次状况，都有惊无险。一辆什么车从黑暗里冲过来，居然没开车灯。司机猛地一拧方向盘，车向右前方急闪，车里的人都跟着趔趄。我抚着胸口，悄悄打量了下司机，是副见惯不怪的样子。小程已经醒了，有时会嘟囔句，到湛山了，还是到桃源了？

有一句话就在我的嘴边：离目的地还有多远？

几乎都要出唇了，被我硬生生地咽了下去。我想，问了又能怎么样呢！

我从没想过车要带我去哪里。车就是带我去响泉，那里有阿祥。

车里的气氛一直都很沉闷，我曾经试着挑起话头，却发现，小程一问三不知。我不知道他是真的三不知还是不愿意回答我。赶这样远的长路接一个陌生人，我懂那种辛苦。

三人中，活跃的是司机。他居然指着左前方的黑暗说，这条隧道是我们打通的。

恰好后面有人超车，他手里的方向盘剧烈地扭了下，才把那车放过去。

原来是修铁路的。我心里说，阿祥的大项目也与铁路相关。我似乎明白了。只是我不能问：阿祥是叫杜以祥么？或者，你们跟阿祥是什么关系？

正前方终于出现了一片灯火。路牌出现了响泉两个字，我惊呼，到了？小程说到了。宾馆原来建在了城外，叫无量宾馆。是一幢巨大的高楼，车子停下了，我看了下表，22 : 32。这个时间打电话显然不合适。我连接上了网络，给阿祥发了条微信：到了。阿祥很快回复：好好休息，养精蓄锐，准备明天下乡。

就像领导在下达指示。

我问下乡去哪里。

阿祥说，你这次想接地气，就去最古老的地方。

我几乎要欢欣鼓舞，我多喜欢古老的地方啊！

小程帮我办手续，服务生把箱子提上七楼。小程把钥匙交给我，说王老师，有什么需要您就给我打电话，千万别客气。

我道了辛苦，把他送到了门口。小程问明天几点来接，我考虑到了失眠等因素，说九点吧。小程说，王老师是这样，明天路不远，可非常难走，是不是提前一些？我听明白了他的话，说那就八点。小程体恤说，八点半吧。

大床上被单如雪。服务员来送宵夜，说这房间还没人入住过。原来宾馆是新开业的。我洗了澡，换了睡衣，发现酒店的牙刷是软毛的，非常好用。酒店里遇到好牙刷可不容易。我当即装到箱子里一支。却没睡意。想这一天从北到南两千多公里的行程，就像做梦一样。可这样的梦，打小时候就有，一次说走就走的旅程，是人生的别一种风景。

还是睡不着。从箱子里翻出书来读，一直到凌晨三点。

脑袋沾到枕头上，模模糊糊想起阿祥。明天早晨不知道能不能见到他，他没说过来一起吃早餐。或者，他也没说陪我去乡下。心下有些寥落。窗外的月亮透过窗帘缝隙钻了进来，银亮雪白，像猝不及防的来客。这是祖国西南的月亮啊！我看着那一缕光华，心静如水。我一路都心静如水。把自己交给旅程，是因为我相信陌生人，陌生的阿祥，以及与阿祥相关的这片土地。

有一条手机短信被我忽略了。我打开一看，是福成哥的。

“你娘今晚又没吃东西。”他居然会用哭着的表情，“你到底要开几天会？”

我没回，把手机关上了。

餐厅空旷得像大会议室，大概时间还早，只有寥寥几个人就餐。我围着餐台转了一圈，没发现可口的东西。连续几天没睡好，我没什么胃口。盛了一碗豆腐汤，拿了个学名洋芋的烤土豆，我吃得很辛苦。还不到八点，小程在餐厅里现身了。他说，王老师，我就在大厅里等你。你慢慢吃，不要着急。我暗笑了下，心说不急怎么会追到餐厅来，分明是想早一点赶路。我加快了吞咽的速度，含了满嘴食物上楼去取行李。仍是昨天那辆车，仍是昨天那种规制，我坐副驾驶。车摇摇晃晃上路。满目青山，满眼阳光。北方的阳光也透明，却跟西南高原不一样。隔着车窗，仍然能感觉高原太阳的那种穿透力，像闪着寒光的剑锋一样。这就是滇西啊！这就是西南边陲啊！我心里轻轻呼唤着，强忍着心中的激动。我一刻都没有错开眼睛。山的样子，树的样子，风的样子，房子的样子，老乡的样子，羊群的样子，一朵野花的样子，一棵草的样子，我都想收入取景框，印在脑子里。一个热爱远行的人，一个实现了心中梦想的人应该有的样子，就是我的样子。

有些路，一生只走一次。有些人，一生只见一回。心中默默涌动着一种情愫，恨不得让车停下来，把双脚踏到泥土上。

路不好走，很窄。错车要踩一脚刹车。因为很多地方是悬崖峭壁。我理解了小程早赶路的心情。那里的终点是我的，不是他的。我模模糊糊想我要去的地方，阿祥说很艰苦。难道要住老乡的木头房？要生火做饭？要用土厕？能想到的辛苦就是这些，不管怎样，我都乐意，我有心理准备。即便几天不洗澡，不洗脸，我也愿意。小程没提阿祥，我也没问。他总归是忙。我没做过重点工程的总指挥，但我认识领导重点工程的人，要事无巨细，事必躬亲。唯恐哪里有纰漏。现在的工作越来越难做了。基层都是这样。哪里的基层不是这样呢，针尖大的窟窿，能漏斗大的风啊。所以我理解阿祥，来之前我就对他说，以不影响你的工作为前提。阿祥说，影响不了，也许你根本见不到我……我知道你喜欢独自在异乡行走。独自，嗯。是的，我喜欢。可真的见不到阿祥？我以为那是笑话。心里还是有一点忧伤，淡淡的。像风弥过芬芳的原野，田鼠睁大花椒籽似的眼睛，不知所措。北方草木刚发芽，南方的老乡已经在晾晒麦子了。那些麦子躺在山坡上，捆成手把——就是一只手能握过来的样子。这是我们捡拾遗落麦子的形制，说明这里山地贫瘠，若是我老家的平原，一捆麦子能有牛腰粗，干娘一个人……算了。怎么会想起她来……说是两个小时的路程，可要穿越几个村庄，其中有两个村庄是赶场日，货物都堆到马路中间来了。老乡赶着牛羊，开着农用运输车，在路上走得旁若无人。司机出奇的好耐性，一次都没有鸣喇叭。小程来了谈性，指着竖起来的口袋说，新出土的洋芋，很好吃。指着笼中鸡说，那是乌骨鸡，此地的特产。王老师可以在小坎多吃些鸡蛋，非常有营养。哦，小坎。这是我初次听到这个名字，像一个女孩，让人喜欢。白天赶路就不那么沉闷了。我问小程是哪里人，具体做什么工作。司机插话说，他是山西人，是工程队队长。我有些不好意思，说真是太打搅了。小程说，不打搅，杜总在前方给我们打仗呢。昨天因为一片林地跟老乡起了纠纷，他们二十四个小时在现场坚守，就是比谁更有耐性。

这个话题我感兴趣，终于谈到阿祥了。我循循善诱，问到底是怎么回事。小程说，听说要清点，村长率全村的人在白地上连夜插树苗。不符合政策的事不可能得到补偿，可村长说，这些树苗原来就有。杜总看出那些苗木活不过二十四小时，就率队在那里僵持。后来那些树苗都打蔫了，村长认输了，说几十个人插苗木，起早贪晚，都还没吃饭呢。杜总掏出五百块钱说自己请他们，村长接过钱，千恩万谢走了。我说，这些老乡真可爱。杜总呢，他的饭怎么解决？小程说，盒饭送到了地里，可老乡没吃饭，他也不会吃。自从重点项目开工，饿一两顿饭是常有的事。我心里多了敬重，问重点项目是什么？小程说，杜总没给您说起过么？我们要在中越边境修一条铁路，过境六十二公里。您若早来些天来，杜总就有空陪您了。我心下释然，这还有什么可说的，工作永远是第一位的，我和阿祥都是这样的心性。

越往大山深处走，林木越苍翠葱郁，撤下玻璃窗，我甚至能闻出松脂的香气。我很喜欢这个味道，在明净的阳光里，它越发显得迷幻。小程原来还是个健谈的人。他说他在云南待了十三年了，这里的老乡好，比其他省份的工作都好做。同样一个工程段，能提前几个月完成任务。他具体说细节，有一次，手机和钱包掉在出租车上了，出租车司机哪也不去，就在原地等失主。还有一次，他们坐车找饭店，拐了两个弯找到了。司机嫌路近，一分钱不肯收，挥手走了。这样的人在大城市快要绝迹了，我心想。聊起流动单位的种种辛苦，小程说，家在太原，一年也难得回趟家，铁路工人工资低，回家又要赶火车又要坐飞机。今年说好的回家过年，可工程大年初五开工，几天都在路上奔波，跑不起。

“这段铁路是高铁？”我问。

小程答：“我们修的几条铁路都是高铁，川陕，云贵。这不，眼下修到滇西了？”我侧了下身子，专注听小程讲话。小程又说：“王老师肯定不少坐高铁，想不到是我们这些人修的吧？”

“还有杜总他们这些战斗在前线的地方部队，他们打的都是硬仗，很多时候比我们更辛苦。”

我回头看了他一眼，笑起来的小程牙齿很白。他有一张长方脸，眉目清秀，还很年轻。

没想到小坎有那么好的宾馆。我站在落地窗前，外面就是澜沧江。松林一眼望不到边，澜沧江的水就是在松树的空隙中像幅画一样地闪现。水是苍翠之绿，居高临下看，是静止的。两岸都是陡峭的绝壁，再大的风也吹不皱它们。这才是孤独千年啊！我看得有些痴。江水绿得深厚、滞重，也不知淌了多少年。我几千里地跑来看一眼，在它是一瞬，在我是一生啊！

我还没有住下，就已经不想走了。

人生如果注定要停靠，就让我停靠在这里吧！

5

罕村是一个大村，但有的时候又很小。它总是在我的作品里随机改变着身份和条件。年轻的时候，我频繁地利用各种机会住娘家，帮小弟锯木头。那些圆木都是老榆木，锯成树墩做菜墩，据小弟说，他们能卖进中南海。

锯树墩非常有讲究。用尺子画出圆周线，一个锯偏了，个个都会偏。锯偏了的木头非常可笑，排列的时候像人一张张长歪了的脸。

如果想把木头锯正，身形要直，双手握紧锯柄，一拉一扯时行为要端。飞舞的锯末像极了面包屑，散发着一种纯净潮湿的香味。

我们周围经常围着许多看热闹的人，也说闲话。他们对我能俯下身子锯木头给予高度评价。一说我能干。他们说，你是国家干部，干这种拉大锯扯大锯的活儿一点不怕失身份。一说我会干。打小就是灵透的人，这一条街，一样大的孩子十几个，老菩萨就看得上我，认我当干女儿。他们的意思是，老菩萨是个有法眼的人，能看上的人不一般。乡间人都爱说闲话，他们的闲话里含着亲厚和朴拙。我很享受这种状态，甚至对拉大锯着迷，没事就往家里跑。不单练臂力，顺带把肩周炎也治好了。

那时我连村里的鸟儿都认识。孩子午睡，我端着脸盆去河里摸螺蛳，曾经摸到展开足有半尺长的虾。把虾斩成段，铁勺里放上油，放到节煤炉上烤，女儿睡醒让鲜虾馋得流口水。不知从什么时候起，村庄就隔膜和陌生了。孩子不认识，新娶来的媳妇也不认识。往往要叙谈半天，才恍惚知道谁是谁家的。我从箱子里翻出旧的鞋子套在脚上，村南村北到处走，我想走出那种熟稔的味道和感觉，这就是家园啊！有一次，就走到了一户人家的门口。门楼是旧式的，两扇铁门窄小削薄，墙头上生着狗尾巴草。我正恍惚，干娘从门里闪出来，觑着眼睛打量我，试探问，是云丫么？

我没想到干娘老成那样了，团团缩缩像颗发霉的核桃。我在心里估算了下她的年纪，望九十了。女人活到这把年纪不容易。自从干娘搬出老街，我一次也没到这里来过。在心里，我不觉得两家还有往来的必要。认干娘的事，不过是小时候的一场游戏。这样的游戏乡间有很多，小孩子身体弱，或容易夭折，还有认水井、古树、神像和碌碡做干娘的。走动几年，孩子大了，关系慢慢就淡了。也有反目成仇的，基本上因为一家对另一家付出太多。你给我一个桃，我必要还你一个杏。否则被人家要上门来，脸难看，心也就伤了。事情说起来就是这样，可我看见干娘还是觉得羞愧。脑里倏忽想起小时候，干娘的红爬豆高粱米饭，或六六粉味的点心，也滋养了我很多年。还有那根大针条，也许真解决过什么问题也未可知。或者，不解决问题也没有扎坏我，再怎么说，干娘心是好的。干娘拉着我的手，扯直了往屋里拽。嘴里喊："福成，福成，你看谁来了？"

福成哥从屋里赶出来，他也老得不成样子。我唏嘘地看这两张脸，都是灰黄的颜色。似乎缺少光照，又营养不良。福成哥的情况我知道一些，他早些年就开始大门不出二门不迈。他和干娘一样，信奉神神鬼鬼。知道他光景过得差，但没想到差成那样。房子低矮破旧，堂屋都是烟熏火燎的痕迹。一只铁架子油渍斑斑，上面停放着煤气灶，煤气罐老虎样地蹲在角落，一半阴一半阳。余外再无一物。室内的陈设都是从老房子搬过来的，我甚至认出了那只用玻璃纸糊的帽盒，还放在墙柜上显眼的位置。那里过去盛的是花样子和鞋样子，干娘是个手巧的人，不会做饭，却画啥像啥。那些曾经红艳的梅花、荷花、并蒂莲，装满了一只纸盒子。惹眼的是长条香案，半米高的神像前既有供品又有香火。一股呛鼻子的香味在空气里弥漫，惹得喉咙刺痒。我特别想问一句，神真的喜欢面前烟熏火燎么？福成哥给我倒水，陶瓷缸子，底都磨掉了彩釉，黑漆漆的。干娘窸窸窣窣地掀柜盖，拿出了一布袋花生。干娘说，云丫，我做梦老梦见你，你跟县长在一块工作？

我笑着说，我们在一座城市办公。

干娘说，神仙保佑，我想谁谁就到。你能不能跟县长说说，让大家都信神？

我说，这个我可说不了。县长不听我的。

干娘似乎没有听见我的话，继续在自己的思绪里。干娘说，这个社会的人都学坏了，谁都管不了他们，神仙能管。

我说，您就别管别人了，把自己管好就行了。

干娘说，不是我想管，是神仙让我管。神仙说你妈宅心仁厚，得度。这不，你妈也开始吃素了。

这倒是个新情况。我愣了一下，说她身体不好，又做了大手术，得加强营养。您可别让她信您这一套。

干娘瘪瘪嘴说，你们是有文化的人，按说不用我这个老太婆多讲。你信了神仙，神仙还能亏待你？你身体没营养，神仙会给你加营养！存折上没钱，神仙会给你打钱。

跟干娘哪有道理可讲。我看着干娘。问她是什么时候开始吃素的。干娘掐着指头算，有二十几年了。自从信了神仙，腿也不疼了，身上有劲了，眼神也好了。过去害眼病，眼差一点就瞎了。自打信了神仙，现在还能纫针呢。我环视着屋子说，让神仙给您盖层房吧。干娘赶忙摆手说，那哪行！这世上多的是多灾多难的人，神仙得拣要紧的救。

我问她神仙长什么样。她说经常梦见，高高的个子，穿白衣服，走路没有声音……忽而一指香案上的神像，就是他那样。

可这是何方神圣？我有些看不懂。白白胖胖的笑脸，拄根拐杖，穿件白披风，慈眉善目，像戏里的白眉大侠。

我想起了干娘在村里的许多传说。早先年间，她巫不是巫，医不是医。原本就是个寻常的农家媳妇，一次在生产队的麦场里踩麦秸垛，不小心头朝下栽了下来，摔成了昏迷。醒来说了很多莫名其妙的话，说看到了村里的许多死者，让她带来了各种各样的要求。有嫌衣衫单的，有嫌棺木薄的，那段村里乌烟瘴气，似乎到处都是人的魂灵。她用了许多法术，才把那些魂灵驱走。社员顶着烈日在场院翻场，她躺在炕上，额上敷着拔凉水冰的毛巾把儿睡觉。她总是比别人有更多的权益和自由，包括柜子里的点心包，从来没断过。到我记事时，已然是二十世纪七十年代，她的道法纯熟，不再提驱鬼降怪，摇身便治各种疑难杂症。乡间缺医少药的年月，那根不消毒的针条，也不知反复扎过多少人。想起死去的儿时伙伴小棉花，我就觉得不寒而栗。

她的世界不知是个怎样的世界。我从没试图进去，也进不去。小时候学过一个词叫“花岗岩脑袋”，干娘就是一个顶着花岗岩脑袋的人。任是谁，任是什么事，都休想说服她。

我说，福成嫂子去世的时候才五十出头吧？城里这个年岁的女人还穿红戴绿呢。我的意思是，你们怎么没有让神仙救救她，让她那样早就驾鹤归西？

干娘气愤地说，那就是个死犟种。你说天她信地。她如果听我的，咋会死那么早！

我懒得再说话，扭头看福成哥。头发白得一根不剩，脸上挂着谦卑的笑，却也木刻样的呆板和安详。我小的时候他给我编蝈蝈笼子，砍来甜棒给我送家来，还用草帽给我端来小屎瓜，他跟弟弟福满一点不一样。如今福满早就发达了，号称拥有我们这座城市最贵的车，最好的房子。我有幸跟他同桌吃过一次饭，饭后他送我回家。感觉车体轻飘得厉害，行驶时像飞起来一样。他没有问起罕村，我也没提。他已经许多年不回家了，跟老娘和哥哥，连血脉都断了。

再无话可说，我起身告辞。想了想，还是掏出几百块钱给干娘。没想到，干娘突然浑身颤抖，回身就跪在香案前。她说感谢神明，给她送来了贵人。

福成哥说，云丫，你有微信么？我们加一下微信。我朋友圈已经两百多人了。说完，把手机拿了出来。

这倒让我没想到。我还以为福成哥是个不使手机的人。那款手机巴掌大，超薄型。福成哥熟练地调出二维码，对我说，你扫一扫。

我说，福成哥还挺新潮。

福成哥说，这都是为信仰准备的。

我说，干点别的吧，把生活弄好点。

福成哥说，我们已经相当好了。你娘已经九十岁了，她还能再活九十岁？

微信上，经常满屏都是福成哥转发的资料，十有八九是讲因果报应的。他还把他义妹的故事发了个小原创文章。说义妹从小就心地善良，长大果然结了善缘，做了文官。我把手机已经扔到一边了，想想又觉得不对，拿过来仔细看，那个义妹，说的不就是我么！我气得不行，可又无计可施。他没说出名字，文字中也没有更具体的细节，更似一个鸡汤似的表扬稿。我清楚，肯定是跟我那次给几百块钱有关。那天他发来一个小视频，我打开一看，干娘拔着身板站在香案前，说云丫，我想你了。福成哥跟了句，云丫，你娘想你了。明天有个法师来讲课，你来听么？

我买了半头猪的排骨回家用大锅炖。灶里的劈柴熊熊燃烧，香味很快从锅里氤氲出来。母亲说，我不吃荤。我说，不吃不行。嫂子说，母亲自打戒了荤腥人明显消瘦了。我给母亲把排骨夹到碗里，母亲发了半天呆，还是勉强吃了。

我说，以后别去前街串门子了。再去都不知道自己是谁了。

母亲说，老街没有人，前街人多，热闹。

我说，那就看电视。电视里人多。

母亲说，电视里的人跟我说话么？我腻得慌啊！

6

三三是镇里派来给我当向导的，是一个瘦若竹竿的彝族小姑娘。问起身份，她竟然是妇委会主席。我对三三说，镇里工作正忙，你不用整天陪着我。三三眨巴眨巴眼，说您咋知道镇里正忙？我说，重点工程正在推进，你们是不是也有征地拆迁任务？三三说，小坎有十二公里。我说，这里治安好么？三三说，这里从没有治安案件，就是村里狗多。我说我不怕狗。三三说，我们的第一个合作社在青冈，那里是澜沧江和黑惠江的交汇处，杜总特别指示让您去看看。我无话可说了。那里离镇上十几里地，没有任何交通工具可以抵达。我说，我们走过去要用多久？三三说，杜总协调了镇里的车。青冈看着近，走过去好远啊！

都是下坡道“之”字形的弯，右手边就是悬崖，看一眼就晕得不知所以。安全带就在右肩上撞肩膀，犹豫好几次，我也没好意思把它抻下来。我想，这样深的峡谷，一根安全带大概解决不了安全问题。一路我都提心吊胆来对头车，因为那路细得实在过分，我总疑心右侧的车轱辘会悬空。一辆拖拉机挡在前方，两个彝家女子正在用背篓背粪。车在下坎，车厢正好与上坎的地面平行。女子戴着头巾，背了满满的粪筐出来，人到车上，背一弓，身子一颠，背篓折到头上，成倒立状，粪肥便彻底撒了出来。司机下去交涉，比画半天，让拖拉机手把车往前开，从一个上坡去一户人家的院子里，把我们的车让过去。可拖拉机手胆子小，不敢上那样陡的坡。司机只得亲自上阵，先把拖拉机开上去，再把自己的车开过去，再帮拖拉机手倒车。真是个身手敏捷的小伙子，把拖拉机稳稳地停在了原来的位置上，两个彝族女子刚好又背着背篓出来了。经过这一番折腾，我对司机增强了信心，再不想偷偷去扯安全带了。来到青冈村，车子停稳了，我们下了车，司机还有别的任务，把车开走了。临走约好中午来接。我仍然心有余悸，问三三，这边的车祸多么？问完又觉得自己蠢，沿路车这样少，司机又都本领高强，哪有车祸可言呐！

合作社的社长姓茶，女子叫阿翠，是社长的老婆。阿翠看一个代销点，对面就是合作社办公的地方。我问茶社长是不是村里的干部。茶社长说不是。他只负责经营，把村里乡亲们的产出变成商品。眼下就要去水电站送猪肉，一次送三百斤。我只来得及给他们夫妻照张相，茶社长就匆匆走了。阿翠搬了小板凳出来，我们坐在台阶上，前面就是两条江，顺着山谷拧来拧去，从我这个角度看，真是两条一模一样的江，毫无衔接的地方。不知缘何叫两个名字。关键是，黑惠江远不如澜沧江名气大，最起码，我没来之前对它闻所未闻。阿翠是一个漂亮女人。我发现，彝家姐妹都是漂亮女人。眼角开，脸型小，神情活泼。她拿出红牛饮料给我和三三，我推辞了半天，只得接了过来，放在了台阶上。天上下起了小雨，远方弥漫着雾气。沉静的江水越发显得含蓄。阿翠是一个喜欢说话的女人，她站在台阶下方，嘴巴一刻都不闲着。她告诉我她有两个女儿，一个在省城读大学，一个在县城读高中。小女儿是她在地里生的，有次去干农活，孩子突然就钻了出来。她脱下外衣包住孩子，用手扯断脐带，抱着孩子回家了。她说话的频率很快，我能听懂少一部分，多一半都有赖于三三翻译。她有句话常挂在嘴边，那就是“国家政策好了”。修条水泥路通到了山外，是国家政策好了。农民翻修了新屋，也是国家政策好了。她为自己没有文化羞愧，说那时家里穷，父母只让男孩子读书。赶场买支牙膏也要翻山越岭走一天的路，起早打着火把去，夜里打着火把回。她领我们参观牛栏，猪圈。红毛猪刚长成青年，挤在一起睡觉，你叠它，它叠你。十几头小牛养在老屋里，简直暗无天日。眼睛适应半天，才从窗缝射进来的微光中看清它们或卧或站的姿容。地上铺着麦草，看得见的干爽。感觉得出，阿翠是一个能干的人。新房建在了坎上，是三层小楼，外墙体贴着瓷砖，闪闪亮。瓷砖这种东西真是可恶，居然能从中原腹地贴到这么遥远的山寨。我问，家里人口少，为啥盖这样多的房子。阿翠说，村里人都这样盖，你不盖就是不体面。

我们走了五户人家。都还没在院子里站定，主人便搬着箱子来送红牛饮料。关键是，我们的两只手里都各拿了一个饮料罐，老乡有办法，给你放到衣兜里，背包里，或者让你夹在腋下。无论怎样推辞都不行。最后一家是对老夫妻，儿子就在镇里当镇长，他们大概忘了送饮料，后来追我们到远处的麦田里，把饮料放到了我面前的石头上。

一罐饮料不是为了让你解渴，是为了表达善意。是视你为尊贵的客人。我充分理解了他们的行为。

我问三三，村里人为啥家家存放红牛饮料。三三说，他们觉得这是最好的饮品，可以招待贵客。我把老人留下合了个影，每人拿罐红牛饮料，倒像是红牛的托儿。

麦田对岸，就是水电站大坝。三三特意领我到这里来，就是带我领略这让人叹为观止的建筑。隔着澜沧江，从我的角度看不到任何细节，但高原电站本身就是奇观，还带动了这一方的经济发展。修路，办学，繁荣贸易，发展旅游。我也才明白阿祥为啥让我到这个地方来，这里是澜沧江上的一颗明珠，当年阿祥也是建设者。

更重要的，这里有一座宾馆，可以舒舒服服地入住。

我一直没有主动联系阿祥，我不愿意打扰他。或者，我也不愿意打扰自己。想起阿祥，我总是隐隐有些悸动。八年的网友，或者，比朋友还近一点。否则，怎么那么容易相邀，又怎么那么容易被邀。乍一见面该当如何，想一想也蛮激动人心的。按照规则，似乎应该拥抱一下。论坛的朋友聚会，有专程从美国、新加坡、日本飞来的。拥抱是必不可少的一个流程，男女老少，格抱勿论。那种感情，真是强似生活中的朋友。可是，对于我和阿祥，真的适合么？我给自己制订了行动路线，探访古村落。沿一条山路去江边。如果有可能，去码头坐船去江对岸，看不一样的风景。宾馆外面有一条上坡路，翻过一道山脊，就是原始森林，我看好了一条小径，明显是盗采盗伐的人踩出来的，因为看不到通向哪里。任何一条路对我都是吸引，我渴望能把所有的路都走一走。

山里的狗并不吓人。如果主人良善，狗怎么可能穷凶极恶。遇到了几只叫嚷的狗，都像见不得生人的小孩子，你朝它走去，它就夹起尾巴躲得不知去向。寂寂的山路上经常只有我一个人。大大的太阳无遮无拦，是地老天荒的感觉。路傍着江水，山也傍着江水。村子就在眼前，可走上半天你会发现它仍然在遥远的地方，可望而不可即。到处都是陡坡陡崖，壁立千仞。鹰在山崖下盘旋。松鼠在脚下出没。偶尔还能看见一只狐狸，比火红略淡，坐在松树下机敏地看着你。还能遇见放羊的，赶场的，砍柴的，上学的。一次只遇见一个，从没一次遇见两个人。无论男女老幼，都会停下来跟你说话。女人会叫你孃孃。孃孃你从哪里来的？你去哪？你找谁？后来我才明白孃孃是尊称，代孩子指。我们在山路上经常会聊很久。虽然大多数话都听不懂，可她说她的，我说我的，一点也不影响我们聊天的热情。

这种来自陌生人的友善，在生活中许久没有遇到了。

淡淡的忧郁随时裹挟而来，那是我想起了家乡。那座村庄越来越让我失望。想到她我心跳都会不规则。对，我想阿祥。我们认识八年了，却没见过面。如果不是来投奔他，我们甚至没通过电话。网上的阿祥是一个大师级的人物，无所不专，无所不能。任何话题都有独到见解，有许多骨灰级的粉丝。我们之间是有些特殊的，彼此仰慕，或者，惺惺相惜？我说的话他懂，他说的话我懂？解释起来就苍白了，含在心里就韵味十足。内里的成分，我们从没谈过，没必要。有时不说，代表更多。千言万语，化作沉默。这是哪首歌唱的，歌词轻飘飘地划过。阿祥的微信适时地飘了过来：我知道你喜欢到陌生的地方行走，这次你能来，乃是对我的信任。每每想到这些，就感叹一下，唏嘘两下！

我只回了一个字：切！

我去江底的村庄，无数“之”字盘旋，两个小时过去了，马路似乎就在头顶上，并没走出多远。路边的木棉开了，它就是为我一个人开的也未可知。我很注意地发了条微博而不是微信，阿祥马上看到了，吃惊地说：“怎么是你一个人，安全吗？三三呢？镇里没派车还是你没要车？天黑能不能赶回来？你千万要当心别迷路！赶紧往回走，别让我不放心！”我呆呆地看了会儿，怪他大惊小怪，偷窥我的微博。我的微博就是做个随行记录，“从今天开始你就当我的微博不存在，否则我就不发了！”

“遵命。”他妥协。

但三三明显跟紧了。转天去古村落，我打听好了走过去也只要四十分钟，三三还是把车调了过来。车子停在山脚下，我们要翻越一座山岭，穿越山间小路才能到达村庄。村里的人都搬到山外去了，古老的房子成了饲养场，家家院落里养着鸡鸭牛羊。介绍当地风俗时，我一直以为打歌是一种歌唱形式，就像对歌一样。三三嘴里频繁出现这个词，我让她唱给我听。三三笑弯了腰。她说打歌是一种舞蹈，在喜宴上用于助兴，通常要跳通宵达旦。我说，那你就跳给我看看。三三把手里的相机放到一块石头上，试图比画几下，却找不到节奏。就在这个时候，一个年老的女人背着大捆麦草走了过来。三三问，你会打歌么？老人二话不说，就把麦草捆放到了坝台上，起身跳了起来。这是个身量高的女人，眉目舒展，精瘦精瘦的，皮肤黧黑，但仍然能看出年轻时的风韵。她手脚并用，目光澄澈，跳得旁若无人。手挥舞，脚抬起，转圈，头巾裹着风在空中飘，每一个动作都很认真，仿佛在独自享用舞台。又有两个女人加入了，她们一个住在旁边，一个打从这里路过。自然而然地，形成了一个整体。眼往一个方向看，手脚往一个方向摆动，脸上都有迷人的微笑，都跳得旁若无人。我和三三受了感染，跟在后面学。这场舞蹈盛宴很久都没有停止，直到我和三三都累了，她们才停歇。

几个年迈的女人围拢过来，跟我打听山外的消息，问我家离北京多远，我说 80 公里。她们羡慕地说，太近了，那会天天去北京吧？

我突然想起了干娘。一个蜷曲贫弱的小老太，她年轻的时候除了去邻村给人扎针治病过阴，一辈子连县城都没去过。

是的，她没去过。

就更别提北京了。

我告诉了她们。她们嘴角漾出一种遗憾来，发出很多感叹词，那意思仿佛是在说，太不可思议了，怎么会那样呢！高个子女人去背麦草，我和三三赶紧跑到身后帮忙。她腰一弓，拽着一簇柔韧的植物把麦草背了起来，回头朝我们招了招手。

站到树荫里，我忽然想起了一个问题。我问：“杜总是怎么跟你们介绍我的？”

三三说：“杜总跟我们约法三章，不叫官职，不专门宴请。如果不叫老师，就叫大姐。”

我扭过身去对着天空笑。这个阿祥真是太有意思了。

三三说：“杜总说您是来做乡村调查的。”

我说：“杜总说得对。”

“可是，”三三忽然变得吞吞吐吐，“我还是想请您吃顿饭，这里的乌骨鸡汤很有营养，路边有家店，我已经跟老板把成年的鸡公定好了。”

我拍了下她的肩膀，说听杜总的。至于那只鸡，你就替我养在山里吧。

7

我越来越不愿意回那座村庄。那座生我养我的村庄，那座我视作母亲和家园的村庄，越来越让我觉得委屈。春节回家，母亲偷偷告诉我，你大嫂让我吃保健品，说是能治糖尿病。母亲的糖尿病一直靠药物维持，几十种药品，生产厂家、性能、作用、功效我都了解个大概。但是有一样，母亲不能吃甜食这是最起码的。母亲把藏起来的瓶子拿给我看，普通药瓶大小，字小得厉害。我在正午的太阳底下看清了配方。白砂糖，维他命，其他物质。所有机巧都在这个其他物质里，也叫秘密配方。我拧开来看，是面粉一样的淡黄色物质，三百八十元钱。而母亲手里，已经积攒了四瓶。我问，她把钱拿走了？母亲惶惑地点头。我问母亲有没有吃。母亲说，吃了一点，齁死人。我抱起瓶子就要去找大嫂，被母亲拦住了。母亲说，我吃保健品的事，她不让我告诉你，你就当不知道吧。母亲的眼神像猫，目光里都是哀怜。她老了，仿佛有一阵风，突然就把她的精气神抽走了，她成了一个窝囊的人。我叹了一口气，以后怎么办呢？她会没完没了让你吃。母亲说，我一回只吃一耳挖勺那么多，或者，把里面的东西倒掉，装些奶粉冒充。我这里还有，她总不能再让我买吧？

这才真是让人欲哭无泪啊！人老了，就惧了儿女，仿佛那不是自己身上掉下的肉。大嫂一直对我颇有微词，说我认识人多，却不帮她推销产品。我总是充耳不闻。我能如何呢，我说服不了她。大嫂一直羡慕叫一个秀柱的人，他是我的高中同学。大嫂常挂嘴边的一句话是：秀柱比你过得都好！秀柱在城里开店，开豪华车。大嫂的产品都是从他那里进的货。秀柱就是大嫂的偶像，她做梦都想成为第二个秀柱。

有一天，我散步的时候一辆轿车悄没声地停下了。车窗撤下来，是秀柱那张贵气的脸，浮着一层油。秀柱父母都是残疾人，却把智商给了他。他上学的时候就成绩不好，但老师们都说他聪明。他没考上大学，却成了如今的有钱人。秀柱把车停下了，跑到另一边给我开车门。我受宠若惊，从没遇到过这么绅士的男士。车无声地向前滑，好车就是不一样，他的车仅次于福满的，不像我的车开起来就像拖拉机一样。我问秀柱有多少下线。秀柱说，那不叫下线，那叫产品推销员。我说，你能不能让我大嫂别做推销员？秀柱说，我能说服她？你不知道你大嫂多能，她打进神学队伍里去了！

原来村里有各种队伍了。学佛的，信教的，拜神的，练功的，五花八门。这些人过去都在乡镇企业上班，如今这些企业都垮了。大把的闲暇时间无处打发，许多邪门歪道就乘虚而入。大嫂总是企图和各色人等交朋友，但大家都防着她。大家都说，王桂发家的嘴忒能说，谁也说不过她。王桂发就是我大哥，年轻的时候当过大队书记。后来犯了错误，从那个位子上被人拉了下来。大嫂总是心有不甘，觉得书记的位置就像王的宝座，占有它就是占有了身家性命。她动用各种关系想让大哥复位，可显然能量还小。大嫂便在别处寻突破口，任凭我磨破了嘴唇也不行。秀柱说你大嫂可是能干的人，她总是恨财不起，恨家不发。我问她是怎么打进神学队伍里的。秀柱说，如今前街神学队伍李福成是领头羊，他家跟你们沾点亲戚吧？我说，等一等，福成哥不是信奉神仙么？秀柱不以为然说，反正都是神神道道那一套，谁知道他们学的是什么玩意。不等我有表示，秀柱又说，对，你管他妈叫干娘——你大嫂也管那老太太叫干娘。

怎么会！我知道大嫂是极不喜欢干娘的人，干娘来我家，她前后窗打开通风，坐过的地方她要反复扫，她嫌干娘邋遢。

我问，大嫂打进去又如何？

秀柱说，还能如何。别人如果能说服她，她就跟着巫婆学跳神。别说，那也一样能挣钱，眼下乡村流行这个。她如果能说服别人，别人就做她的产品推销员——你别那样看我，挣钱的是你大嫂。

我说，你拿大头儿。

秀柱说，混到我的级别，你大嫂也一样。

我看着车窗外，心里失望至极。混到秀柱的级别，一直是大嫂的梦想。她曾左三右四劝说我帮她开店，说秀柱因为开了店才挣了大钱。她不知道我拿不起这笔钱，就是拿得起，我也不会给她。隐忍了一个冬天，柳树冒芽了，它们也是一岁一枯荣。大嫂的春天却一直遥不可及，她是一个有许多理想的人，从打年轻的时候起，就为一个一个注定实现不了的目标奋斗努力。

如今她和干娘与福成哥联手了？这真是一件可怕的事。世界上的事加在一起，都没有这件事让我觉得恐慌。他们不是人跟人相加，是思想跟思想相加，意识跟意识相加，观念跟观念相加。没相加之前我就不是他们每个人的对手，如今只能在遥远的滇西唱一声喏：甘拜下风。

只是不知道干娘怎么样了。我用微信的手机跟平常生活用的手机是分开的，自从上了飞机，那个手机就一直没开过，我懒得开。也就是说，福成哥打不通我的电话，我成功屏蔽了他。

老实说，我不惦记干娘。不愿意听到有关她家的任何消息。即便被他们认为是忘恩负义，我也心甘情愿。我实在是腻歪那个角色。

微信里，福成哥一直没有动静。奇怪的是，也再没见他发朋友圈。我小心地想，是不是干娘殡天了？他可能一直在忙，没空发微信？

这个想法会让我稍微轻松一下。躲到云南来，这才是我真正的目的——躲过一个人的葬礼，在我是比天都大的事。我谨慎地提防自己发微信的愿望，害怕一不留神手欠，前功尽弃。我只要不发朋友圈，他就联系不上我，我就可以对他们视而不见。

想起喂鬼的事，时过境迁，我没有像在家里那样觉得惶恐了。想想自己也觉得好笑。当时也没有跟大嫂问仔细，就急忙订机票逃了出来。我实在是让罕村的风俗吓出毛病了。

我深入了原始森林的腹地，一边走一边查看路径，看周围是否安全，也看走过的路留下的痕迹，防止迷失方向。大尾巴松鼠多得出奇，它们就在我周围吱吱地叫，似是在欢迎，又似是在抱怨。被人砍伐的松树真不少，斧头在树体上留下了乱七八糟的印记，看着让人心痛。松枝被从树身上卸了下来，这里攒一堆，那里攒一堆，有些松枝还很新鲜。森林里有许多野花，白的黄的红的粉的，与在家乡不同，我一种也不认识。这真是一个遥远而新奇的地方，遥远新奇得让我心安。我选择一个树墩坐了下来，那种馥郁的松脂香味，是天底下最好闻的气味。我情愿一辈子坐在这里，一生一世闻着它……树林里有很多树木的尸骸，它们干枯糟朽，身上长着蘑菇木耳。当年扑下来什么样，现在依然什么样。有的匍匐在地上，有的则倚在另一棵树的身上，终年无法让自己沉落。它们可能因为大风、暴雨、雷击，在某个薄暮或清晨折断了自己。像个巨人一样，也许，它们也曾哭叫过，号啕过。一棵树，或一个人，没有什么两样。植物，动物，真的没有什么不同。一种悲怆的感觉袭击了我，顷刻眼睛就湿了。

三三用语音呼叫我，王老师，您在哪？

我没敢说我在原始森林，我怕她担心。我说我在前面的山坡上。

三三说，杜总让我通知您，他大概一个小时以后来看您。

什么！我立马站了起来。看了下时间，心里计算路程，几乎没有片刻迟疑，抬脚就往回走。我摸摸头发，理理衣裳，想无论如何也要先赶回去，照照镜子。我总不能用刚钻出原始森林的样子跟阿祥照面，作为女人，这有些残酷。往回走才知道，爬坡不是想当然，这里是海拔两千多米的高原，根本喘不上气。于是放缓了脚步，悠着走。折了一根树枝当拐杖，绕过那些可能绊脚的枯藤和树木的尸骸，尽可能走“之”字形。我想，阿祥不是外人。即便是外人，我什么样，又与他有什么关联。

我在一个小时以内赶回了宾馆。

我进到里间，想先换件衣服，洗洗手脸。没容打开柜子，听动静就知道，外间已经人满为患了。我只得反身出去，警告自己别慌张，别寻找阿祥，不能让人看出我们是初次见面。这是大关键，我不能出他的丑。我要笑眯眯地站在里间门口，等着阿祥跟我握手，我怕人长得相像，认不出。果然，阿祥熟络地走过来，随意说，怎么样？还习惯吧。阿祥穿一身蓝色的运动衣，旧的。运动鞋上沾满了泥巴，一点都不像当总指挥的人。我还想为见阿祥换件衣服……自作多情啊！我笑着说，很习惯，我喜欢这里。阿祥这才介绍随员——书记、镇长、副总指挥、工程处的干事、宣传委员。真是一支大队伍。他为自己鞋子上的泥巴不好意思，说刚从工地上赶过来，正好路过这里。大家都坐了下来，三三没处坐，忙着给大家倒水。阿祥问我有没有什么想法，有想法一定要说出来。我心里一动，觉得已经打扰太久了。我说，我想回大理，我每次都是在大理路过，从来也没好好待几天。

我想我这个理由能成立。那里不是阿祥的势力范围，这样他就可以不用照顾我。阿祥拧了一下身子，说，那怎么可以，我还给你准备了另一个点位呢，与这里风格完全不同，你不过去看一看，太遗憾了。

我看着书记、镇长说，太麻烦大家了。

阿祥敏感地说，你没有麻烦他们，你是在麻烦我。

书记、镇长都笑。说若不是杜总，我们请都请不到王老师，王老师是大城市的人。

我说，我不住大城市。我那里叫埙城，地处京津唐三角地带，是个小城市，革命老区，经济欠发达，财政收入三十几个亿。大家都笑，觉得我是在说笑话。地处京津冀，还能欠发达？三十几个亿已经不少了，你知道我们多少？两个亿还不到！

可我知道书记、镇长终年为钱发愁，年年保人吃不保马喂。年底的财政预决算报告用了史无前例的四个字：雪上加霜。年年难过年年过，年年过得都不错。

短暂的紧张过去了。我一直憋住不让自己笑。因为我看出来了，阿祥其实也紧张。身体拧过去，就再也没有拧过来，他的坐姿很别扭，整个身体呈“之”字形。也许就是为了遮掩紧张，他一直滔滔不绝说工程上的事。这两天其实是有大事发生了，因为拓宽了路，路上有浮土，一个老乡开农用车时车翻到了沟里，摔断了腿。阿祥这两天一直在处理这件事。老乡说，我不说让政府赔我腿，因为骨头会自己长上。可我的车磕破了，政府要赔我一辆车！

“那是辆破车。”阿祥笑着说，“老乡也狡猾着呢。”

我问后来是怎么解决的。

阿祥说：“人弄到医院，骨头接上了。车弄到修理厂，修好了，着人开了回来。”

想到我这几天优哉游哉的生活，顿时心生愧意。我坚持要去大理。阿祥坚持说不行。这里是哀牢山脉。你读过金庸的小说么？你还没去过无量山呢。大老远的来，你不去无量山，无量山还等着你呢。

我说，我对金庸的小说不感兴趣。

阿祥说，这与金庸没关系。不去无量山谷看樱花，你就是白来响泉。

8

我问到另一个点位要多久。阿祥轻松地说，很近的，快点开大概四个多小时。

我难以置信。问，这是镇与镇之间的距离？

阿祥看了我一眼，说我大惊小怪。这里是滇西南啊，知道什么叫地大物博吧？

我扑哧笑了。家里的保姆去了趟邻县，二十几公里的路。回来跟我感叹：我们国家真是地大物博啊！

我注意到，车还是去大理接我的那辆车，但司机不是同一个人。这是一个小伙子，也就二十几岁。此刻司机偏了下头说，王老师放心，我技术好，四个小时准能赶到。

就像说的是四十分钟一样。

沿路有风景。阿祥说，或者，你睡一觉？

我瞥了他一眼，阿祥话真多。

好吧，终于跟阿祥坐到了一辆车里。我其实有许多话想对他说，那些话有点形而上——我们习惯说形而上的话题，或者，我们只会说形而上的话，这是网友之间的特质。可氛围不对很难说出口，尤其是这样面对面，我们都还不习惯。看样子，阿祥也不准备给我时间，他的话几乎风雨不透。

“那个村子，看到没？翻过那个山脊，就是云落。今天没有时间，否则我真想请你去一趟云落，我在那里长到十六岁。父亲在镇上当邮递员，靠两只脚板给周围的村庄送信。这条路是后来修的，显得云落交通便利了些。但当时不是。我们去镇上读书，每天要跑十几里山路。父亲是个有见识的人，他那时就想在镇上盖房子，好方便孩子读书。可家里穷，既没钱，又没建筑材料。但大家都知道老杜的想法，邮局旁边有块空地，镇里给了他。他去村里送信、送电报，村里人为了感谢他，就送他根木材。杉树、松树、橡木、椴木，什么木材都有，多粗多细的都有，五花八门。经常是，他背着绿兜子上门，临走肩上多了根木头。有时候，几根木头扛不动，村里人就给他送下山来。他用几年的时间，集齐了所有的材料，然后老乡们一齐动手，在镇上盖起了三间木屋。从此我们才算在镇上有个家，再不用跑来跑去了。我和两个哥哥，都在那栋房子里完成了九年义务教育，然后考上了理想的学校。”

阿祥指给我看，现在的镇上已经很繁荣了，有五层楼，有商贸一条街，甚至有电影院和公共厕所。我们正在拐过一条“丫”字路，过去的邮局就在这条街的中间部位，旁边有一棵古柏。只是后来搞规划，拆迁了。

“云落的房子呢？”我问。我好喜欢云落这个地名。

阿祥说，云落的房子仍在。父亲在世时一直住在那里。他不住响泉，说响泉汽车太多，天气太热。他年轻的时候一心要往外面奔，老了，说啥也要住在山里。

回归。我想。年轻时和年老时的想法经常背道而驰。

“你们上个学可真心不容易。”我感叹。我读初中的时候去乡政府所在地上学，三里地每天还愁得不得了。经常偷着骑家里的自行车，因为没有车闸，栽得鼻青脸肿。后来我们在田地里踩出了一条对角线，因为学生多，那条对角线越踩越宽，寸苗不长。因为这条对角线让我们想起了勾股定理，我们管那条路叫“弦”路。

阿祥说，现在也不容易。乡村的衰败显而易见，年轻人都进城了，村里只剩下了老人儿童。许多学校合并以后，过去的困难又回来了。孩子小，每天不能跑那么远的路。学校便腾出校舍让学生住校。一个大孩子负责带一个小孩子，小孩子夜里尿炕，能把大孩子漂起来。大孩子揍小孩子一顿，是常有的事。

我想笑一笑，看阿祥一眼，却没有笑出来。“友谊也可以是这样培养出来的。”我朝远处看，“若干年以后，当他们长大成人。”

阿祥有些落寞，说：“你那里肯定不存在这样的问题。”

我清楚，他是指乡村的衰败。我们在网上探讨过这个问题。阿祥的亲戚在产科当大夫，接触到的最小的母亲只有十三岁。男孩子要外出打工，家长便要求男孩子娶媳妇、生孩子。他们觉得，有了孩子就是飞得再远的风筝也把线留在了家里，他们不知道，很多时候这只是增加了悲剧的筹码，把一个悲剧变成了两个甚至三个。我默然。我又想起了日益喧嚣的罕村，再也不是那个我熟悉和亲近的村庄了。我是被“喂鬼”这些概念吓着了，逃出来的。一想到要在干娘的葬礼上像木偶一样遭人摆布我就受不了，那些“大了”很会摆布人，他们能把权利使得花样翻新。可我不能断然说我不听从摆布，这会遭人耻笑。在埙城这不算什么，在罕村却不行。罕村有祖先的魂灵，有父母的脸面。骨子里的一些东西不能见天光日月，就像眼下，我不能告诉阿祥，我千里迢迢而来，只是缘于逃避。

只是……你逃避得了吗？

返程的日子愈近，我愈是忧心忡忡。

我跟阿祥说起一件事。那天我去另一个古村落，在山路上遇到了一位赶场回来的老人，我们叙谈了半天，老人为了能让我听懂，一直辅助着在地上写汉字，那字写得真是周正，像书法作品一样。那是一个贫寒的老人，衣衫称得上褴褛，胶鞋都破出洞来了。临分别时，我看了看老人的背篓，只有一包盐和一包粗点心。那一瞬间，我想到了山里日子的种种艰难，拿出了两百元钱想送给他。老人的脸上却出现了不屑，摇着手说，那不可以，那不可以。

阿祥不满地说："你又犯毛病了。这就是你的不对了，人家怎么可能凭空要你的钱。"

我说，在大城市，有多少年轻的男女，为骗你的一点钱要费尽心机。

阿祥哈哈大笑，说："这是在响泉啊。"

"响泉人民是天底下最好的人民。"我油滑了一下，掩饰了自己的不好意思。

即便是路痴，我也知道我们是在走"V"字形。小坎在西，响泉县城在北，而大水涧在南。我们要从一个顶点到另一个顶点，却不能直接从西而东。有一个词语叫“连绵”，我们小的时候就知道，那是形容山峦的。而真正感受到连绵，就在此时此刻的滇西。什么都穿不透这屏障，目光也不行。阿祥知道我的另一个身份是作家，对景点之类的地方不感冒，所以安排的都是偏远地方的乡镇。其实，对于我来说，响泉足够偏远，小坎也足够偏远。离开小坎有些不舍，情谊都是一点一点累积起来的。大水涧让我觉得格外陌生而遥远。我内心隐隐生出了不安。漫漫长路加重了这种不安的感觉。我在想，此次出行仓促而又草率，我不知道前边等待我的是什么。阿祥没有让我失望，小坎没有让我失望。那么，大水涧呢？

终于看到了大水涧的路牌，我长舒了一口气。动了一下腰身，做了要下车的准备。可阿祥告诉我，这里只是镇政府所在地，离住宿的地方还有几十公里的山路，那里是一片生态园，有几千亩土地，一方面搞种植养殖，一方面搞旅游开发。所谓公司介入型，就是指这种模式。

这些名词我都不陌生。我也曾分管过一段设施农业。那是挂职的一年多时间，在遥远的山区乡镇，每天都与蔬菜大棚打交道。

车子沿着山路一直爬到坡顶，终于看到了一个牌楼，上书“无量谷”三个字。

司机停好车，我和阿祥下来了。这里有点一览众山小的意思。四野很开阔，土地平展展，绿油油。不似小坎天地都显得局促、狭窄。远处山峦环抱，似乎与天接壤。暮色四合中，村庄在林木中闪现，都是白墙黑瓦，别是一种古朴韵味，却有些像人到江南。我顿时心情开朗，深吸一口气，空气里似乎都能闻到麦花的香味——那是大麦花的味道。阿祥介绍说，这里与小坎不一样，这么远让你赶过来，就是想让你充分体会一下不一样的风土。我还一直没有向阿祥道一声谢，现在也同样说不出口。我看着阿祥，瘦溜的身材，像一株匀称的水杉。戴一副近视镜，镜片后是一双和善的眼睛。嗯，是一双小眼睛。

我想，以后我会邀请阿祥去我的家乡做客，带着妻儿。我甚至想，我就请他们住在家里，亲手做一日三餐。

没有什么比这种陌生的情谊更深厚的了。

司机取下我的行李箱，顺着栈道往下走，那里有蘑菇似的一群小房子。

9

临建房的内置也像宾馆一样舒适，背靠高高的夯土坝，土坝与房子之间，是带子样的一根小径。齐大姐曾在县里任要职，辞官不做到这里来搞服务。阿祥介绍说，齐大姐是他最佩服的人。生态园区从立项审批到落地开花，都是齐大姐在一手打理。很多事情别人去做要费九牛二虎之力，齐大姐利用自己的影响，一个电话就解决了。为了留住这家公司在本地投资，齐大姐舍弃了自己的官位，在这里帮忙打理。公司董事长常年在国外，齐大姐把公司经营得像个大家庭。齐大姐的普通话说得很标准，园区内坡上坎下没有一块完整的平地，齐大姐却穿着足有三寸高的高跟鞋。她就那样跟我们跑来跑去。齐大姐解释说，年轻的时候，在职的时候，没穿过一双高跟鞋。从工作岗位上退下来，一下就成了高跟鞋爱好者。“高跟鞋是一种警醒，它也提醒你不懈怠。你要问脚难受么，这就像过日子，要想过好日子，就得多吃苦。”齐大姐说得很郑重，让我一下对她肃然起敬。到茶室喝茶，天空已经晦暗了，齐大姐打开了日光灯。我和阿祥坐到了一边。趁人不注意，我小声问阿祥，你会在这里住上一晚么？阿祥很为难，说那样明天就要早起，工程指挥部有一个重要会议，因为省长要来视察。这是大事，我心里自是明白。我用茶杯挡半边脸，半开玩笑说，你不能把我一个人丢在这里。阿祥扮了下鬼脸，近乎耳语说，都丢好多天了。热乎乎的气息吹飞了我脸上的头发，估计半边脸都红了。阿祥终于还是住下了，我很高兴，准备了很多话题跟他探讨，结果坐到对面，忘得无影无踪。阿祥依然在谈重点工程，修路，办电，引水，都是造福一方的大事。大山里的乡亲太不容易了，他们很多人就像生活在魏晋时代，社会进步的风穿不透大山，一点也吹不到他们。这种公司介入型更直接一些，这个工程前期投了五个亿，周围十几个村庄都能有收益。你明天到附近村里去转转就知道了，修路，修房，打理村容村貌，大水涧走在了全县的前列。

“都是你的功绩。”我说得很由衷。

阿祥郑重说："怎么可能。这不会是哪个人的功劳，任何人的力量都很渺小。"

我说，你觉得乡村的衰败能够避免么？

这样的话题一直是我们关心的，也是我们在网上长久探讨的。南方和北方，平原和山区，内陆和沿海，东部和西部，上穷碧落下黄泉，两处茫茫皆不见。

阿祥说："这取决于时间和空间。社会发展到特定阶段，某些地区的人口净流出，衰败就不可避免。我们所要做的，一方面是坚守，一方面是建设。你知道'逆城市化'这个概念么？"

我摇了摇头。我是想听阿祥详细解释。

阿祥说："简单说，就是城市人口外流。二十世纪七十年代，美国人口发展出现了异常现象，非都市地区的发展速度超过了大都市。这一现象被某些学者称为'逆城市化'，从而出现了两种看法：一是美国城市化历程中的转折点已经来临，逆城市化已经取代城市化，成为这个国家居住模式的主导力量。第二种观点认为，所谓逆城市化现象，是由于特殊事件的影响，主要是经济因素和人口因素，经济滑坡和人口膨胀。"

我景仰地看着他，他经常让我佩服。

阿祥却有一点羞涩，说对不起，掉书袋了。可这些概念我通俗不起来，我不是作家。

你是。我说。

我不是。阿祥说。

落地灯站在角落里，阿祥背对着它。巨大的身影投射到墙上，却只是一个轮廓。房间狭窄，我开始是坐在床沿上的，腰椎实在难以支撑，我悄悄顺着床沿卧下去，阿祥说我像个卧佛。阿祥在网上给人的感觉是一个轻松的人，经常妙语连珠，坐到对面，我却能感受到他的沉重。他的思想里流淌着大江大河，我却不能游弋。阿祥的话题没有全部吸引我。我的思绪一直跳来跳去。忽而就想到那座叫罕的村庄。我为它写过无数文字，在那些文字中，它美丽、灵动、健康、朝气，曾吸引人来寻访。

我的那些有关它的文字，从没涉及一个“痛”字，我总是尽可能地虚化和粉饰。可实实在在的，它经常让我痛，痛到无法言说。我甚至搞不清是我虚伪还是我的文字虚伪。

阿祥继续说，他一直关注国内“逆城市化”方面的信息，这在城市学界争论得很厉害。有人说有，有人说没有。其实不管理论上如何争论，形势不可逆转。就个体而言，人们对乡村、乡野的向往越来越具象。比如你，不惜打飞的跑几千里来到大西南……

我的脸有些发烧。我还是不能说什么。可实实在在地，我觉得自己就像个骗子。

阿祥的电话响了。很好听的铃音，是水滴石穿的声音。阿祥站起身，接通了电话，脸色骤然一变。他回身对我说了句，工地上出事了，我得马上赶过去。话没说完，人已走到了门口。司机小吕在隔壁，他喊了一嗓子，就顺着那根带子一直朝前走。阿祥在黑暗中问了句：“你是31号飞机么？”

“中午11点。”我追在后面大声回答。厚重的黑夜把声音撞得嗡嗡响。

我惶惑地看着他的背影，像座山样地移动。小吕从屋里蹿了出来，从我身旁像只蝙蝠一样飞了过去。很快就跑到了阿祥的前面。我朝前走了几步，像瞎子跳井，不得不停下脚步，让眼睛适应一下。一会儿的工夫，前边的身影已经被黑暗吞噬了。汽车打火的声音。大灯倏然一亮，前面的几棵树木突然被光华沐浴，通体金黄。雷达的轰鸣声把寂静挑破了。石子被碾压得发出了嘶鸣，声音格外刺耳。一个强转身，汽车疾驰而去。光亮跌落，黑夜被撕开的缺口很快愈合，就像什么也没发生。天地变成了一个混沌的整体，万物都安静了。我的心一下就空了，眼角情不自禁溢出泪来。

我在黑暗中怔忪了很久。

早晨一边洗漱一边给阿祥发了微信：事情怎么样？

我一宿也没怎么睡。后半夜刮起了大风，你不知道在山上听风是多恐怖的事，尤其是住这种临建房，连吊灯都跟着房屋在发抖。晨曦微露时，大风那头怪兽终于疲倦了，可我仍然没有睡意。窗帘拉开了一条缝，窗外的那株冬樱在探头探脑，它是那么想到屋里来避避风寒。阿祥昨天告诉我，我来晚了，冬樱的花期刚过。我说，我不是为看樱花来的，我能想象它开花时的样子。

阿祥没有回复我的消息。

早餐桌上我跟齐大姐碰了面，齐大姐并没有跟我谈起阿祥。我吃了一只煎蛋一碗面。自从到了云南，胃口就好了，总是出奇地能吃。齐大姐说，阿祥的客人就是我的客人，安心待在这里。有什么困难跟我说，想了解什么情况就问我。我谢了齐大姐，问昨晚听说出了什么情况么？齐大姐说没有。齐大姐只说了两个字：没有。我想，也许她真不知道，或者，她知道却不方便告诉我？

忽然想起我存有小程的电话。我给他发了短信：杜总说工地出事了，严重么？

我做这些事，不是因为别的，而是想表达一份关心。作为一个添了麻烦的陌生人，我越来越心里惴惴。

小程很快回复：王老师，早晨好。请放心，一切都好！

一切都好就好。小程的短信我看了两遍，心底终于轻松了。

我跟齐大姐打了招呼，顺着山路往园区深处走。园区有许多顶军用帐篷，是早期的创业者驻扎的，现在用它们来安顿民工。垦荒需要大量的劳动力，起初，周围的村民不信任他们，他们就手提着蛇皮袋子发日工资。这是四年前的事，如今生态园区已经有模有样了。各种蔬菜水果都是小规模种植，是为保证食堂供应。大规模种植了百余种中草药，红花、丹参、三七、当归、板蓝根，这些植物过去我只听说过却没见过，真是大开眼界啊！一面山坡上都是地涌金莲，被佛教寺院定为“五树六花”之一的地涌金莲！清香，娇嫩。那种灿灿金黄，瞬间便能俘获你。它具有解酒、解毒、止血等多种功效。我站在山坡上，望着那一片金黄，忽而热血沸腾，忽而心如止水。天地是一种大安静，万事万物都随风。我想，我终于理解了阿祥为什么执意让我到这里来，这里确实跟小坎不一样，我应该过来看看。

这里无疑也有他的心血。项目前期都会涉及征地拆迁，他曾经戏称自己是救火队队长。少数民族地区情况复杂，这里才是他大有作为的地方。

我在大水涧耽搁了三天。走了三个村庄。在一个叫鹿港的村庄，我结识了一位美丽的彝族少妇。当时我刚从豌豆地里穿越过来，紫色和白色的豌豆花大面积盛开，微风吹来，空气里都是甜香的气息。我顺着垄沟走，偷偷揪了一个豌豆角放进嘴里，嚼出的是少年的滋味。那时我们十多岁，在豌豆地里挖野菜，被年青的豌豆角馋得流口水。可我们只有结伴才能去豌豆地里，因为要彼此监督。有时偷偷吃一个，嘴巴半天不敢动，囫囵个地就咽下了。因为总有人冷不丁地逼你说话，你说话就能暴露嘴里有食物。转天到学校就要接受全体同学的批判，罪名就是，偷吃集体财物。

村外的小石桥弓起了腰背，我就是在小石桥上看到了这对母女。小女孩只有两岁，长得就像朵豌豆花。她奶声奶气地问我，你是谁啊？我居然听懂了。我蹲下身去，问她叫什么名字。小女孩说的名字我却听不懂。妈妈赶了过来，说小女孩叫英娥，她在地上写给我看。我有些恍惚，这怎么有点像仙家的名字。妈妈站起身来说，走，到家里喝碗水吧。

我踩着石板路，跟在那一对母女后面往家里走。英娥妈妈问我要去哪里。我说是无量山谷的客人，就住在公司的客房里。英娥妈妈高兴地说，英娥爸爸也在那里做事呢！

我问具体做些什么，她却说不详细。可她自豪地告诉我，英娥爸爸是初中毕业。过去在广东打工，自从她生了英娥，英娥爸爸就不舍得离开家了。因为在家里也能赚钱。

我问这样的青年村里多不多。她点头说，多。附近能挣钱，谁愿意背井离乡啊。

我心里默记了下，要把这样的消息告诉阿祥，这是能让他欣慰的事。

走进了一所宅院。厢屋的火塘里火苗正旺，上面坐着水壶。英娥妈妈拿来了苹果、酸奶招待我。我接过来放到了一边的矮凳上。英娥妈妈注意地看了一眼，扑闪着眼睛说，你们大概不喜欢吃我们的东西。她的意思是，我对他们的食物心怀戒备。

我想，这怎么可能。需要戒备的是你们才对啊！

我说，你们的东西都是从山外买来的，还是给英娥留着吧。

屋梁上悬挂着米粉和腊肉。英娥妈妈说，那你就留下来吃顿饭吧，我这就给你做碗米线。

我只能摇头，虽然我很想留下来，尝尝正宗的云南米线。我摸了摸衣兜，一分钱也没带出来。我说，公司里的食堂有饭，我们就聊聊天吧！

10

小程送我去机场。遥远的路程一直没有主动说话。阿祥一走就没消息。短信、微信我都试过了，他都没有回应。昨晚，就送机问题我一直在等他联络我，可他踪迹皆无。后来是小程主动打来了电话，让我心里非常不舒服。我心说，阿祥骄傲了。他一定是骄傲了。男人是有这个毛病的，很多时候，他们乐意用强势的方式表达轻慢和轻视。齐大姐让食堂给我准备了早餐。齐大姐没有吃，她坐在旁边看着我。齐大姐说，你来这里一次不容易，这次走，以后还会再来么？

因为心里不舒服。我连言不由衷的话也不想说。我回答她，这样的可能性非常小。

不舒服的感觉顶满了胸口，吞咽一口面变得特别困难。我放下了碗，是那种粉花大瓷碗，在我的家乡根本没人用这种碗。我想我这次耽搁得太久了，才会让阿祥一走就没有消息。是这样，一定是这样。上车之前，我下决心给阿祥打了个电话，“您所拨打的电话已关机”。我一下就愣住了。

司机是接我从大理到响泉的人，我一直没有请教他贵姓。我问小程，杜总那里是不是有什么事？我为什么联系不上他？

小程慢悠悠地说："杜总这两天特别特别忙，他特意拜托我送王老师去机场。"小程的话说得黏糊糊的，就像没睡醒一样。

特别特别忙也不是理由。我自言自语说，早晨他的电话关机了。他的电话不应该关机吧？

我的意思是，作为工程的总指挥，他应该二十四小时开机。事实是，他不止一次说起过。

小程想了想才回答我，他大概有特殊的事。比如，参加重要会议。

从我的角度看，这回答随意而又敷衍。我闭紧了嘴。

车里的内置看着眼生，顶上吊了一条蓝色的布鱼。但分明这也是一辆丰田越野。我说，这辆车好像不是接我时的那一辆。

小程说，王老师好眼力。那辆车去大修了。

登机之前我又一次拨打了阿祥的电话，这次电话通了，却许久没人接听。

想象阿祥看着手机不接听的样子，我忽然变得愤怒，把手机狠劲关上了。

从北京机场 T3 航站楼下了飞机，那十多天的旅行就像一场梦境，随着飞机前行潮汐一样往后退去。在天空上飞，确实也是梦中的感觉。大朵云团就在身边簇拥着，仿佛伸手就能扯下一片云絮。

我望着窗外，眼睛干涩，却没有一丝睡意。离开大水洞，心中有些东西慢慢氽下了。阿祥最后的举动伤害了我，虽然从道理上说，他也许真的事出有因，这些日子的行程，也足够让我感激。可有些东西仍然挥之不去，无论我怎样努力，那股悲伤还是难以逆转。三个多小时的飞行很快就结束了，北方仍是灰突突的天空，透过机场巨大的玻璃帷幔看去，落日像蒙着厚厚的风尘，让你根本无法相信南北的太阳是一个太阳，寰球同此凉热是个见鬼的事！太污糟了，真是太污糟了！胸口一热，水雾便从眼里喷出，我使劲抹了把。在出口，严先生温和地笑着向我招手。好吧，我重申一下，他是我丈夫。他的温和感染了我，我的心一下就敞亮了些许，摇一摇头，晃掉了所有的不愉快。他接过行李箱，朝后招了下手，说你看谁来了？我一下定住了。手脚瞬间变得僵硬，仿佛从冰箱里大变出了活人，脸上一定长出了白毛霜雪。福成哥搓着手朝我走来，他接过了我提着的一个袋子，嘴里说，云丫你可回来了。你再不回来我们都要急死了。

福成哥脸上挂着的虚饰的笑，在我看来那么狡黠和恐怖。仿佛是一只蹲守的狐狸，终于等来了它的猎物。

我不想走了。我真的不想走了。我想坐下来哭一场。我心里原来蕴含着那么多的委屈和不满，却没有机会发泄。我没打招呼就跑去了洗手间，对着镜子使劲往脸上扑水。进来的人都奇怪地看我一眼，哪有女人在途中洗脸的道理啊。我得好好整理一下情绪，免得失控。我爆发起来估计相当于几吨TNT。我对自己说，福成哥不是别人，是小时候给你砍甜棒、编蝈蝈笼子的人。你提着蝈蝈笼子走街串巷炫耀，让多少人眼馋！你嚼甜棒的样子，让多少伙伴吧唧嘴！就这样吧。就这样吧！我深吸了一口气，走出了洗手间。严先生和福成哥正在说笑。他们都春风满面，仿佛接到了天上掉下的馅饼。这个馅饼不是别人，就是我。作为一个馅饼我怎么那么倒霉啊！这个时候的严先生简直面目可憎，我一眼都不想多看他！心底的一些坏情绪瞬间又要爆棚，我闭紧了嘴。我们组成一支队伍朝停车场走。福成哥主动走到了前边，我终于可以和严先生单独说句话了：你怎么让他来了！严先生告诉我，他正要出门，福成哥刚好走到了家门口。听说去机场接你，他二话不说上了车。我的烦躁都挂在了脸上，我不认同这个解释。严先生着急地说："你别这样，福成哥也没别的意思，你何苦这样！他说干娘前几天就该往生了，可就是迟迟不闭眼。她是在等你。站在他的角度，他不这样还能怎样？"我的心"咚"地被圆木撞了一下，连胸口都是痛的。我已经有几天没想起这个干娘了，我不愿意想起她。我说，也就你信他胡说。严先生说："他昨天就来过埙城，躲在路对面偷窥。我其实看见他了，他却以为我没看见。唉，我知道他是来找你的，却不好意思来我们家。"我停住了脚步，眼泪终于汹涌而落。眼泪不是源于悲伤，也不是难过。什么也不因为。有个词最近才流行：悲催。我就是个悲催的人啊！这就是命了。我想，真是逃不掉的宿命啊。我刻意逃避些什么严先生并不知情，干娘是我的，不是他的。严先生却给吓住了，着急地说，你是不是遇到什么事了？我赶忙摇了摇头，抹了一把脸，不好意思地笑了下。严先生这才松了一口气，说你快别这样，你以为你是小孩子么？让福成哥看见多不好。我也没想让福成哥看见。上了车，福成哥小心地凑过来说，你这几天在外面开心吧？我看着车窗外，那些灰头土脸的杨树刚冒芽。想起失联的阿祥，我叹口气说，有什么好开心的。

“你的那些同事呢？”福成哥问。

“他们要过几天才回。”我只能接着撒谎。

“我就知道你放不下你娘。”福成哥简直有点兴高采烈。

福成哥在南环路的路口下了车。那里停着去往罕村的公共汽车。严先生真诚邀请他去家里吃饭，福成哥说，我得赶紧回去，告诉你娘云丫回来了。

我说，我明天再去看干娘。

福成哥慌忙说，你出门累，先歇着。有事情了我再通知你——你开着手机啊！

福成哥是个敦实的小个子，站在马路牙子上，就像个不倒翁，殷殷地朝我招手。我让严先生停车，跑过去给福成哥买了车票，福成哥是感激涕零的神情，说云丫，你总是对我们那么好，难怪你娘管你叫亲闺女。

我说你赶快上车，待会儿就没座了。

剩下了我们两个。严先生说，你照镜子看看自己，这一路脸长得能拴头驴。你哪那么多坏脾气。干娘要死了，你去看一下，这有多顺理成章。

我几乎是吼出来的：你知道他们想让我去干什么吗？去喂鬼！

严先生看了我一眼。

我终于可以痛快说话了。唠叨说，我出门十几天，就是为了躲避这些人的愚昧和愚蠢，可我躲不掉。他们大搞封建迷信，还要拽着我。走的时候说干娘最多能活两三天，可我出去了这么久，她居然还在等我。我不愿意看到福成哥，你又第一时间把他送到了我的眼眉前，我就是个受烦的命。

我的语调有一种做出来的悲伤。

严先生笑了一下，说："喂鬼是佛教法事，他们怎么用上了。只是……为什么让你喂鬼？"

我惊讶地问："你说什么？喂鬼是佛教法事？"

严先生说："佛事有一种仪式，是根据《救拔焰口恶鬼陀罗尼经》举行的，也叫放焰口。恶鬼的名字就叫焰口。佛道两家都有这种仪式，其实就是赈济鬼魂，给予法食令其饱满。民间也许把这种行为扩大了，变异了。但无论如何不值得大惊小怪——只是，他们为什么要让你喂鬼？"

我闷住了。我没想到喂鬼还是一桩法事，我以为是干娘他们装神弄鬼编出来的。

人还没进家门，大嫂就把电话打了过来。说你既然回来了，就尽快来看干娘吧。你现在来，也许还能让她得济。不容我说话，母亲的声音出现在了话筒里。母亲先咳嗽了一声，然后才说："云丫啊，大家都说干娘在等你，水米不进她已经熬十三天了……"

不等母亲说完，我说，我去。

11

进了罕村，我就脱了属于埙城的那层皮。那层皮有多种成分。国家干部、知识分子、严先生的妻子，诸如此类。罕村在津围公路左侧，要过一架水泥桥。车刚到桥上，福成哥就把电话打了过来，说干娘往生了。车子剧烈颠簸了一下，牙齿磕了下舌头。她没有等我看她一眼。她知道我不愿意见她，所以她没有等我。她是识时务的人，一个老而成精的人，被人称作老菩萨，没有什么不明白。福成哥说："你们慢慢走，注意安全。进到院子里千万别哭，你娘听不得哭。"我问，都需要我准备什么？福成哥说："不需要，你就管喂鬼。"

从大桥上下来，我揿下了车窗，路两边有相熟的人跟我打招呼。他们说，你来得真及时，不愧是做干女儿的。老菩萨刚咽气，你就赶来了，你们娘俩有缘分。有你这样的女儿，是她这辈子修来的福报。

我在干娘家门口碰见了秀柱，他刚从那所宅院出来。秀柱说：

“你还真来了。他们说你来，我还不相信呢。”我尴尬地笑了下，想起了我来得是多么不情愿。秀柱小声说：“知道我是干啥来的么？我就告诉你一个人——我是代替福满来的。”他不说我都忘了还有福满这个人，在埙城坐最贵的车，县长见了他脸上也会堆满笑容。我说福满没回来？秀柱说：“他不想回来。但他买了一些纸钱让我带回来烧。”我说，他应该烧真钱。秀柱说：“烧真钱他也不是舍不得，但他不想烧。”我说，娘死都不来见一面，得是多硬的心肠！秀柱说：“嗨嗨，他有他的想法。”

院子的正中间，醒目地放着一口大棺材，酱黑色，棺材堵头上是一个猩红的“寿”字。棺材也叫“寿材”。棺盖翻开着，有人正在打磨和打扫。大嫂身边围着几个男女，正指点着跟他们说什么。看得出，大嫂是这场丧葬的核心人物，俗称大了。这从表情就能看出来。大嫂一辈子都在寻求这样的角色，只要有人注视，她就生机勃勃。看见我们，大嫂赶紧迎了过来，说干娘几天没睁眼了，可福成哥说云丫回来了，干娘突然睁眼四下打量，像是在找人。福成哥说，云丫已经在路上了，你就放心吧。干娘这才长出了一口气，把眼睛闭上了。

我有些不知所措，就见福成哥拿来一只碟子，里面倒了些奶粉。福成哥说，你把碟子放到外面的墙头上，就赶紧回家歇着吧。我问，干什么？福成哥说，喂鬼。你放到墙头上，鬼自动会来吃。只有你喂你娘才放心。我问为什么。福成哥说，喂鬼时你念叨一声，让他们善待你娘，那些鬼听你的。我问为什么，福成哥说，你是做官的，鬼也怕官人。

心里一抖，我差点说，干娘是有道行的人啊！

我端着碟子往外走，奶粉散发着一股甜香，味道非常好闻。说真的，我有些饿了。一早吃不下，在飞机上不想吃。折腾这一天，真是又饿又累。可我的心神都轻松了，甚至把碟子端得端庄些。院子里有人在埋锅造饭，有人在搭灵棚。大嫂叉着腰指挥人干这干那。不知她是被别人同化了，还是同化了别人。这还远不是结果。我出现的那一刻，院子里的人都停下了手里的活计，看我。我的步子有点乱，我还是觉得滑稽。可我不能让人看出我心里的想法。福成哥跟在我身后，唠叨着鬼没有牙齿，所以不能喂坚硬的东西。不能惹鬼生气，鬼生起气来不好哄。我问他听谁说的。福成哥说，你娘都知道。

我把碟子放到了外面的矮墙上，周围立时围过来好多人。我想张口说点什么，却说不出，心里默念的一些话，一句也说不出来。福成哥用勺子把奶粉往中间攒了攒。福成哥说："云丫给你们送吃食来了，她从云南专程跑过来喂你们，以后你们都对娘好点。她年纪大，磕了碰了你们帮帮她，可千万别不扶啊。"这话明显有典故，人群"哗"地一声笑。福成哥也笑了。一股风忽地扑面而来，我心说，鬼来了。

整个仪式不过几分钟，福成哥就催促我回家。他跟众人解释说，云丫在外开会十几天，连家门都还没进。

我灰溜溜地从那所宅院出来了。我被那些丧俗排斥在外了。

为什么还有些失望呢？

12

日子又显得按部就班起来。遥远的云南之行成了记忆中的一段往事，说起来会显得不真实。其实仔细算，也不过两三个月的时间。阿祥一直没联系我，我也没再联系他。那个论坛曾经红红火火，现在已经衰败了，只有两三个人影子一样在那里晃，就像孤魂野鬼。若是把那里比喻成一座宅院，大概长满了荒草。网络时代是妙语连珠的时代，我一直这么认为。我和阿祥都是妙语连珠的人，否则也不会惺惺相惜。如今一切都过去了。不是因为恩怨情仇。恰恰是因了缺少故事，相忘也才来得直白和干脆，让我耿耿。

反过来想，这有什么。

母亲的老宅久无人居。我陪她去柜子里翻找衣服。其实我想说，几件好衣服都给干娘了，然后都在长条坑烧了，连同枕头、被子、褥子、鞋子。对，母亲的一双兀了棉鞋也给了干娘，那是我从北京王府井买来的，花了大价钱。那晚我一个人住在王府井书店旁，淘书。那些书死沉死沉，比背一捆柴草都累。那双鞋子是我在橱窗外看见的，宽大，厚实。母亲可以在袜子外面加双毛袜子。糖尿病人的脚，是冰脚。想得很好，可母亲不理解我这份心。大嫂搬去新房住，母亲跟小弟去城里，这里的一切都过去了，母亲再想送人东西，已经无人可送了。想到这一点，我才感到悲凉。母亲把拐杖戳在门口，用钥匙捅开了那把锁。柜盖掀开时，“吱扭”响了一声，一股卫生球的味道就像放出来的老鼠，瞬间就钻满了屋子。

我便想起了六六粉味的点心。人生有多少虚妄啊！不论是干娘，还是我。

我去了后院。香椿树叶子老了。樱桃树上长满了腻虫。柿子树冬天冻死了。桃树歪歪斜斜，叶子深绿厚重。不知它春天有没有开花，开花的时候无人欣赏，不知它有没有伤心。野草都有小腿高，但草丛里一簇一簇的韭菜生机勃勃，那都是母亲种下的。荒芜了一阵，这宅子就能拍《聊斋》了。我找了把镰刀，这里割一把，那里割一把。舍不得全割，又舍不得不割。母亲在屋里喊我，云丫，有电话了！我好歹擦了把手，拿着手机回到了院子里。一个陌生的号码让我犹疑了一下，接通了。

“王老师。”

“你是哪位？”

“我是三三。”

我想了想，没想起三三是谁。年轻的女孩喜欢故弄玄虚，她们愿意用爱称称呼自己。我可不愿意被随便什么人打扰。“有什么事么？”我的口气有听得出的冷淡。

三三说：“王老师，今天是杜总的百天忌日，我们很多人都去墓地看他了。他埋在了无量山谷，我替您给他献了一束花。”

“什么！”我尖起了嗓子。

三三哽咽着说：“杜总去世一百天了，我们都很想念他。”

阳光忽然弹跳了一下，在院子里消失了。我这才感觉到眼前黑茫茫的，风把我眼前的景物吹没了。

我摸索着靠在了身后的墙上。

我问杜总是怎么去世的。三三说，那天杜总送您去无量山谷，回来赶夜路去施工现场，那里塌方了。结果，车翻进了沟里……

来的路上母亲还在说，干娘的百天忌日快到了。

初稿成于 2016 年 5 月

定稿于 2018 年 8 月

比风还快

1

表兄。我说。

表兄在电话里打哈哈：啊啊啊，有事吧？回头我打给你。

我就知道不能再往下说了。挂了电话，我靠在墙根上，给自己点了根烟。我平时不抽烟，今天特意在兜里装了一盒。我和表兄是光屁股长大的兄弟，小时候，姑姑姑父都在城里上班，表兄跟我一个被窝滚了好几年，轰都不走。表兄大我一岁，凡事我却让着他。我的生日，娘给煮了俩鸡蛋，我俩一人一个。我把鸡蛋囤在袖子里，拿到外面给他吃。他吃着，我看着，虽然口水咕嘟咕嘟往下咽，但我能忍。表兄八岁的时候才进城，上小学一年级。下了学就哭着喊着来我家。这个局面到他中学毕业才好转。我们村是个小山村，一共就两百多口人。村里人没有不认识表兄的，哪家的门槛子表兄都踢过。

我把烟抽完了，电话果然滴滴响了起来。我慌忙把手机捂到耳朵上，激动地说，表兄啊……表兄响声大气说，是长山啊，有事么？我噎了一下，小声说，我的事表兄不是知道么？表兄大概是扬着脑袋想了想，嘴里说，啊，是那个事啊，我想着呢。我紧溜说，家里败家娘们催得紧，否则我不老来麻烦表兄……表兄说，不就是你舅子那俩三码车么，小事一桩，你就放心吧。

表兄这么说，我立马就把心放到肚子里。这一阵子蔡金花天天逼得紧，搞得我头皮发麻。表兄是做大事的人，败家娘们总想把人家当自己的娘家兄弟，以为随便就可以使唤。我有三个小舅子，一个比一个不争气。但凡争点气，这点小事也不至于劳驾姐夫我，我求人也难呐！

表兄让我放心，我可不就放心了。

骑上电动车，我哼着小曲回家了。春天的小杨树刚绿上来，柳叶长成了小鸡黄，在夕阳的日照里，贼晃眼。来一次埙城不容易，我顺道拐了趟农贸市场，买了四两肚丝烂蒜，四两猪头肉，晚上喝点小酒，犒劳犒劳自己。今天把大事办成了，败家娘们总不能再抢我酒瓶子。七八里地的柏油路在车轮的奔驰中越缩越短，进了村，就有人不断给我打招呼。

进城了？

进城了。

找表兄了？

找表兄了。

事儿办妥了？

事儿办妥了。

大国从小就比乡下孩子聪明，要不人家做大事。

我表兄就叫胡大国。村里人没有不佩服他的，他跟县长在一个楼里办公。

小舅子蔡培从屋里窜了出来，吓了我一跳。我第一个念头就是，肚丝烂蒜和猪头肉都买少了，这个小舅子吃嗜食，只要有他在，我甭想吃得顺心顺意，我老婆恨不得把筷子长到蔡培的碗里，如果东西少，她就往兄弟碗里拨，唯恐她兄弟少吃一口。我皮笑肉不笑地说了声，来了？蔡培一歪肩膀，算是跟我打招呼。他跟在我的屁股后头进屋，她姐指头缝里夹满了鸡蛋从厢房里走了出来，我扫了一眼，就数出有七八个。他姐说，刘长山回来了？我说，刘长山回来了。她把鸡蛋飞快地放到盆里，抢先一步接过了我手里的吃食，又给我打帘子。这娘们就是这样好，只要心气顺，那叫有眼力见儿。我坐到家里唯一的一把“太师椅”上，他姐立刻给我端来了水，把脸凑近了问我，见着表兄了？我喝了一口水说，见着表兄了。蔡培也拉了把椅子凑过来，一副听我详说的模样。他姐拍了一下我的手背，让我从头到尾细致点说。我怔了一下，从头到尾？他姐启发我说，你不是见着表兄了吗？第一句说的啥，第二句说的啥，在哪说的，旁边都有谁，一个字不许漏，说。

我这才意识到还有麻烦。蔡培的三码车扣了好几天了，我每天都给表兄打电话，表兄嘴里应，可就是不办事。今儿一早蔡金花就跟我磨叽，说光打电话不行，你得亲自去见表兄。人怕见面树怕剥皮，一见面说不定啥都好解决。那个政府大院我从那里过过，但一次也没进去。咱一个庄稼人，进到那里心不虚胆儿也虚。咱脚上穿的鞋，身上穿的衣，一抖落浑身掉土渣，跟人家那个大院也不匹配，人家不嫌咱寒碜，咱也嫌自己寒碜。可再寒碜，那个大院我也是想去的，还想看看表兄的办公室，如果有可能，还想看看县长的办公室。今天晃到了政府的大门外，先被保安拦了一下，问我找谁。我说找表兄。问我表兄是谁，我说胡科长胡大国。我以为我报出表兄的名字人家会忙不迭地把我让进去。不料，那个嘴上还没长毛的保安晃着手说，你先打个电话，让他来接你。说完把笔扔给了我，让我在一张表格上写来访登记。我哆嗦着手把表格填完了，表兄却没接我的电话。没毛保安用不信任的眼光看我，倒好像我是在骗他。

后来表兄把电话打过来，我已经在墙根底下蹲半天了。他如果问我在哪，我会说就在大门口，他说不定马上就下来接我。可表兄一句“有事么”把我噎那了，话不能按着我的设想往下进行，我只能拣要紧的说。好在不管见面不见面，事情总是办成了，表兄这次答应得爽快，不像过去那样拖泥带水，这让我在蔡金花和蔡培面前拔起了腰板。您是不知道我家这个小娘子，顺毛驴的时候，说啥是啥。一旦翻了脸，神仙二大爷也不认。

姐弟俩一边一个催我快说，难为死我了。我是个能编谎话的人，有事没事爱写个豆腐块的新闻稿。可没见着表兄愣说见着了，这谎话不太好往下编。关键是，我不知道人家楼里什么样，否则我连窗户上有几块玻璃都心中有数。这些特点蔡金花都知道。当年她跟我搞对象，就图我脑子好使。所以这谎要编得圆，否则蔡金花一耳朵就能听出意外来。我脑子拐了个弯，故意虎起脸说，瞧你们这鸡毛脾气，就不能边吃边唠？我买的肚丝烂蒜油盐醋都放好了，时间长了就不好吃了。蔡金花拍着手说，对对对，我这就去炒鸡蛋，回头你们哥俩喝两盅。小舅子满脸崇拜地看着我，说哥你真行啊，县长住的地方也敢去。我满不在乎地说，县长有啥了不起，不也是一副肩膀上边扛个脑袋？小舅子多少有点小家子摆事[1]，他问我见没见着县长本人。这个时候我哪能说没见着，七个县长我一共见着四个，其中三个都给我递烟了。

小舅子“嗷”地叫了一声，没提防在我脑门子上啃了一口。我把身子仰成一百八十度也没躲开他那张臭嘴，气得我边推边嚷，老大不小的，你这是干啥！蔡金花端了一大盘子黄澄澄的炒鸡蛋进来了，像母鸡一样咯咯地笑。她说这是小培奖赏你呢。蔡培手舞足蹈

1　小家子摆事，天津地区方言，意为“事儿不大还穷显摆”。

说，这下我的三码车有救了，车座底下还藏着两千块钱呢。

蔡金花说，你又藏钱，你哪来的那么多钱？

蔡培说，我卖了两个井盖和一匝铜管线。

我平生最恨鸡鸣狗盗之辈。绷起脸说，又去偷井盖，你缺德不缺德。你要不是我小舅子，打死我都不管你。

蔡金花把盘子往桌子上一墩，冲我说，凭啥当你小舅子，还不是你死乞白赖！

2

我对蔡金花多少有点理亏。当年我高中毕业没考上大学，心里又苦闷又寂寞。高中有个怪好不错的女同学，人家考上了南京的大学，顺理成章就把我蹬了。又落榜又失恋，我哪受得了这么沉重的打击，真想一死了之。有一天，我到山上逛野景，正碰巧蔡金花嫁接柿子树。黑枣嫁接能长大柿子，这个我是知道的。但如何嫁接，我从来没留过心。蔡金花是个贫寒人家的女儿，这么说吧，村里没有比她家再穷的，因为她父母都是残疾人。可她又是贫寒人家的一只凤凰，村里的姑娘数她漂亮。自从高考落榜，我总是羞于见人，多半年的时间过去了，我也没能从那种阴影中走出来，每天东逛西逛，却从来也不去有人的地方。我心里的阴影，在蔡金花面前却被太阳照得透透的。我走过去说，嫁接柿子树啊？蔡金花看了我一眼，那是一双太阳黑子似的眼睛，几乎看不见眼白，眼角是张开的，弧线非常美丽。比我那女同学美丽太多了。蔡金花原本是蹲着的，看见我就站了起来。她的身材还挺好，腰细得就像长着两个大肚子的葫芦。她说是刘长山啊，别人都说你见了凡人都不理，今天怎么想起理我了？我没想到蔡金花的嘴茬子这么厉害，过去我没跟她说过话。我知道她顶多也就是个初中毕业，我决定杀杀她的威风。我踢了下那棵黑枣树，说这是君迁子吧？蔡金花果然听不明白，说这是黑枣树，你别是读书读傻了，连黑枣树也不认识吧？我轻蔑地笑了笑，说黑枣树的别称就叫君迁子，不信你到网上去查。蔡金花愣了一下，突然脸红了。我不知道她此刻在想什么，她的脸红却让我心里一动。此刻我恨不得把眼睛钉在她脸上，她脸红的样子可真好看。可我突然没了勇气。我的眼神都打了弯，放出去很远，再往回勾，只能看到她的侧影，夕阳的光线里，她粉白的皮肤毛茸茸，就像水蜜桃一样，让人情不自禁就想咬一口。地上摆满了接穗的生枝、剪刀、胶条等一应物件。我小声说，我帮着你干活吧。蔡金花突然大笑了起来，说你也会干活？刘长山要是会干活，日头还不打西边出来？

反正我追蔡金花追得很辛苦，用了将近一年半的时间。一年半过后，蔡金花嫁接的黑枣树都长大柿子了。蔡金花明白地告诉我，她不会在村里搞对象，她得嫁到城里去，找大款。我说，大款也不是天生的，也得有个由穷变富的过程。谁能保证几年以后我不是大款呢？你如果现在找了个大款，几年以后也许就破产了。我所有的甜言蜜语，可能就是这句话让蔡金花动心了。她到底单纯，没守住自己的底线。如今十几年过去了，我非但没成为大款，而且成了村里离大款最远的一个人。这些年的时间，我自修了法律和中文两个大专文凭，却没有哪个文凭能让我吃口现成饭。我还得四处找野食，除了打些零工，还当自由撰稿人，经常走村串巷去找社会新闻。鸡上树，狗生猫，大鹅救主人。有的是真的，有的就是听人那么一说。报社也挺有意思，他们也不太管真假。只要读者喜欢看，真假都没什么关系。

往好了说，我是乡村新闻记者。在我们村，就叫不务正业。

好在蔡金花不是嫌贫爱富的人，家里日子紧巴，她也从来不抱怨。我几十块、一两百的稿费单寄过来，蔡金花比我都高兴。她哗啦哗啦拿着稿费单从村东走到村西，逢人就显摆：我们家刘长山又有稿费了！

十几年的清贫日子，她把大款的事早忘了。

三天五天过去了，十天八天过去了，表兄那里还是没个消息。小舅子急，他姐急，我比小舅子和他姐都急。我知道表兄是拉呼人，可再拉呼也该有准信了不是。别人急可以挂在嘴边上，我却什么都不能说。我再显出着急的样儿，这家还不得塌天？这天一大早，蔡金花就把我从被窝里薅了起来，她嚷，刘长山！你还有心思睡懒觉，我们都要上吊了！蔡金花的声音像刀子割玻璃一样尖刺刺，能让一身鸡皮疙瘩叽里咕噜往地下掉。我一个蹶子炮到了地上，使劲扒开眼里的眵麽糊，转着圈地问，谁上吊了？蔡金花说，你个败家爷们，我们一家子都要上吊了！迷瞪了会，我理解了蔡金花说的是形容词。可即使是形容词，我也知道事情有些严重了。她兄弟蔡培娶了个女人会抽羊角风，平时啥也不会干，就会抽羊角风。家里两个双胞胎丫头读小学，他买了辆三码车在城里搞出租。太平沟离城里八里地，一水的柏油路。蔡培平时也跟我吹，别看他是三码车搞出租，一点也不比轿车差。他们的收入都在夜深无人之时，顺点这个，顺点那个。有废品，也有的不是废品。蔡培一人养着全家，日子紧巴点，但能过得去。前些日子，蔡培因为走了禁行被警察把车捉了去，这日子一下子就断了链条，三天两天还觉不出什么，这时间一长，全家可不就得把小脖儿扎起来！

早餐的棒子面粥能照进日头影儿，老咸菜切得比锄杠还顸，我就知道蔡金花要出幺蛾子，她这几天的温柔都用到头了。昨晚还像小鸟一样依人呢，睡了一宿觉，就变成修了毛的老家贼，看见了恨不得欿你一口。我拿起一块馒头，她用筷子敲我的手，刷牙去！我一碗粥喝下肚去，却见蔡金花斜着眼仁看我，嘴里说，喝粥还挂吧唧嘴，你咋这大毛病！我有些尴尬地吸溜下鼻子，溜出了屋子。再不出去，她还不定说我啥呢。

屋檐底下放着一篮子鸡蛋和两只公鸡。鸡蛋是柴鸡蛋，个小，皮薄，颜色白。在市场上现在卖十二块钱一斤。两只公鸡被拴成了并肩腿，大劈叉样朝两边卧着。两只冠子头警惕地四下撒目，肉下巴颤悠悠的。公鸡是我家的，一只花，一只黑。鸡蛋却不可能都是我家的。我家就养了五只鸡，几个月也攒不了这样一篮子。

我感觉出蔡金花可能有事情，我回屋问她，买这么多鸡蛋干啥?

蔡金花火药似的冲：给你表兄送礼!

我说，你这是干啥呢，都是自家至近亲戚，不需要闹这个。

蔡金花说，你是他至近亲戚，蔡培也是他至近亲戚?

蔡金花这样一说，我心里“咯噔”一下。我对表兄忽然有点拿不准，我们是兄弟，他不会拿我小舅子当他自己的小舅子吧?要是不能拿我小舅子当他自己的小舅子，这种托人耐脸的事，人家凭啥去管呢?

这样一想，我的心里就毛躁起来。联想到这么多天表兄那里连一点动静都没有，分明是有啥想头也说不定。

要真是这样，表兄也忒操蛋了!

我问鸡蛋是在谁家买的。蔡金花说一大早跑了三家才凑齐十斤鸡蛋。我问，十二块钱一斤?蔡金花用鼻子哼了声，说早涨到十五了。我有点心疼地咧了咧嘴，心底狠狠骂卖鸡蛋的人，你们家的鸡屁股都镶金边啊，鸡蛋说涨价就涨价。我问今天星期几，蔡金花没好气地说，连星期几都不知道，活着干啥。

我打哈哈说，不知道星期几就不配活着了？

我从厢房找了根绳子，把鸡蛋篮子往电动车的后座上捆绑，把两只公鸡挂到了车把上。蔡金花穿戴整齐地出来了，还在头发梢上抿了些水，梳子印清晰可见。快四十岁的人了，蔡金花还是挺好看，与年轻的时候相比，腰身和皮肤都没怎么变，她不是那种一晒就黑的女人。只是手比那时候可糙多了，往大腿上一抹，就跟小钢锉似的。

我问，你也去？

蔡金花说，跟你一起去。

我皱着眉头说，你以为打狼啊，人越多越好。

蔡金花说，因为我兄弟的事求人家，我总得亲自见个面才说得过去。

我承认蔡金花说的有道理，她去应该比我去更有说服力。可我打心眼里不愿意她去。那晚我跟她和蔡培白话了半天，说县政府大楼的事，说县长的事，说表兄办公室的事。其实不是我非要说谎，是他们求知欲太强，我不愿意冷了他们的心。我编了一个谎，就得连环编下去，这也需要智慧和才华，否则不定在哪个节骨眼上就露馅了。我当时边编边想，蔡金花见到表兄的日子，三码车肯定已经找回来了。既然三码车找回来了，蔡金花即便知道我说谎，也构不成啥问题了。

但这个时候不能让她戳破了。戳破了我面子上下不来。

我说，我今天还有事，要去你一个人去吧。

我这是在将军。我知道蔡金花不愿意见我表嫂，表嫂是中学英语教师，经常眼仁朝天说话。我一个做表弟的也不在乎她的卫生眼，但蔡金花不行，哪次见了表嫂都会不舒服好几天。

蔡金花果然犹豫了，她把声调降了下，就像受气的小媳妇，问我为啥不愿意让她去。我推心置腹说，我不是不愿意让你去，你去人家就要客气，又沏茶又倒水的。咱是去求人办事，不能给人找麻烦，你说是不是？这是从他们那个角度考虑的，再从咱这个角度一想，你就知道去两个人得不偿失了。这大半天的你能干很多活，我的车子又驮不了你，你又要坐公共汽车又要打出租，咱又增加了不少开支，你说是不是？

蔡金花就这样被我说服了，她动手解新衣服的纽扣，衣服从肩上开始往下扒。但嘴上还不老实，嘟囔说，不是我不想去，是你不让我去。表嫂如果争我，你可得给我说清楚。

我暗暗笑了笑，说放心吧。她争你啥啊，一大早上就去给她买柴鸡蛋，她自己的兄弟媳妇都未必做得出。

蔡金花被我逗笑了，她说刘长山就是张鸭子嘴，肉烂嘴不烂。人家自己的兄弟媳妇还用买鸡蛋？等着吃就行了。

3

表兄家住的小区叫金水花园，挨着一大片人工湖，这片人工湖有四十公里长，其实就是二十世纪五十年代修的大水库。那时修的大水库，这时可发挥作用了。高楼和云彩一起倒影在水里面，这里的房价就高了去了。表兄家新房装修时，木工水暖工都是我从村里找的，活干得精益求精，价格却比在别人家三成便宜一成。好在村里人都乐意，他们都认识胡大国，都以能到表兄家干活为荣。

我在这里监工了三个月，活干完那天，我一屁股坐在锃亮的地板上，不愿意走了。四四方方的大客厅，随便一个角度就能看见大水库，这都是我梦中的生活啊！我知道手里的钥匙叫装修钥匙，活干完了，人家就使另一孔锁了。我当家拿钥匙的日子就算到头了。这三个月，我有一多半的时间是在表兄家过的。地上随便铺一张席子，用木头卷个枕头，表兄从单位的招待所拿了床烂被子，我就半铺半盖地那样睡。我能不回家尽量不回家，不是我跟蔡金花感情不好，说心里话，一到晚上我甚至很想她。我就是愿意住在城市的楼房里，过回城里人的日子。眼下表兄给我提供了暂时的可能，我如果不抓住机会，这辈子，过了这个村，就没那个店了。

所以金水小区那样大，我闭着眼都能摸到表兄家的二十六号楼。电梯四壁都能照镜子，我许久没刮胡子了，一张清瘦寡淡的男人的脸，年轻的时候还有几分清秀，现在却是任何好话也贴不上去了。一双小眼睛蒙在眼皮底下，眼珠害羞似的混沌。破皮鞋五十块钱买的，梆梆硬，因为不透气，鞋窝里的脚丫子总像在游泳——我是臭汗脚，能臭得一街两巷。回想我和表兄小时候，弹弓打鸟，尿尿和泥。表兄干啥啥不中，就吃饭还中。没事就跟在我的屁股后头，像应声虫一样。我奶奶那时就经常说，大国也就生了个城里人的命。其他哪样能顶上我孙子？我奶奶是他姥姥，不是随便什么人，所以话说出来不是诳的。胡大国就是不如刘长山，这种不如一直到了高考那年，我高考落榜，离分数线差两分。胡大国却差了三十分。后来姑姑不知用了什么法，胡大国去了一家轮船大学读文凭。当时我奶奶还跟我姑姑吵，说她管自己的儿不管我。我姑姑说，管一个都已经很吃力了，你还让我管两个，你以为我们家开着银行啊。

前边说到表兄吃啥啥中，是有渊源的。表兄打小就胖，吃好东西没够。若是家里死了只鸡，在没吃到嘴里之前，他能一宿不睡觉。炖好的鸡出了锅，他就一手把着一条鸡大腿，这边啃一口那边啃一口。我母亲是个善良的人，总说大国到乡下来吃苦了。我奶奶就不爱听这话。说乡下苦啥？你见哪个乡下孩子苦死了？我奶奶不是不疼女儿和外孙，她就是见不得他们那个样儿。姑姑一周回来一次，离家老远就心肝宝贝地叫，把表兄搂在怀里，一会说瘦了，一会说锈了。锈了就是不滋润，不是挨饿了就是受委屈了。我奶奶就不爱听，气得在屋里哼哼，说就你们家孩子是金枝玉叶，人家的孩子是稻草谷糠。我姑姑发完嗲就跟我奶奶笑，说我又没说您，您嗔得哪门子心。

我奶奶就是在我高考那年去世的，很难说没有我的一份“功劳”。什么时候想起奶奶，我的心就针扎似的疼。奶奶去世那年才六十六岁，临走叹了一口气，说我就是不放心长山啊……

奶奶如果现在还活着，也才八十岁。村上这个年龄的老太太都硬朗着呢，跟佘太君一样，还想挂帅出征呢。

唉，不说了。说起那些就难受。

按响了表兄家的门铃，是表嫂来开的门。表嫂说，谁啊，这么早。我说，表嫂，我是长山。我提着鸡蛋和公鸡进了门，表嫂堵在了门口。表嫂跟我说话从来不客气，就像对待家里的兄弟一样。表嫂说，这是柴鸡蛋吗？我说这是柴鸡蛋，蛋是家里的鸡下的，鸡是你表弟妹养的。我把公鸡往表嫂的手里递，表嫂后退了一步，没接。我问，表兄没在家？表嫂却不回答我的问题，她瞅那两只公鸡。公鸡似乎知道了自己被关注，扑棱了两下翅膀，嘴里发出了头冲下之不满的咯咯声。表嫂说，都什么年月了，送鸡还送活的，你快提回去自己吃吧，我可不会收拾。我赶紧说，不用表嫂收拾，表嫂就给我烧壶热水就行，你连厨房都不用进，我几分钟就弄好了。表嫂尖声叫，什么！你还想在厨房杀鸡？坚决不行！你不能把我家的厨房变成屠宰场，我膈应腥气和血呼啦！

我说，我会小心的，我会把厨房收拾干净的。

表嫂说，那也不行！

我头都大了。表兄你在不在家啊，快些出来啊。我往表嫂身后看，表嫂却移动了一下身子，挡住我的视线。表嫂说，你甭打你表兄的主意，他说行也不行！

我苦笑着说，你看，我都提来了，你总不能再让我提回去吧？

表嫂长出了一口气，似乎下了很大决心似的说，市场有专门宰鸡的地方，只要几块钱。你要是不愿意提回去，就先到那里宰了吧。

俺的娘娘哎！杀一只鸡要三块钱呢，就在开水里蘸一下，秃噜毛，然后再把毛拔掉。三两分钟鸡就白光光了。我每次赶集都从那里过，我知道宰一只鸡要三块钱。

不容我再说什么，表嫂就往外推我。她说鼻子里都刺痒了，是鸡把屋子里的空气弄污浊了。我从门口退出来时，让地下铺着的垫子绊了一下，别住了一只鞋。

我赤着一只脚站在门外笑，那样子肯定是傻巴巴的。

表嫂也笑了，说快去快回来，我中午还熬鸡汤呢。

等我提着两只白光光的鸡回来，表兄就在沙发上坐着翻报纸。表兄明显是刚洗漱完，头发还是湿的。表嫂给我踢过来一双女人穿的拖鞋，我不想换，犹豫了再三，还是换上了。这房表兄搬进来三年多了，过去的那种新气象早就没有了。表嫂就是一个假干净的人，身上穿得溜光，电视上的土都有铜钱厚。地板早就不像原先那样洁净了，这要是蔡金花在这里当女主人，地板能擦得像镜子。我歪着嘴角七想八想，表兄和表嫂都皱着鼻子吸溜。啥味？哪里来的死耗子味？我把两只脚使劲往沙发的缝里藏，还是被表嫂发现了。

表嫂捂着鼻子说，你这是几天没洗脚了，咋这么臭啊？表兄也用报纸扇了扇，好像臭味长着翅膀一样。我赶忙又把自己的破皮鞋套上了，我说，我是臭汗脚，没法。表嫂说，咋没法？你勤洗两遍脚就啥法都有了。我说，我不洗脚蔡金花就不让我上炕，我每天都洗脚的。表嫂说，你骗谁啊，就你脚上这个味，十天没洗也是有的。

表兄看着我俩打嘴仗，他又开始看报纸。我本来还想纠正一下鸡蛋的事，不全是家里鸡下的。蔡金花跑了一个大早晨，跑了三家才买到了十斤柴鸡蛋。那三家都住在山根下，鸡每天都到山上捉虫子吃，它们下的蛋，营养成分能抵得上中草药。

这话正要说出口，忽然想起刚才说过蛋是我家鸡下的话，就赶紧把嘴闭上了。言多语失，言多语失啊！我惊出了一后脊梁冷汗。表兄忽然用报纸拍打了一下沙发。说，对了，你舅哥那个三码车的事，还有些麻烦。

我惊问，咋个麻烦？

表兄说，过去像这种情况，找找人就可以放出来的。可这段县里下大力度从严整治交通，得局长批条子才行。

我说，那就找局长啊。

表兄看了我一眼，说你以为公安局长是你们村长啊。人家是常委，一般人跟人家套不上近乎。

我立时就有些激动，三码车不是我的，若是我的，我此刻说不要了，买辆新的都行。可我惹不起蔡金花和她弟弟啊！于是我说，表兄，就算我求你了，无论如何帮帮忙吧，金花她弟弟家还指望这辆三码车过日子呢。

看得出来，表兄让我说得有些心软，他用手搓了搓后脖颈，说不是我不帮忙，是确实有难度。表嫂本来在厨房干啥呢，此刻用围裙抹着手走了出来，对表兄说，事情办不了就早告诉人家，别让人家指望着。

我赶忙说，表兄办得了，表兄办得了。

表嫂说，刘长山，你表兄不是县长，你别啥事都指望他！

我说，我不指望表兄指望谁？

表嫂说，关键是你指望他也没用，他就是个废物！

我无言地看着表兄，表兄的宽脸盘子汪着一层油水。我不相信汪着一层油水的表兄指望不上。我恳求说，帮帮忙吧表兄，你就当我小舅子是你小舅子，行不？

表兄这回笑了笑，说，这要是我小舅子，我早就让他买一辆新车了，几千块钱的事。旧的弄出来，都不够人情钱。

我慢慢收拢了表情，我听出了弦外之音，我突然涨红了脸。我说，表兄……

表兄连忙摆了摆手，说你千万你别误会，我说的是实情。现在办事情，跟谁张嘴都不能白张，最次也要请顿饭，下稍微好一点的馆子，一千块钱都不止。

我憋了一口气，说吃饭就要一千块，你们吃金拉银啊。

表兄说，长山你是不知道外面的行情。一千块我都没多说。

我说，那你就说一万！

表兄瞪了我一眼，窝着脖子不说话了。我忽然连耳朵都是热的，所有的汗毛孔都要往外冒水珠。我盯着表兄看，直到把他看得不自在。我说表兄，我再叫你一声表兄，我们可是一个被窝滚过的，你可别说不知道我是谁！

表兄说，你误会我了。

我说，我咋误会你了？

表兄说，我说的是这世道的行情，我没管你要这要那！

我说，这个事你到底管不管？

表嫂忽然雷管一样炸了：不管！你爱咋地咋地吧！

我逼视着表兄，看他是点头还是摇头。表兄却不看我，把头扭到了一边。

一秒钟都不迟疑，我从沙发上跳了起来，再不跳起来，就有被钉子扎穿屁股的危险。我迈着两条腿往外奔，凭感觉我知道，表兄在沙发上坐着，纹丝没动。那一刻，我简直肺都要气炸了。奔到门口，我回头说了句：车座底下还有两千块钱，是不是兄弟，你看着办吧！

电梯载着我，飞快地落到了地面。我出了楼道口，就见天空飞翔着两只女拖鞋。有一只不偏不倚，正落在我的脚边。我不用看也知道，是表嫂让它们飞下来的。

我骑上车子，头也不回地走了。

4

西山的几棵枣树要描肥，肥要一筐一筐往上背。这样的力气活我素来不让蔡金花干，女人干这些，还要男人干啥？可蔡金花这败家娘们有点逞能，我背一筐，她也背一筐。我这两天没有出去找新闻，我在想心事。从表兄家回来，蔡金花就说我抑郁了。我两个晚上没有睡觉了，饭也吃得少，火气也大，女儿半夏让我熊哭两回了。她刚读初一，那天拿了春季运动会的奖状回家来，两把就让我撕碎了。我说，这样的奖状能当吃还是能当喝，还是能当考大学？你不好好学习，将来跟你爹一样没出息！我一发火，蔡金花就老实了。她也没问去表兄家的事。问啥啊，脸上都写着呢。但是她也跟我耍心眼，做熟了饭，就一个人坐在那里胡噜胡噜地吃，招呼也不打一个，弄得我吃也不是不吃也不是。走到半山腰，正碰上村里的赵福田给柿子树剪枝，柿子树发芽晚，像个缺心眼的人。人家梨树都开花了，它还在睡大觉，吃屁都赶不上热的。赵福田在树上喊我，刘长山，你小舅子的三码车要回来没？我看了他一眼，说没。赵福田说，我小舅子的三码车也没要回来，估计是要不回来了。也没驾照也没车牌本子，人家还不罚两辆车钱？听见这事我就闹心，我背着筐继续往前走，赵福田又说，你个大记者要不回来，我们小老百姓就更要不回来了。

蔡金花大概是觉得我冷淡了人家，她停下脚步说，你小舅子的车也让人扣了？

赵福田说，可不咋呢。比你兄弟还扣得早呢。

蔡金花说，有要回来的道儿，告诉我们一声，也帮衬我们一下。

赵福田说，我还想这样对你们说呢。你家好歹还有亲戚在政府做事，我家连个吃公家饭的亲戚都没有。

赵福田的话，说得我心里一跳一跳的。我这两天想的心事，也包括这。我在想，表兄这条道怕是指望不上了，如果指望不上，咋弄呢？我想起了一句老话，求人不如求己。我想求求自己试试，可是，怎么求呢？

枣树周围开出了树垵，蔡金花"嗵"地把筐撂在地上，把一筐粪通通倒在了树根上，我知道她在砸筏子。她气不顺的时候，就爱砸筏子。我说，下次你吃饭别直接吃嘴里，直接吃肚脐眼儿就行了。她眨巴眨巴眼睛，没听明白我的话。我指着那些粪说，你堆在树根底下，跟吃饭吃到肚脐眼儿有啥区别呢？败家娘们"扑哧"笑了，说刘长山，你也就说个俏皮话能耐，有本事把车要回来啊。我说，你还别瞧不起我，我要使出招法来，说不定一要一个准。蔡金花拉我坐在山坡上，说你快说说，你都有啥招法？我本来想说，啥招法这不是还没想吗？可看着她满脸期待的样子，我又把话咽了下去。跟我结婚十几年，除了受穷也没沾过我啥光，我是该豁出颜面做点事了。

山里的春天一天一个样，今天树枝冒芽了，明天叶子舒展了。今天花骨朵粉丹丹的，明天花海一片白生生的。大自然就是这样神奇，你心里有这个，那种变化就能让你身心愉悦。蔡金花过去就知道傻干活，在我的影响下，慢慢心性也生出花来了。劳作之余，有一份心情欣赏周围的美丽，累也不累了，乏也不乏了。这天，我们去山上给果树浇水。所有的活干完，天空就灰起来了。天空有大鸟刺啦啦地飞，暮色就像被它们的翅膀打湿了一样，越发深沉。不知什么时候，有几朵细密的枣花落在了蔡金花的头发上，不仔细看，都看不出来。她刚要往山下走，我说，你等等。我给她捏去那几朵枣花，顺便在她的脸蛋上掐了一把。我这个动作没啥目的，就是下意识的。这段她总跟我凿饥荒，都好些日子没温柔了，我得勾引勾引她，免得她把温柔忘了。蔡金花瞪了我一样，说德性。我小声说，啥德性？蔡金花突然脸红了，说臭德性。蔡金花这一红脸，我心里就痒得不行。突然想起了我高考落榜那年，她在附近的山坳里嫁接黑枣树，就是脸一红让我动心了。我扯着她的手腕不让她往山下走，而是引领她往山的背面走。她一边挣脱着，说干啥干啥，一边半推半就地接受了我的引领。夫妻做了十几年，路数和招法都知己知彼，要不咋叫默契呢。山背面有一大片隔年的松针叶子，很松软。我把她横起来一抱，就放到了树叶毯子上。蔡金花的身下，发出了松针叶子细碎的咔嚓声。我一边忙活一边问，你有啥说的没？她抿嘴一笑说，青天白日的，你流氓。我说，哪有青天白日，我流氓也没人看见了。她闭起了眼睛，长出了一口气。我小心地在她的眼睛上吹了口气，蔡金花突然说，刘长山，想要你就快点来吧，等会儿就没机会了。

我说，咋没机会？机会都是我的。

蔡金花说，你听，半夏喊你呢。

我侧耳一听，远处像是隐隐传来了喊爸喊妈的声音，像半夏，也有点不像半夏。我说，不管她，放学也不好好写作业，跑山上来干啥。迟疑的空儿，蔡金花突然像兔子一样把身子卷了起来，逃跑了。她边跳边喊，刘长山，我说你没有机会你就没有机会了！

我急得抓耳挠腮，小声喊，快过来，败家娘们快过来！

蔡金花笑得咯咯的，朝山下滑去。把我气得够呛，我恨恨地说，蔡金花，我看你是不想要那辆车了。蔡金花停下脚步，认真地想了想，仰起脸来对我说，我想通了，让蔡培干点别的吧，车我们不要了。

为啥不要了？我问。

蔡金花说，世上的路有千万条，也不是非走这条路不可。跑出租的活也不安全，总干这行对他也没啥好处。

我想起蔡培偷井盖的事，点了点头，认同了蔡金花的话。但认同不意味着赞同，车是蔡培的，说出大天去，车也该归到蔡培名下，砸了卖铁也应该是蔡培的。只是这话我现在还不能说，从表兄家出来，我就与这件事牛上了。

穿着校服的半夏在小路边的一块石头上立着，她长得越来越像她妈了。瓜子脸，大眼睛，皮肤又细又白。半夏说，赵福田大爷说你们就在山上，可我却看不到你们，你们去哪淘气了？蔡金花有点不好意思，说我们哪有淘气，我们在山上干活呢。半夏说，你都栽跟头了，头发上都是树叶子。蔡金花更不好意思了，她狠狠剜了我一眼。半夏走过来给蔡金花摘头发上的松针，蔡金花说都是你爸干的好事，嫌我干活慢，把我推了个大跟头。半夏看看我又看看她妈，半天才说出一句：我爸不是那种人啊！

你们快回家吧，我表大爷来了。半夏接过了我手里的铁锹，说我表大爷给你打了半天电话，就是打不通。我急忙去摸口袋，才发现手机没带在身上。你们娘俩慢慢走吧。说完，我心急火燎地下了山。

离老远，我就看见了表兄的灰色轿车，横在了我家门口。表兄的车很打眼，在暮色中闪着幽亮的光。赵福田正跟表兄说着什么，看见我，他就跟表兄告别了。我让他进家里坐，赵福田说，他得回家吃饭了。

见了表兄，在他家惹的那一肚子气，都跑得无影无踪了。我问表兄，赵福田也说他小舅子的车了吧？表兄说，说了。我连你的小舅子都管不了，他小舅子就更管不了。表兄把裹紧的一个塑料袋递给我，说求人找到了那辆车，在车座底下真找到了两千块钱。表兄是专门来送钱的，这让我很感动。我把表兄往屋里让，问他吃饭没有，表兄说，他下班就直接过来了。我爱吃表弟妹的烙饼卷小葱。

一盘炒蘑菇，一盘花生米，一盘小葱蘸酱，我和表兄你来我往地喝起了小酒。表兄说起那天表嫂扔拖鞋的事，说不是针对我，是他打了表嫂一拳头。我在心里乐，他敢打表嫂，那得长倭瓜那样大的胆儿才行。但我假装着信。男人都好这口儿，天底下就没听说有谁怕媳妇。我说，我那天有点起急，没太听懂表兄话里的意思，不怪表嫂生气。表兄告诉我，他在公安局讨了底，这批罚没的三码车一共三十九辆，一辆都不会物归原主。他们实在是把交警气坏了，也没牌照，也没驾照，见缝就钻，也不管红灯绿灯，不是撞了人就是撞了车，平均哪天都得有几起交通事故。人家好好地在人行道上走路，“砰”地一下，就把人撞进了旁边的洗衣店里，人当时就不行了，肚子里还怀着孩子呢。也没啥赔偿人家，都是要钱没有要命一条的主儿。表兄的话说得我直打冷战。我对蔡金花说，听到没有？这哪是出租啊，纯粹是作孽呢。蔡金花给表兄倒了杯酒，说为我兄弟的事表兄没少费心思，找不回来就不找了，干啥都能养家糊口。现在路上车又多又乱，我还真怕他总在路上跑出点啥事。

表兄喝得连脖子都红了。他晃着大手说，这回整治交通就相当于严打，谁说情都不好使，除非你跟公安局长是亲戚。

我说，是亲戚就能把车要回来？

表兄说，是亲戚就会有人把车给你送回来！

我仰脖喝了一大口酒，说是亲戚就不用干黑出租了。

表兄瞪着通红的眼睛对我说，表弟你算说对了。实话对你说，为了你家的事，我还真是张嘴求人了，我们主任的一担挑，是110指挥中心的指挥长。人家亲自给我打电话，说得局长批条子才能把车领出来。事实是，谁去找局长批条子谁就会被骂得狗血喷头，还得在全局大会上做检查。你们说，因为你们家一辆破三码车，人家值当犯错误吗？

蔡金花不失时机地表态，三码车就不要了。表兄认识的人多，能不能给我兄弟蔡培找个事做？

我怕表兄为难，赶紧抢先说，败家娘们瞎说啥啊，蔡培又没学历又没技术，他去城里能干啥？

岂料表兄探过身子来拍了拍我的肩膀，瞪着通红的眼珠子说，表弟的事就是我的事，找个事不难，你就放心吧！

5

我自己有间书房，其实就是家里的仓储间，一些过时的农具和粮食都囤在里面。但靠房山的地方，有一张三屜桌，就是我的书桌。上面还有一个简易书架，是我自己用木板钉的。里面的书真不少，从文学名著到法律读本，从养鸡常识到电工手册，应有尽有。家里什么破烂都卖过，但凡是有字的书，我一本也不卖，哪怕是孩子的小学课本，当废品卖我也舍不得。当然，还有如何写作的书。我喜欢写作，除了写新闻，还写通讯和报告文学，还写快板、相声、表演唱、大鼓书等等。过年村里的庄户剧团排演新节目，戏词儿都是我写。我一拿起笔来就全神贯注，就文思泉涌。我也知道我写的东西上不了台面，可走进我的“书房”，坐在木板椅上，我就通体舒泰，就心满意足，就觉得天底下最幸福的人也就是像我这样，在一盏没有灯罩的台灯底下，用钢笔写墨水字。

一旦坐到这里，窗户外的事就都跟我无关了。跟我有关的，就是虫子和蛐蛐的叫声，老鼠的磨牙声，和飘然而至的蜘蛛的笑脸。蜘蛛是会笑的爬行动物，你如果能在幽暗中观察它十几分钟，是会发现的。它们都和着我的笔尖的沙沙声，组成了一台有动有静的舞台剧，轮番登台表演。可最近两天我一直进入不了状态。人坐在这里，心神却都飞了。小舅子的那辆三码车，让我有了许多想法。表兄要不回来，我却有点异想天开，我总在琢磨这辆车，能想个什么法子要回来。

倒也不是这辆车有多么重要，而是这里有个心结，我想把它解开。

交警队的院子西侧，又隔出了一块院子，里面杂七杂八堆着一院子的车，我在大门口往里探了一眼，发现东旮旯是几辆三码车，我数了又数，远没有表兄说的三十九辆。大门口有个人在折叠椅上坐着，六十几岁年纪。我先把烟掏出来，给了他一支。他对着太阳照牌子，然后夹到了耳朵上。他笑着对我说，这么好的烟我可不能得瑟了，得嘴上没烟味的时候再抽。我像大人物一样宽容地笑了笑，这盒烟是我的门面，是表兄掉在我家的，平时我会用塑料布把它包起来，防止它变干。

他问我来这里干啥，我说没事，转转。我今天穿得有点像个人物。夹克是表兄送的，胸前有品牌标志。裤子也是表兄送的，他说一千多块呢。要不是装不下他的肥屁股，他哪里舍得送我。这身行头上了身，我在家照镜子时，都觉得自己像个城里的知识分子。

我的普通话说得很标准，这让老冯产生了错觉，以为我是城里人。对，这个看门的姓冯，下里庄人，在这儿工作还不到仨月呢。老冯说，你是在学校当老师的吧？我摇头，说我不是老师。老冯又猜我是当干部的，我也摇摇头。人是衣裳马是鞍，我稍微一捯饬就有效果，这也是本钱。我指着院子里的车问是咋回事，老冯说，还能是咋回事，扣的呗。我问，不还给人家？老冯说，有的还，有的不还。我问啥样的不还。老冯说，快要报废的不还，因为不够出手续费的。我问手续费要多少钱，老冯说，具体的我也说不上来，你要是想弄清楚，就去问交警队的人吧。

老冯突然说，你是不是……记者？

我含蓄地笑了一下，不摇头也不点头。我在心里衡量了下，我点头也是可以的。

老冯却明显把我当记者了。说吃这碗饭好，干坏事的人都怕记者。

这话说得我心满意足。我突然想到了那两千块钱，我问老冯，前几天有人从一辆三码车的底座下面拿走了两千块钱，你知道这个事么?

老冯想了想，说没听说。

我问这里是不是就他一个人看门。老冯说你如果问的是三个月以内的事，就我一个人。

我把表兄的模样又说了个仔细，老冯不以为然地说，我还没老糊涂，如果有这样的事，我会记得的。

我说，真的呢，就是三天之前的事，也许没有通过你，找了别人直接进去了。

老冯从兜里拿出了把大铜钥匙，说就是公安局长来，也得过我这道门。

心里存了个疑，我跟老冯挥手告别。

我在交警队的三层楼里转了好几圈，到处都是人。解决纠纷的，换驾驶执照的，都像赶大集一样。我在一间办公室里刚探了下头，有个穿制服的女的走过来问我，什么事?我突然挺了下腰板，说找你们队长。制服女说，队长在三楼，门外有牌子。在制服女的注视下，我只得往三楼走。队长的门在走廊的最里边，敞开着，里面有一屋子人，个个叼着烟卷，屋里像腾云驾雾一样。我瞅准了坐老板椅上的黑胖子，把自己的名片递了上去。我的名片上正面写着：新闻自由撰稿人　刘长山。下面是电话、地址和邮箱。我家里还没有电脑，但我在网吧的电脑上申请了邮箱地址，这让我的名片显得有内容。有个靠窗户坐着的人来跟李队长握手，说先走一步了。一个人先走一步，别人都先走两步，一大屋子的人齐刷刷就走了。李队长送到了走廊，手里还捏着我的名片。他问我，你有什么事么？我说，我想调查一下三码车被扣的事。李队长瞥了我一眼，又看了看手里的名片，说你去稽查科吧。我说，我是来找队长的。说完，我把一沓子简报从挎包里拿了出来，递给了他。

他说，这是什么？

我示意他自己看。

他用舌头熟练地一扒拉，就把烟卷抿到了嘴角。他把简报摊在桌子上，刚看一眼，就变得全神贯注了。

我得说一说我的这本简报。这是我的五大本简报之一，是我这些年发表的各类文字作品的集成，以新闻居多。我经常当选报社的优秀通讯员，因为我每年的发稿量比报社记者都多。毫不客气地说，只要常看报纸的读者，几乎都会对我的名字有印象。这本简报登载的是我认为比较重要的作品，比如前段，我到一个深山村采访，听说村里有个草药王，采到了小孩胳膊粗的一棵野人参，这件事就被我写成了新闻稿发表在报纸上，被许多媒体转载，连凤凰卫视都来了。

不客气地说，我也是为本地经济建设和文化建设做出贡献的人。

队长看得专心致志的时候，我从他桌上的名片盒里拿了张他的名片，知道了他叫李成。

他前边两页看得仔细，后边就是随手翻了翻。他又看了看我的名片，又看了看我，说你是太平沟的吧？

哈哈，他到底知道我。我说，我是太平沟的，李队长。

他把简报折起来还给我，又问，你今天来找我什么事？

我拿出了昨晚自己费了九牛二虎之力写的一封“读者来信”，放到了他办公桌上。

上面是规规整整的一页钢笔字。

编辑同志：

我叫蔡培，城关镇太平沟人。家里妻子有病，一对双胞胎女儿正读小学。农村生计艰难，我买了辆二手三码车拉脚。有一天因为疏忽走了禁行道，车子被交警队查扣，至今没有返还。我多次索要，都没有结果。据说他们这批查扣的三十九辆三码车都不会物归原主，请问，他们这样随意罚没公民的财产有法可依么……

李成突然拍了一下桌子，蔡培是谁？

吓了我一跳。我紧张地脱口而出：是我小舅子。

李成说，让他有事没事别胡说八道。谁告诉他我们查扣了三十九辆三码车？李成摁了电话免提，唰唰唰地摁了几个号码，通了。里面有个女的喊了声李队长。李成说，你过来一下。

工夫不大，就见那个制服女走了进来。李成劈头就问，查扣的三码车里有没有叫蔡培的？

制服女说，有。

李成说，他有没有来办理领取手续？

制服女说，没有。

李成问，一次也没来过？

制服女说，一次也没来过。

李成问我，听到了？

我迷糊了。

李成说，告诉你小舅子，瞎写啥读者来信，有那工夫到交警队来，该交罚款交罚款，该提车提车。以后别瞎造谣，谣造大了可要负法律责任。

我问要交多少罚款。李成说，既然是你小舅子，罚款就免了，把车牌子上上就行了。黑车在路上跑，出了事故找谁？

我的眼泪都快下来了，这事闹的，怎么像做梦啊？

6

我来交警队的事，回家一星儿也没透给蔡金花。我让蔡金花跟她兄弟去要身份证，蔡金花一个劲问我要身份证干啥，我也没告诉她。蔡金花还是颠颠地走了。回来，蔡金花喜气洋洋，说蔡培敢情去上班了。表兄这回办事雷厉风行，从我家走的第二天，就把蔡培招到一家玩具厂去做保安了。我却有点回不过神来，在对待蔡培这辆三码车的问题上，表兄显然跟李成说的不一样。连我这样的人在那里都没受为难，表兄作为人民政府的科长，办这样的事总会比我强吧？我感觉表兄在这件事上说谎了，就是不知道他为啥要说谎。

蔡培下班回来把身份证送来了。他也问我要身份证干啥，我只说为那辆三码车的事，再详细的我一点也没说。蔡培告诉我，车子要回来他也不准备跑出租了，忒辛苦。这个企业效益好，还有保险啥的，听说是胡大国的舅子开的。我问他咋知道，他说第一天上班，是胡大国把他亲自接过去的，又送进了厂里。你这个表兄真是够意思。蔡培感慨地说。

我把表兄送来的那两千块钱给了他，蔡培把塑料袋扔到一边，数钱。我问，是你那两千不？蔡培这才拿起塑料袋看了看，说我那个是个方便面的袋子。蔡金花显然不明白，说甭管啥袋子，够两千块钱就行。蔡培起身告辞，说明天一早还要去上班。我也没有送他。我把塑料袋拿起来看了看，是个超市的购物袋。我把塑料袋叠好放到了口袋里，拍了拍，去了书房。

转天又去交警队，很简单的手续办完了，车牌照也拿到了手，我就去提车了。老冯在远处站着，看着我用纸擦车座上的灰尘。我又把手伸到了车座底下，这边一摸，那边一摸，一个光滑的、扁扁平平纸片一样的东西就到了手。我看了一眼，果然是个方便面的袋子，红的。把车从院子里往外推时，我故意推得趔趔趄趄，老冯在旁边看着呢。我告诉老冯说，是我小舅子的三码车。老冯说，看你也不像开狗骑兔子的人。我笑得很开心。出了大门，就要拐上马路了。突然有人喊了声：刘长山！刘长山！我一回头，见高中时的同学金明喊我呢。我扔了车就奔了过去，想和金明拥抱，到底没抱起来。金明也穿着制服，跟那个制服女穿得一模一样。

我打了他一拳，你小子在这儿上班啊！

金明说，我一直在这里上班啊。

我说，在这儿上班也不告诉我一声，害得老子为一辆三码车求人耐脸。

金明说，你不找我，这可怨不得我。

金明让我到他办公室聊聊，我哪有不去之理。读高中时我们年级办文学报，我是主编他是副主编。到高三时，金明就把副主编辞了。他也让我辞，我不舍得。这张报纸从高一就在我手里办，我对它有感情。事实证明我的感情都是瞎感情，高考就差了那么一点分，要是把办文学报的精力多分一点给高考，我也不会多受那么多的磨难。

金明给我倒了杯热茶，香喷喷的。我说，你们多腐败啊，这茶都不用自己花钱买吧？金明从柜子里拿出一个纸盒子，说都是极品铁观音，你喜欢喝就送给你。瞧这哥们，这么多年的情谊没变。他说我知道你一直在舞文弄墨，经常在报纸上看到你的名字，怎么又开三码搞出租了？

我把这件事的前前后后都对他说了，夸李成队长人不赖，没架子。

金明说，感情，那是我领导，也是我铁哥们。赶明儿你给他写个报告文学，表扬表扬他。

我对这个还真有兴趣。我问，他乐意么？

金明说，你乐意写就行。

我喝了一口香茶，说冲你我也乐意啊。回头我跟报社联系联系，看写成个什么样的稿子好。

金明说，那就说定了啊，你中午也别走了，咱们在一起坐坐。

说完他就给李成打电话，看得出他们关系真不一般，三言两语就把事情搞定了。

时间还早，我们有一搭没一搭地闲聊。回忆峥嵘岁月，回忆老师同学。都没啥话题了，我突然想起了表兄。我当然没提表兄跟我说的那些有关三码车的事，我已经确定了，表兄根本没因为这个事找人，否则我就不会自己跑交警队。只是不知道为什么他还自己垫了两千块钱。口袋里的那个方便面袋子我还没来得及看，但我确定里面是蔡培的那两千块。

我随意问，你认识胡大国胡科长么？跟县长在一个楼里办公。

金明想了想，说不认识。但好像听说过这个人。对，是叫胡大国的，前段好像出了点事。

他啪啪地又在电话上摁了几个号码，说李队，前段政府出事的那个是叫胡大国么？是因为库区扶贫款吧？嗯嗯，没啥，我就问问。

放下电话他对我说，没错，是叫胡大国。因为经济问题被人告到了检察院，现在好像被挂了起来。

我倒吸了一口凉气，啥叫……挂起来？

金明说，问题好像不怎么严重，否则是会判刑的。

我问，还……上班么？

金明说，这个倒不清楚……你跟他啥关系？

我赶忙说，没关系，我就是碰巧知道这么个人。

说完这话，我恨不得扇自己个嘴巴，你啥人啊！我坐不住了。这样大的事，我一点都不知道。表兄一点风声也没漏，看来表嫂也还蒙在鼓里。他眼下的日子多难啊，我还整天打电话逼他办事，他得多烦啊！

我朝金明作了个揖，朝门口走。金明坐在椅子上，动也没动。他一板一眼说，我把李队都约好了，你说走就走？你啥大事儿啊？

我听明白了金明这话的意思，“大事儿”不是事情大，“大事儿”与地位和权力相关。他这是在损我这个乡下人。我也是个有血性的人，按理不该吃这个。可我的血性不知为什么就是发挥不出来。我的脊梁还不由自主地缩了一下，我为难地说，不是你说的那样，我确实有事……

金明冷起脸说，你今天要是从这里走出去，记住永远别说认识我。

我赔着笑脸说，老同学……

金明说，我没你这样的老同学。

我只得往回走，找了把椅子把屁股又放了回去。金明的脸色却再也不开天，无论我说什么，他都不吱声。

桌子上的电话突然响了，我这才长出了一口气。金明别过脸去接电话，十二分不待见我的样子。我听李队长在电话里说，今天去吃点体己，下楼吧。

金明开车，李队长坐在副驾驶的位置上，后面坐着我和小肖，就是那个制服女。此刻她换了便装，一条黑色长裙，一件短款的白色蝙蝠袖的上衣，身上有一种隐隐的香水味。她管我叫刘老师，把我叫得受宠若惊。她说她上学的时候最犯怵的就是作文，要是早认识我几年，拜我为师，说不定就能把作文成绩搞上去。路上就听她叽里呱啦地说，李成和金明谁都不搭言儿。我心里有事，再加上跟她这样的职业女性说话犯怵，所以我说话很谨慎，甚至都不敢放高声音。吃饭的地方不远，小肖首先下了车，去给李成开车门。车内有了短暂的我和金明独处的时间，金明回头盯了我一眼，说，别总因小失大，你这人就这臭毛病。

我的脸唰地红了。我知道他在影射我当年办文学报影响高考的事，都过去十几年了，他这么一说，好像是昨天发生的事一样。

是一家名叫“临海湖鲜”的高档酒楼。进门有个领班模样的小姐前来鞠躬。我说，我们这里也不临海啊，你们叫这个有意思么？到底是卖海鲜还是湖鲜？我是鸡蛋里头挑骨头，刚才路上憋得我难受。小姐却不理会我的话，满面含笑地说，先生楼上请，您是李队长的客人吧？888房间，靠窗的那一个。

我坐在了李队长的对面，李队长说，他早就知道我的名字，他的老家离太平沟不远，叫沿河。我恍然大悟，沿河离我们村八里地，要是抄近道走，六里也不到。难怪初次见面李队长就知道我是哪个村的。李队长说，我知道你，你却不知道我，可见你是名人。我说，啥名人啊，就是个乡下人。李队长扯了下自己的衣服，说扒了这层皮，我们也是乡下人。一句话说得我满心温暖，受用得不得了。服务小姐来点菜。李队长地问我吃什么，我说随便，吃什么都行。李队长说，那就老四样吧，每人一条河豚。

金明脸色早缓过来了，他热情洋溢介绍我，在高中时就是有名的才子，校花都追着做女朋友。小肖给我倒了杯水，说刘老师一直在村里，但气质一点不像村里人。这话听着像夸我，却让我没法接话茬。我也不知道这顿饭是谁花钱请，我也没来过这么高档的地方，屁股底下又有点像长钉子，坐着都不踏实。金明和李队长说着局里的事，有个副局长快要退休了，位置空了出来，盯着的人有三五个。金明说，大哥就你合适，年龄，资历，成绩，谁都比不过你。你最大的优点就是低调，最大的缺点就是太低调。总结都写得相当谦虚，咱干了多少工作，局里那帮人根本不清楚。金明说话的时候没瞅我，但我是觉得他这话有一半是说给我听的。我主动说，现在不是比谦虚的年代，是比谁会炒作的年代了。本来默默无闻的人，炒作成功就成名人了。李成用一只手拍着肚子说，咱就会傻干，咱没长那会炒的脑瓜儿。

金明看了我一眼，我赶紧说，其实，工作上有成绩也根本不用炒作，但要宣传。报纸电视干啥用的，不就是为了宣传么。组织上的事情需要宣传，个人的事情同样需要宣传。只要宣传得不过分，对个人和集体都有好处。宣传了你一个，其实也是宣传了你们这个集体。因为工作不可能是一个人干的，得上下同心才行。

三个人都盯着我看，我说得更加起劲了：山里有个草药王，你们听说过吧？野人参刨出来好几个月，因为没人宣传，一直默默无闻。偶然被我知道了，写了新闻稿，发在了日报社会新闻的头版头条，地球人一下子就都知道了。不但拉动了那个山村的旅游经济，就是那棵人参也变得价值连城，已经有人出价二十万了。

李成吧嗒着嘴说，是这么回事。过去总说酒香不怕巷子深，现在再香的酒若在巷子深处，怕是也卖不出去了。

小肖是个机灵人，此刻插嘴说，那刘老师就宣传一下我们队长呗，沾光也让我们上上报纸，我们做梦都想当名人。

李成和金明都咧着嘴笑，事情一下子变得心照不宣，就像早有预谋似的。不知哪里不对劲，我就是觉得不舒服。这么大的事情压在了我的肩上，我真有点扛不起。我对这件事一点把握也没有。新闻稿好上，都是豆腐块。但是挺大一块报告文学，你写得再好，人家给不给版面登还两说着呢。

几样小菜和河豚都上了桌，我吃惊地看着面前这个只在电视上看过的东西，依稀记得它有毒，曾经有人吃了中毒身亡。李成却已经把大块河豚肉吃到了嘴里，他对我说，这家的师傅做河豚绝对信得过。这一条三百多块，你要是不吃可亏了。

四条啊！我险些叫出声。

汤水喝完了，我才发现这顿饭没上酒。我不明白也不好意思问，李成却像看出了我的心思，剔着牙说，今天就委屈老刘了，我们有纪律，中午不许喝酒。下次晚上请你，咱们一醉方休。

我没出声，有点云里雾里。这么好的席面真叫我吃上了？这么少的菜，这么少的饭，就值那么多钱？这不得卖一座山的大枣柿子核桃栗子啊。说老实话，我也没觉得河豚有多好吃。过去周河的拐子鲤，炖熟了比豆腐嫩，一点也不比河豚的味道差。

我掐了一把大腿，告诉自己这不是唐朝。

7

我把三码车开回了家，我吃了好几千的席面，下午我采访了李队长，晚上在他们单位伙房喝了酒，还拿回来两盒子铁观音。这一天过得实在不真实，就像在演电影一样。这十几里山路我都不知道是咋回来的。当然，我喝了酒。但我有点量，这绝不是我晕乎的主要原因。回家看见半夏和蔡金花，我才像转了方向的人突然又转了回来。半夏早就写完作业了，她在等我回来。听见三码车突突，半夏跑到了院子里，说爸，你回来这么晚，就不怕我们担心么？

我眯缝着眼笑。我现在只会笑了。

半夏给我沏茶，蔡金花给我端热水洗脸，我在太师椅上坐定，跟她们说起今天一天的经历，每一个细节都没放过。半夏始终睁大眼睛一眨不眨地看着我，说到采访那段，半夏认真地问我，那个叫李成的，真有资格上报纸么？

我晃了晃手。采访的这半天，其实没啥收获。没有多少实际的内容。可我坐在他们的会议室里，李成坐在我的对面接受采访，这种感觉我喜欢。这让我觉得自己像个名副其实的记者。我当时也完全是个记者的心态，就想把这篇文章做好，做不好实在对不起那条河豚啊。

一想到它值三百多块钱，我心里就卷得慌。好像那里塞满了钞票，心跳都受影响。

采访本子是李成给我的，厚厚的皮面，差不多都被我记满了。二十多年的采访经历让我的提问既专业又有水准。我总是在关键的问题上不厌其烦，尽可能挖掘人性中闪光的东西。比如，山里的一个孩子考上了大学却交不起学费，面临着辍学的危险。李成号召单位所有的人捐款，然后冒着大雨把钱送了过去。山里崎岖，泥泞难行，李成亲自驾车闯过了很多艰难险阻，终于把钱送到了孩子的手上。我问，为什么要顶着大雨去送钱呢？李成答，就那天有空。我说，你早送过去一天那家人就少着一天的急。李成连连点头，是这样，是这样，我当时是这样想的。换了制服的小肖负责倒水，她总是像小猫一样轻手轻脚。我只有一会走神了，想小肖要是半夏该有多好啊……我是说，半夏将来要是能有这么体面的工作该有多好啊！

我不愿意回答半夏的问题，就轰她回屋睡觉。关于李成有没有资格上报纸，谁说了都不算，我写的文章才算。当然我不能这样告诉半夏，我不能污染她纯洁的心灵。采访的这半天，我其实明白了很多事。李成说他自己如何简朴，如何把一分钱掰两半花，我能信么？我想相信也不能够啊，我的眼睛不好欺骗啊。但我得做出相信的样子，而且记录在本子上。喝了茶，又泡了半天脚，我的眼前清亮了些，头不那么晕了。蔡金花给我去倒洗脚水，无论怎么说，三码车能开回来是她最高兴的事。两个人躺在床上，手就自然地不老实。心情舒畅，活也干得舒服。舒服也意味着更加劳累。我闭上眼睛，都要睡着了，蔡金花突然捅了我一下，嘻嘻笑着说，表兄办不了的事你都能办，看来你比表兄一点也不差。

提起表兄，睡意一下子就没了。上午跟金明聊天的时候，得知表兄出了事，我恨不得一下子就见到表兄。下午一直没得空闲，这件事情就淡了。现在想起表兄，又觉得莫可如何。即便见了面，又能说什么呢，又能帮表兄什么呢。表兄不主动告诉我，就证明不想让我知道。既然不想让我知道，我又何必让表兄知道我知道呢。这样想着，睡意又来了，却是一个接一个的连环梦，都是我和表兄小时候一起玩的情景，在水库边上跳崖，大家都不敢跳，我敢跳。我抽冷子拉着表兄一起跳，表兄在空中喊，我活不了了……“砰”地一声，身子横砸在水面上，水花能激起两丈高，从水里钻出来，表兄就哭唧唧地回家告状，我挨到天黑才回家，屁股上也短不了一顿笤帚疙瘩。

我妈一边打一边问我，还敢欺负你表兄不，欺负坏了你赔得起不。

我赌气地说，他是囫囵个的人，咋就欺负坏了呢。

我妈把藏起来的核桃酥给表兄一个人吃，惩罚我。表兄就做出惩罚的样子，大嚼特嚼。明知道表兄不会分给我，我依然围着表兄转，表兄把最后一口放到嘴里，又舔了舔手心上的渣，我才放心地往远处走。

表兄说，你去哪？我跟着你。

我假装不让他跟，藏到外面的茅厕里。表兄找不到我，又哭唧唧地往家走，我才假装系着裤子从茅厕里走了出来，我俩勾肩搭背又成了一对好朋友。

蔡金花睡觉从来不老实，总是折跟头打把势。傍天亮时，她把大腿抡圆了砸在我的下身上，一下把我疼醒了。她的一条胳膊也绕了上来，像蛇一样盘住了我。我看了看窗玻璃，外面肯定已经鱼肚白了。我一动没动，就那样硬撑着。我一动她就醒，醒了再睡着不容易。我也闭上了眼睛，给报告文学打腹稿，就见夕阳西下中，一只大鸟从崖畔飞了起来，却像中了枪弹一样朝水面落去。我回身正好看见这一幕，急得大喊：表兄！表兄！

我的四肢都急促地抽搐起来，似乎是想奔跑。蔡金花摇着我的脑袋把我弄醒，长山，长山，你怎么了？我怔忡了好一会，才发现自己做噩梦了。就是我和表兄跳水玩的那个水库，表兄表演了自杀游戏。蔡金花躲进了我的被窝里，我抱紧了她。我没告诉她我梦见表兄的事，可我脑子里盘旋的都是梦见表兄的场景。我“嗤”地笑了下，从小到大，表兄总是一顺百顺，即便表兄因为犯事把工作丢了，人家还有房有车，人家的女儿在市里的重点中学读书，比我还不定好上多少倍呢。想到这一点，我就把蔡金花推开了。蔡金花问干啥。我说，干你。蔡金花打了我的脸一下，我说，起来，干活。

这篇题材为报告文学的文章，我写得异常痛苦。笔提起来，经常好半天落不下一个字。除了又黑又胖，李成的形象也不咋鲜明，故事又少，都很难让我串成珠链。但我还在坚持，不坚持还能咋样呢。春天日头长，春天变化也大。蔡金花去给果树打药，自己推着水还要背着喷雾器，我实在看不下去，给她往山里送了一趟。蔡金花恐怕打断了我的灵感，坚持不让我送她上山，其实我干点活灵感来得更快。下山看见赵福田正撅着屁股翻土，看情形是想要种点什么。他没看见我，我喊了他一声。

赵福田，你这是想种啥啊？

赵福田直起腰来，转了一圈才看见我，想是把他给累晕了。赵福田说，这几棵树间隔大，我想种点花生。你小舅子的车要回来了没？

我说，早要回来了。你们也快去领吧。

赵福田说，我们也早要回来了，我小舅子都跑好几天生意了。

这让我多少有点失望。走到山脚下，看见一只野兔在石头后面藏着，探头探脑地看我。我撒腿就追，野兔竖起耳朵跑了一个大大的弧形，跳到一个土坎下面不见了。我知道我追不上野兔，我跟它差着级别呢。但我今天就是想追它，明知追不上也追。

有电话。我把手机摁通了，是金明。金明说，长山你干啥呢？我说，在山上追野兔呢。没想到金明一下急了眼，说都啥时候了，你还有心追野兔，队长还等着你的稿子呢，耽误了事你吃不了兜着走！

“啪”地一声，电话挂断了。

操！把我闹迷瞪了。这是哪跟哪，我没揽事，咋就能耽误事呢。我很郁闷地脱了外套搭在肩膀上，想真是拿人家手短吃人家嘴软啊，就这么一条河豚两盒子铁观音，我就变成了孙子不成！

就像故意调戏我，那只野兔又出现在前边的小路上，离我顶多十几米远的距离，翘着尾巴看着我。我猫腰摸到了块圆石头，“嗖”地砸了过去。怎么那么巧，野兔一掉身，石头正好砸到了它的后脚丫子，它把后腿抬起来逃了。我衡量了下，它用三条腿也比我跑得快得多。

8

金明每天早晨都给我打电话，我都有点怕他了。有时候我故意不接，不接他就总打，不依不饶。电话铃音响得我心惊肉跳，我就把电话放到最东边的屋子里，跟我的书房，隔着一个堂屋地，一个西屋。这样它无论怎么闹，我也听不见了。

几天以后，稿子终于写完了，我都感觉自己瘦成大眼灯了。这几天总也吃不香睡不好，过去写字让我愉快，只有这篇文章，让我觉得便秘似的痛苦。我先给蔡金花读，蔡金花一边听一边说好，这个李队长，真是好人啊。我心说，不好的地方我也不写啊。文章里还提到了金明和小肖，这是满足他们上报纸的基本要求。我俩正在研究切磋呢，外面有人摁汽车喇叭，我慌慌张张地往外走，以为是表兄来了。出去一看，才发现是金明，他找来了。金明手里抡着车钥匙往院子里走。蔡金花不认识他，紧张地扯我的后衣襟，问我这是谁。我跟金明握了下手，说你咋来了？金明说，我不来行么？

见天找不到你。我这才给他介绍蔡金花，你嫂子。金明也握了下她的手，蔡金花胳膊扭着花，握得很别扭。金明说，哥哥金窝藏娇啊，嫂子是个大美人。一句话把蔡金花的脸说得通红。蔡金花说，啥大美人啊，就是个农村妇女。蔡金花说着就出去做饭，她就知道做饭，金明听见哗啦哗啦摆弄柴火的声音，挑起门帘说，嫂子别忙活，我接哥哥进城。

路上，金明告诉我，这件事虽然是偶然动议，但李成认真了，他志在必得。局里那个副局长的位置，他一直看在眼里，记在心上。几个候选人都在动用各种关系运作，这样写文章的事，不单是独辟蹊径，也可以产生巨大影响，警察在社会上反响好，说不定就能给李成加很多分。他今天来接我，就是想让我进城去写，他怕我在家干活受干扰，在单位特意给我腾了间房。

我那个后悔啊，我要是没把文章写完多好啊！我愿意到他单位去写，我愿意在城里住几天，过几天城里人的生活。

呵呵，我就这点出息，说出来都怕人笑话。

金明用手拍了下方向盘，说谁想到你这么够意思，居然写完了。稿子一边改，一边赶紧找地方发表，一天都不能拖，否则人家把候选人定了，你拿到中央发表也没用了。

我说，你们找地方发表吧。

金明奇怪地看了我一眼，说我们上哪找地方？谁也不认识。你发表了那么多的文章，还愁多这一个？

我说，这个和那些不一样，不是一个类型。

金明说，我不管啥类型，我就是要你发表。

我们本地有个文学刊物叫《芳草地》，我跟那里的人熟。我说，我拿到《芳草地》发表行不行？

金明说，你拿我们打嚓是不？还告诉你说，最次也得拿到省市级报纸上发表，要不就上中央一级报纸。

我说，你这不是害我么？

金明说，谁害谁还不一定呢。

稿子进了李成的办公室，我在外面等得忐忑不安。我倒希望李成觉得稿子写得狗屁不是，就地枪毙了，也省了我的麻烦。煎熬了两个多小时，李成把我叫了进去。他一个人抽的烟，顶得上一大屋子的人，屋里都有点睁不开眼睛了。李成坐在云雾里，都要羽化成仙了。李成凝重地对我说，写得很好，很真实，很符合我的性格。就是局领导班子提得不够，一定要把我们局长的名字写进去。我说，没法写啊，里面没有他们的事啊。李成说，他们春节慰问，局长曾经握着我的手说，李成同志，你们辛苦啦！

我只得把这一段加了进去。李成把小肖喊进来，让她去打印，越快越好。我说，我要是有电脑，就不用小肖辛苦了。李成说，你没电脑？对，你还用钢笔写字呢。这样吧，等这篇文章发表了，我奖励你台电脑。我的心差点从嗓子眼里蹦出来，要知道，我想电脑都想很久了。我说，真的？李成说，什么真的假的，奖励你台最好的。

我兴奋地搓了搓手，一下子就被家里有台电脑的场景感动了。

一拨楞脑袋，我就冷静了，人家不是送我电脑，人家是有条件的。就是这个条件让我有一种上天无路的感觉，我看不到路在哪里。我是硬着头皮在往前走，不往前走还能怎么样呢。

接下来，我好几天都失眠。一合上眼睛，就看见一台大电脑摆在靠房山的地方，半夏高兴蔡金花也高兴。我不能把电脑放在书房，那样显得我自私。放在睡觉的屋里，来串门的乡亲也能看得见。别人要知道我写文章换了台电脑，还不羡慕得心红眼绿的。

当然我不在意这些。关键是我家败家娘们她在意，她愿意自己爷们做给她长脸的事。两百块钱稿费单都能让她撇着腿从村西头走到东头，这要真能换台电脑回来……她还不得走两个来回！

9

我分别给报社的人打了电话，都是我平时经常发稿的地方，一个是日报，一个是晚报，关系都怪好不错的。他们叫我老刘，我叫他们小陈小李，他们跟我都不见外，去年麦收的时候到我家来，骑到我家树上摘香白杏，挑大的好的摘，装了好几个箱子，拉回城市去了。当时香白杏批发都要卖两块钱一斤，邻居都说，刘长山你可真舍得，这几箱子香白杏值不少钱呢。我是真舍得，我给他们什么都舍得。人家稀罕咱山里的果子，那是咱的福分，人家大城市啥没有，能来这山旮旯子，是因为不小瞧咱。

我知道，他们其实也得了我别的好处。每一个新闻稿见报，我的名字前边，总署着他们的名字。知情人告诉我，他们每年的任务，就是这样完成的。稿费的大头，其实让他们拿走了。我无所谓。我写新闻是因为喜欢，不是想挣钱。要真是想挣钱，我到工地做个小工，一天就能挣七十、八十。啥也甭说，咱不是长着爱写字的虫子么。

小李一听我的文章有八千字，就恨不得把脑袋晃悠掉了，连说不行不行不行，连商量的余地都没有。小陈说，老刘你也是老通讯员了，让我说你啥好，怎么连报纸的规矩都不懂。一年三百六十五天，你看我们的报纸除了书记市长的讲话，发过整版的东西么？

我坐在西山坡上，人整个就像呆瓜了。日报和晚报都拒绝了我，我对晨报就更不抱希望了。人家是发行份额最大的报纸，都是靠读者自己掏腰包。常跟我联系的记者叫杜小丽，是个女孩子。冬天也穿着丝袜露大腿，让人心里一阵一阵地寒。我是抱着死马当作活马医的心情给杜小丽打电话的。杜小丽也说不行，说他们报纸有人物版，也能发一整版的东西，可你看看我们发表过的那些人物，袁隆平啊，杨利伟啊，哪个不是重量级，你们小县城的书记县长加在一起，也未必够分量。我无路可走，只得央求杜小丽说，帮帮忙吧，帮了我这个忙，让我给你当牛做马都行。杜小丽让我逗笑了，说我一分田没有，要你这老牛老马有什么用？我说，咋没用，杀了还可以吃肉。杜小丽说，这样老的肉炬得烂么？我说，炬得烂，炬得烂。烧旺火，长时候，自然就烀得烂。杜小丽说，那我就烀了啊。我说，烀啥烀，先给我帮了忙，完了随便烀。

贫了一回嘴，杜小丽就把电话挂了。她每一次都这样，口无遮拦，像村里饶舌的女孩子一样。我躺在一棵桉梨树下一筹莫展。桉梨就是酸梨，我们这里叫细皮小酸，咬一口酸甜适度，解渴化痰，比中药都管用。别处的酸梨皮糙肉糙，咬一口在嘴里，像是含了满嘴的锯末子。梨跟梨可是不一样，也不知道杜小丽家有没有爱咳嗽的姥姥、奶奶、爸爸、妈妈。想到这里，我又给杜小丽打了个电话。不等我说话，杜小丽先说，老刘，你别跟我磨叽，这样的事我做不了主，你直接找我们主任吧。说着就要挂电话，我赶忙说，我不是想跟你说稿子的事，你知道桉梨么？《本草纲目》里都有记载，我现在就在桉梨树下边呢。杜小丽说，不就是能生津止痰么？我喜出望外，说今年桉梨下树我给你留着，你家里有老人吧？杜小丽说，你家里才没老人呢，你总不是石头缝里蹦出来的吧？

我说，我今年给你留一筐，一直可以吃到转年五一的，不坏。

杜小丽说，我说你是有毛病，树刚开花吧？

我赶忙说，长梨了，都枣子大了。

杜小丽说，麻烦等梨长熟了的时候你再找我。

我说，稿子的事你无论如何想想办法，我都要愁死了。

杜小丽说，让我愁死的稿子多了。你以为我就不发愁啊？

但我还是死皮赖脸说让她帮帮忙。杜小丽突然板起脸说，刘长山，你拿了人家多少好处？

我本来想起誓发愿，可一想起那台电脑，我心虚了。

杜小丽说，你拿了人家好处却把难题推给我，老刘你行啊。

我突然有了勇气，干脆地说，杜小丽，你还不了解你老哥么，我哪里会拿人家的好处，我不就是长着写字的虫子么！

这面山坡有一个好处，就是能把全村尽收眼底。从我这里看得真真的，一辆灰色的轿车开进了村，就停在了我家门口不远的地方。我瞅了瞅手机，没人给我打电话。可我还是怕这是表兄的车，颜色很像。果然，我在山脚下碰见了一个背着孩子的女人，她刚从我家门口过来。她说你表兄胡大国来了，蔡金花推着麦子去加工厂了。我赶忙抄近道跑了回来，表兄正靠在墙上吸烟。我问表兄咋这闲在，表兄说，领导都去市里开会了，闲着没事出来逛逛。若是过去，听了表兄这话我会心生羡慕，瞧人家公务员，工资拿着，还有忙有闲的。可眼下表兄这样说话只会让我难受。我让表兄到家里坐，回头让蔡金花烙饼吃。表兄说，咱去吃酱肘花吧，到那儿喝点酒。我想了想，说也中。表兄请我出去吃饭喝酒的事，这么多年也就两三回，还是我在他家装修房子的时候。也就是在那个时候我们知道了城外有家做肘花的小店物美价廉。跟表兄出去吃饭是大事，我给蔡金花留了张字条，坐上了表兄的车。

表兄盯着前方，我则有意无意地盯着表兄。表兄说，你老看着我干啥？我笑了笑，说你今天咋想起我来了？表兄说，我们兄弟谁跟谁，我想起你有啥奇怪的。表兄说完这话，轻叹了口气。我说，你最近有啥烦心事吧，脸都小了一圈。表兄摸了摸有点下垂的腮帮子，说他总睡不好觉。我问因为啥，表兄说，昨天又给领导赶稿子，熬了一个通宵。

我不说话了。我摸口袋里的烟。我平时不抽烟，但我此刻想抽一支。我特别想对表兄说，你和表嫂工资都高，咋还想揩公家的油呢。公家的钱是老虎，伸手老虎就要吃人的。可我一想到李成许给我的那台电脑，我的心忽然哆嗦了一下。平心而论，我家有买电脑的钱，就是不舍得买。可我却想要人家李成的电脑，人家一说给台电脑我就心花怒放。这事虽说跟表兄的事性质不一样，但有一点一样，我们都贪心。想到这一点，我的心忽然像被什么东西剜了一下，有点疼。我的手伸到裤兜里，没摸到烟，却摸到了一个塑料袋——小舅子的方便面袋里裹了两千块钱，我在外面又裹上了表兄的那个超市购物袋——我把它掏了出来，放到了前挡风玻璃下面，表兄问我那是什么，我说，上次用了你两千块钱，还给你。

表兄咧了咧嘴，不知道他有没有想起什么，啥都没说。

这个叫“得胜”的酱肘花店是一幢孤零零的二层小楼，坐落在外环边上。院子里一辆车也没有，显见得生意不太好。过去不是这样的，上次我们来，楼上楼下都是人。我们的到来让看店的小姑娘很兴奋，她大张旗鼓地喊，来客人啦！表兄选了最里面的一间屋子坐下。我说，咱去阳面那张桌子吧。表兄说，这里安静。我心说，这里都没有第二拨客人，有啥不安静。表兄不动，我也只能坐下了。表兄开始点菜，我一愣神的工夫，就点了一大溜菜。我说，咱够吃就得，点得太多了吃不了。表兄不理我，问服务员有啥酒。服务员说，有十年水藏的、二十年泥藏的、三十年洞藏的老窖。表兄说，来瓶三十年洞藏的。

我说，你疯了？谁不知道洞藏的年头越久价格越折跟头似的往上翻，其实都是骗人的。

表兄满不在乎地说，没事，我能报销。

我说，你……还上班么？

表兄愣了一下，说不上班我干啥？

我看着窗外说，你的事我听说了。

表兄握着酒瓶子的手一下墩住了。

我说，三码车我们也找回来了。我就是在交警队里听说了你的事。

表兄用牙咬开酒瓶盖，咕嘟咕嘟给自己倒满了，一仰脖先喝了一大口。表兄说，这件事情不是他们说的那样，我是冤枉的。

我说，谁冤枉你了？

表兄说，说了你也不懂。又喝了一大口酒，眼珠子就红了。

一桌子菜眨眼就上齐了，凉热共有八个。我握着酒瓶子，不再给表兄倒酒，表兄却不依不饶，说你今天就让我痛快喝一顿吧，再不喝我就没机会了。我心里陡然一沉，小心地问，事情……到底有多大？

表兄晃着手说，有人说给我兜着，现在事情到这儿了，兜着的人一个都不见了。表弟，这个世界就人不可信，你记好了。

我默默地看着表兄。表兄用纸巾很响地擤了把鼻涕，絮叨说，长山，你比我幸福。我经常觉得你比我幸福。

我看了看自己身上的衣裤，说我穿的衣服都是你穿剩下的，我幸福啥了？

表兄说，你说不幸福你就是不知足。你以为穿新衣新裤就幸福了？

我说，日子好，总是好事。

表兄的头像是临时长在脖子上的，晃得有气无力，长山你不懂，长山你不懂。

我没喝酒，进入不了表兄的状态。我把酒瓶子盖在桌子上敲了敲，说我不懂些什么？表兄你要说就说明白些，你这样说得云山雾罩，让我怎么懂？

表兄摇晃着身子站了起来，来跟我抢酒瓶子。我哪里肯给他，可表兄力气比我大，他用力一薅，酒瓶子就到手了。

电话突然响了，我手忙脚乱找电话，任由表兄又倒满了一杯子酒。杜小丽劈头就说，老刘你说话方便么？我赶紧说，方便，方便。杜小丽说，你的事我找主任了，主任那里有了活话。我问，怎么说？杜小丽说，正好有一篇稿子要往下撤，他让我临时堵上一篇。我说你手里有稿子，却被他一口否决了。

我急了，这怎么叫活话？

杜小丽说，你别急啊，我这不是一直在做工作么。你知道我们经费一直都很紧张，要不你们就过来公下关，亲自找找他本人。我这里用稿子拖住他，报纸总不能开天窗。你还真是运气好，有个天大的机会。

我明白了杜小丽的意思，直截了当问，你们要多少钱？

杜小丽怒气冲冲说，我要一千万，你有么？

杜小丽说完就把电话挂掉了。我再打，却怎么也打不通。我知道我把话说直白了，人家不好接受了。我只得给金明打电话，我说，报纸那边有活话了，但人家发稿不能白发……我话刚说了一半，金明说，你无论在哪，都马上给我赶过来。这边事情有变化了！

我问，啥变化？

金明说，你过来就知道了。

我急忙吃了两口菜。这半天我还没吃啥呢。表兄茫然地看着我，他眼下就像个无辜的孩子那样让人可怜。我说我有点事得先走一步，表兄指着那一大铁盘子肘花说，你走了，谁吃？

我管不了那么多了。我说，对不起了表兄，我有重要的事。你少喝点，没事就早点回家吧。

表兄无力地摆了摆手，我连跑带颠地下了楼。

10

吉普车风驰电掣窜上了高速公路。我没坐过这么高大的吉普，上车的时候得往上爬。我离开表兄去了交警队，金明和李成都在等我。局里通知明天要民主测评、推荐后备干部，让李成一下子紧张起来，他意识到眼下已经到了冲刺阶段，再不铆把劲，机会就永远错过去了。他正跟金明商议的时候，可巧我电话打了过去。李成问我报社那边要多少钱，我说人家没说，但人家让过去找主任公下关。李成对金明挥着手说，快去准备。金明就小跑着出去了。李成闷头抽了口烟，仰起脸来对我说，去趟市里，这件事不管能办不能办，必须得办。

我猫到厕所给家里打了个电话。蔡金花有点不放心，说这么急着去市里，有事么？我说，有事，有比天都大的事。蔡金花问什么事，我说那个稿子的事，得去报社公关。蔡金花说，你发了那么多稿子，哪次也没用公关啊！瞧这败家娘们，话说得就是与众不同。我说，这回不是意义特殊么。金明在外满楼道喊我，刘长山哪去了？我用肩膀夹住电话，提着裤子冲了出去，才想到这不是自家院子，到外面系裤子不雅观，我又提着裤子回了厕所。

蔡金花问，表兄呢？你不是跟他出去的吗？

我怔了一下，说你咋知道？

蔡金花说，你给我留了字条，却问我咋知道。

我说，他在外一个人喝酒呢，借酒浇愁。

蔡金花还想说什么，我已经把电话挂了。

我没坐过这样快的车，路边的树木彼此撞着似的往后闪。谁也不说话，车里沉闷得让人透不过气来。我偷偷给杜小丽发了个短信：已在高速路上，一个小时以后到达，请约好主任一起吃饭。过了很久，杜小丽才发过来一个字：好。过会儿又发过来一条：就在附近的红玫瑰餐厅见面。我把短信拿给李成看，李成哼了一声。我不放心地说，他们要狮子大开口可咋办呢？李成轻蔑地笑了笑，没说话。

李成的表情一下轻松了。他说老刘你给我们讲个段子吧。我说，我不会讲段子。金明坐在副驾驶的座位上，说我讲吧。单位一男一女俩同事八月十五一块出去旅游，走到没人处，俩人在车里腻歪。一个巡警过来敲开了车窗。问男人，车是你的？男的一慌，说公家的。指着女的问，她是你老婆？男的说，也是公家的。巡警寻思着走了，嘴里说，狗日的啥单位，福利这么好，我们单位就晓得发月饼。

我觉得挺好笑，可看着李成没笑，我也没好意思笑出来。李成说，这么老的段子你也好意思说。老刘，还是你说。我哪里有心思说段子，此刻嘴唇明显在起泡，走了这一路，似乎厚了一圈。

我们在红玫瑰餐厅等了足足半个小时，杜小丽才像只戴胜鸟一样姗姗而来。我之所以说她像戴胜，是因为她身上的色彩太显眼了，红绿黄三个颜色搭配，比大自然都神奇。我急忙迎了过去，说主任呢？杜小丽不回答我，却往我身后看。我给她介绍说，这位是李队长，这位是金主任。杜小丽眼珠都不转，说两位好。分宾主落座，杜小丽说，主任本来也要来，我一直在部里等他。可刚才主任临时被社长叫走了，他们去市政府办什么重要的事去了。我一听就急了，说不是让我们来公主任的关么，主任不来我们公谁？李成拍了我一下，示意我安静。李成亲自给杜小丽倒了杯茶，轻言慢语说，我们这次来，也不是来看主任的，也不是来看社长的，我们专程是来认识杜记者这位朋友的。我觉得李成这话说错了，报社也是一级管一级。上这么大的稿子，杜小丽肯定说了不算。我刚要说话，金明在下面抻了我一下。李成又说，我经常听老刘说起你，虽然是个女孩子，人却侠义、仗义，一点也不瞧不起我们乡下人。乡下人别的没有，就是有个牛脾气，谁瞧不起我们，我们指定瞧不起他。谁若瞧得起我们，我们能把他供到祖宗牌位上，杜记者你信不信？

看得出，杜小丽被李成的气势镇住了，多少有点蒙。杜小丽慌忙说，让你们大老远跑过来，我特别不好意思，可谁让我人微言轻办不了大事呢。我也就是个小记者，跟主任还隔着好几层呢。

李成说，不管隔着多少层，我们只认你。这件事不管办得了办不了，你这个朋友我交了。看上去你比我妹子还小，我叫你声老妹不算高攀吧？

杜小丽那么爱耍贫嘴的人此刻却显得拙嘴笨腮，她说那我就叫你李大哥……

李成挥了一下手，说把那个“李”字去了。

杜小丽略一思忖，恢复了大报记者的模样。杜小丽说，好吧，既然大哥不是外人，我也就不拐弯子了。这块人物版，是报纸最有影响力的一块版面，上至市委书记，下至普通市民，没有不关注的。就是因为关注的人多，我们更要格外小心，不单稿子要严把质量关，还要严把人物审核关，不该上的人物一律不能上，哪怕是市长家的亲戚也不行。

听到杜小丽这样说，我紧张得手心都冒汗了。事实上我也清楚杜小丽说的是真话，我也经常看那个版面，知道每期登载的都是各行各业的杰出人物。此时我特别想说，既然你觉得我们的人物不够条件上这个版块，还来让我们公关做啥？

李成把身子匍匐了一下，看上去姿态很低，他盯着杜小丽说，自古县官不如现管。如果你哥我想上报纸，妹子一定有办法，对吧？

杜小丽说，我凡事不求人，为了大哥我就求一回试试。

李成说，大哥有条件，妹子卖艺不卖身。

杜小丽突然站了起来，说从今天开始，你就是我的亲大哥！服务员，点菜！今天我请大哥吃饭，谁买单我跟谁急！

俩人在那里点菜，金明捅了我一下，我跟在他后面去了趟洗手间。我说，还没说具体钱数呢，一会喝多了可别让杜小丽给哄喽，他们当记者的都鬼头着呢。

金明说，看你写了那么多文章，也就是个傻狍子。你看杜小丽的大皮包，来的时候是空的，从这里出去一准是鼓的。

尿完了我想出去。金明说，再等五分钟。多给人家点时间。我俩站在厕所的墙外面聊了会儿天。我说，你小子看上去混得不错。金明说，也就是比你强那么一点点，跟人家混得好的差远了。我说，我这一阵折腾都是因为你，你能得啥好处不？金明看了看左右没人，小声说，李队长要是能当副局长，我就有可能当队长。按说我不是嫉妒心强的人，但金明这话让我不舒服。我说，上高中的时候你也没咋比我聪明，怎么现在成人精了。

金明笑了笑，说你如果在我这个位置上混，会比我更精。

我说，李成说的电脑的事，你可想着。

金明说，黄不了你，一台破电脑，算个屁。

起初高调喊着买单的杜小丽，真到买单的时候却醉了。但我知道她多少有点装，她是酒量过人的人，有一次在我家喝夜酒，把男的都喝倒了她都没倒。金明过去买单，我和李成把杜小丽送到了外面的出租车上。李成千叮咛万嘱咐，嘱咐完杜小丽又嘱咐司机，真像对待自家妹子一般。我注意了一下杜小丽搂在怀里的包，确实比来时鼓了许多。我不禁有些遐想，不知得多少钞票才能让那么大的包鼓起来。

车开走后，李成像是有灰似的拍了拍两只手，说我们走。

我担心地说，她要是办不了可咋弄呢？

李成说，屁话，办不了她敢拿我的几万大洋？

这话让我起了冷痱子，连心里都密密麻麻的不舒服。我顺着李成的话说，这个杜小丽年龄不大，但在记者中是非常有能量的。

李成说，啥记者，算个屁。

11

这天，我给杜小丽打了个电话，问她事情的进展。没想到杜小丽吃了枪药似的嚷，求求你别再给我找麻烦了行不行！你这次找的麻烦已经够大了！刘长山，不是我说你，你这么大的人了做事一点分寸都没有，我看你是不撞南墙不死心！

把我气蒙了。我不知道杜小丽为啥说这番话，她和李成哥哥妹妹的不是谈得很好吗，现在怎么有点像倒打一耙？我气急了，也有点不管不顾，我说，你嫌麻烦可以把稿子撤下来，我没意见。撞了南墙我情愿，要你操哪门子心？杜小丽的脸肯定绿了，她说刘长山你个没良心的，我刚帮了你的忙你就翻脸不认人。我最不愿意听的就是这句话。我说，你没帮我，谁帮谁还不一定呢！

放下电话，我好半天心里不舒服。与杜小丽也认识了十来年了，平时人家没少帮我发稿子，我能当优秀通讯员人家也有功劳，开会的时候报社不单管饭，还发奖金。就这样吵生分了也不值得，我也没问下原因。我突然激灵了一下，心想，莫非稿子出问题了？

到主任那里给毙了？到主编那里给卡了？我心里顿时七上八下，六神无主。我还是在乎这个稿子的，其实是在乎自己的劳动，在乎这一大块版面上署我的名字。我马上拿出手机，想跟金明打听一下。电话拨了出去，我又掐断了。我不想让金明知道我惦记这件事。与人家相比，我这点小名小利何足挂齿，简直是个笑话。

我想还是跟他见个面好，不用我张嘴，他自己就会说出来。

我扔下干了一半的活计进了城。我经常是这样，我干不完的活，蔡金花就毫无怨言地接着干，她是这个世界上最好的女人。我在交警队的院子里见到了金明，他正要出去。金明问，有事么？我说，我从这里过，顺道来看看你。金明说，今天没空，改天过来喝酒。说完开车走了。我的一颗心总算是放进了肚子里。金明没说稿子的事，就证明稿子没出问题，是我过虑了。

蔡培提着一兜橘子到我家来，我知道他是来取三码车的。这一兜橘子，就算是礼物了。橘子一共有七八个，大的真大，小的真小。不知道他是按啥标准买的。我说，保安同志下班了？蔡培说，姐夫你也找地方上班吧，挣钱不说，还能交上朋友。我说，我不上班也照样能交朋友。蔡培说，姐夫你就是死犟，上班总可以多交朋友吧？给我上课的话我当然不爱听。我心里说，你交的朋友顶多是保安，有啥好稀奇的。

蔡培把头探了过来，说姐夫，你不知道你表兄出事吧？

我不动声色地说，出事？出啥事？

我马上想到表兄的事瞒不住了，表嫂肯定已经知道了。表嫂知道她兄弟就知道了。蔡培在她兄弟的厂里当保安。

表兄其实多余瞒表嫂，这样的事哪里瞒得住。

蔡培说，一看你就不知道。你表兄先前犯事了，现在失踪了。

我胸口里跳得有些不寻常，但我告诉自己沉住气。我喝了口水，说咋回事？

蔡培说，你表兄犯事了，单位不让他上班了。但他一直瞒着，没跟家里人说。他每天上班时间走，下班时间回，谁也不知道他去哪了。最近突然好几天不着家，你表嫂去单位找人，才知道他出事的事。你表嫂哪里肯干，每天都去单位要人，她说胡大国一定是“被失踪”了，要他们把人赔给她。她开始是一个人去，后来是亲朋好友二十几人一起去，还扯着横幅标语，把警车也惊动了。我们厂长，就是她兄弟，也好几天没来厂里了。他们有人猜胡大国是知道谁的把柄，被人家给黑了……

我问，车呢？

蔡培说，车跟人一起没了。

我觉得这有点像天方夜谭。我急忙拿出手机，拨了表兄的电话，里头果然是一片空茫，像地老天荒一样。我怔怔的，脑子里不知该想些什么。我问蔡培表兄是哪一天失踪的。蔡培说，听说是14号那天，他一早开车出去就没回来。

蔡金花一直靠在门框上听着，此时插嘴说，是你去市里那天。又一寻思，说，那天你不是跟表兄一起走的吗？

我有点乱。我把小舅子蔡培撵走了。蔡培开着他的三码车前脚走，我后脚返回了屋里。我找那天给蔡金花留的字条。蔡金花有个习惯，我给她留的字条她都收着，夹到半夏读过的一本语文书里。字条找到了，上面只有一句话：我跟表兄出去了，中午不回来。

没有署名，也没写日期。

我对蔡金花说，你咋知道那天是14号？

蔡金花说，那天你去市里回来得晚，我放心不下，特意翻了皇历，上面写着宜往南出行。蔡金花把那本皇历拿来翻开了给我看，喏，就是这天。

我一天一天地往回回想，似乎也找到了头绪。

我不得不承认，这段时间我把表兄忘了。他就是忘了我，我也不承认我能忘了他。就在那天在他家里时我还说，我们不是同胞兄弟，胜过同胞兄弟。可这几天我硬是没想起他来。我跟他在那家“得胜”酱肘花小店分手的时候，他已经喝多了。我接了电话就急匆匆地走了，然后跟李成和金明去了市里。我走了以后如何呢？即便不是表兄，是随便什么人，我也不应该把他一个人丢在那里。我也不该走了以后就不闻不问。这些日子，我总惦记那篇狗屁文章，为啥就能把表兄忘得死死的呢？

冥冥之中似乎有根鞭子在往我心上抽。一下，两下。我想象着我的心皮开肉绽鲜血淋漓，可仍然抵不住表兄带给我的疼痛。表兄那天说他冤枉，说我不懂。表兄分明是想跟我说些什么的，如果我一直陪着他，他肯定会跟我说点什么，他总那样憋着，多难受啊！

可我却没有给他机会。

我回想这一段表兄做过的所有的事，两千块钱，给蔡培找工作，哪一件在表兄都是艰难的事。他还得装得没事人一样对我，对表嫂。他整天演戏，多累！

天已经完全黑了。那家“得胜”酱肘花小店亮起了浑浊的灯光。小店屋檐上的灯笼看上去寂寞而又孤单。店里还是冷清，只有三两个客人。服务员问我，您几位？我赶忙说，我不是来吃饭的，我来打听点事。我仔细瞅了瞅那个服务员，小长脸，细眉细眼，尖溜溜的下巴很特别。没错，那天给我们上菜的就是她。我说，你还记得几天前有个人在你这里喝酒么？在最里边阴面的那间屋子。服务员怔了一下，走近了看我，说我知道了。她回到吧台，拿来了一大串钥匙。说你们每天不开门啊，这么多天才过来找。我说，你记得我？服务员说，记得啊，那天您不是提前走了吗？我接过了那串钥匙，一个钥匙环上挂着无数把，满满的一大坨。我问钥匙是在哪捡到的，服务员说，就在桌子上。我说，钥匙不是我的。服务员说，那就是另一位客人的。我问，他那天几点走的，走时什么样？服务员说，他那天喝多了，胡言乱语。说他是公务员，被人陷害了。说他现在是有冤无处申，有理无处说。我们都下班了他还不想走，后来是我们老板把他架了出去。

我说，然后呢？

服务员说，我们下班的时候，他还在车里坐着。他什么时候走的，我们也不知道。

我揣着那把钥匙去了表兄家。表兄家里有好几个人，我都不认识。几天不见，表嫂都憔悴得不成样子了，蓬头垢面，肿眼泡腮。表嫂见了我，突然凄厉地叫了一声，刘长山，你还来干什么！把我吓得一激灵。表嫂又说，你表兄活不见人死不见尸，你又有啥事来找他？我说，我刚知道表兄的事，我过来看看表嫂。表嫂冷冷地说，没啥事就请回吧，你不给我们找麻烦，我们已经是烧高香了。

我尴尬地从房子里退了出来。没有人问我关于表兄的事，如果有人问起，我也许会说起我跟表兄吃的最后一顿饭，我想把表兄说的冤枉告诉表嫂。我来就是想告诉表嫂这些的。我的手插在裤兜里，死死地抓着那把钥匙。我不是忘了给表嫂，我是不敢拿出来。如果表嫂知道是我把醉酒的表兄丢在饭馆里，她还不撕碎了我。

也许还有更险恶的后果等着我，令我不能承受。

12

春天一下子就到尾声了，连着下了两场雨，山就“呼啦”一下让树叶和草给吃了。从远处看，那不是座山，那就是个大草垛。这个春天终于过去了。不用别人说，我自己都知道我老了十岁。心每天都似在油里煎得“吱吱”作响。我越来越懒得说话，都好久没跟蔡金花亲热了。

我每天都去西山找活干，把每棵树周围的草都薅得干干净净。赵福田看了觉得奇怪，他知道我是不爱干庄稼活的人。赵福田说，你咋不出去采访了？我听不得这话，声也没吭，就转过两棵树，到他看不见的地方去了。那棵桉梨树一看就有运势，梨长得都像蒜瓣子一样。我忽然想起跟杜小丽说过桉梨的事，说到秋天要给人家送一筐。我也见不得这棵梨树，又往远处转，又看见了一只野兔。我在一块石头上坐了下来，野兔也坐了下来看我。我们就这样彼此看了老半天，赵福田寻着我的踪影来找烟抽，野兔才慌慌张张跑了。

我说我不抽烟。

赵福田说，知道你不抽烟。但你口袋里有烟。

我把口袋掏给他看，的确一支烟也没有。

赵福田说，你小舅子又去搞出租了？

我说，不知道。

我的确不知道，我很久没看见蔡培了。

赵福田说，可惜了你的表兄，当官当得好好的，咋就摔下了十八盘呢？

十八盘是邻县的一段山区公路，以奇险著称。表兄从一险要处驾车翻下，很长时间居然没人发现。

赵福田说，他翻下去时肯定比风还快。

我不愿意跟他说这个，随便找了个理由，我就把赵福田甩下了。

金明给我送来了一千块钱，说算劳务费。我没接。我说我不缺钱花。金明说，你别嫌少，过去李成是说过送你台电脑，可稿子不是没发么？

我不关心稿子发没发，我啥也不关心。

金明说，也多亏稿子没发，发了可就惹了大麻烦。

他观察我，以为我会好奇。我眼珠都没转一下，那件事对于我来说，早就过去了。

金明说，从市里回来的第二天，李成就被局长找了去，局长说李成想出名想疯了，把他一顿臭骂。李成转天又去市里找到了杜小丽，往回拿钱。杜小丽哪里肯给，李成拿出了当时的现场录音威胁她，才让她把钱吐了出来。

哦。难怪杜小丽说我给她找麻烦。原来是真找了麻烦。

金明又说，这件事我一直没有告诉你，是觉得对不起你。你付出了那么多劳动，到了却啥也没得到。李成到下边的派出所去当所长了，队长是新来的。他过去答应你的事，你就当刮西北风吧。

金明又说，这一千块钱，是我从自己的工资卡上取的。即便是兄弟，我也不愿意欠良心账，所以你把钱收下，让我心安些。

“兄弟”两个字扎我的心，我把金明从屋里推了出去。